愚者の決断

浜中刑事の杞憂

小島正樹
masaki kojima

本格M.W.S.
南雲堂

愚者の決断

浜中刑事の杞憂

目次

造本装幀　岡　孝治
写真　ピクスタ（PIXTA）

序章

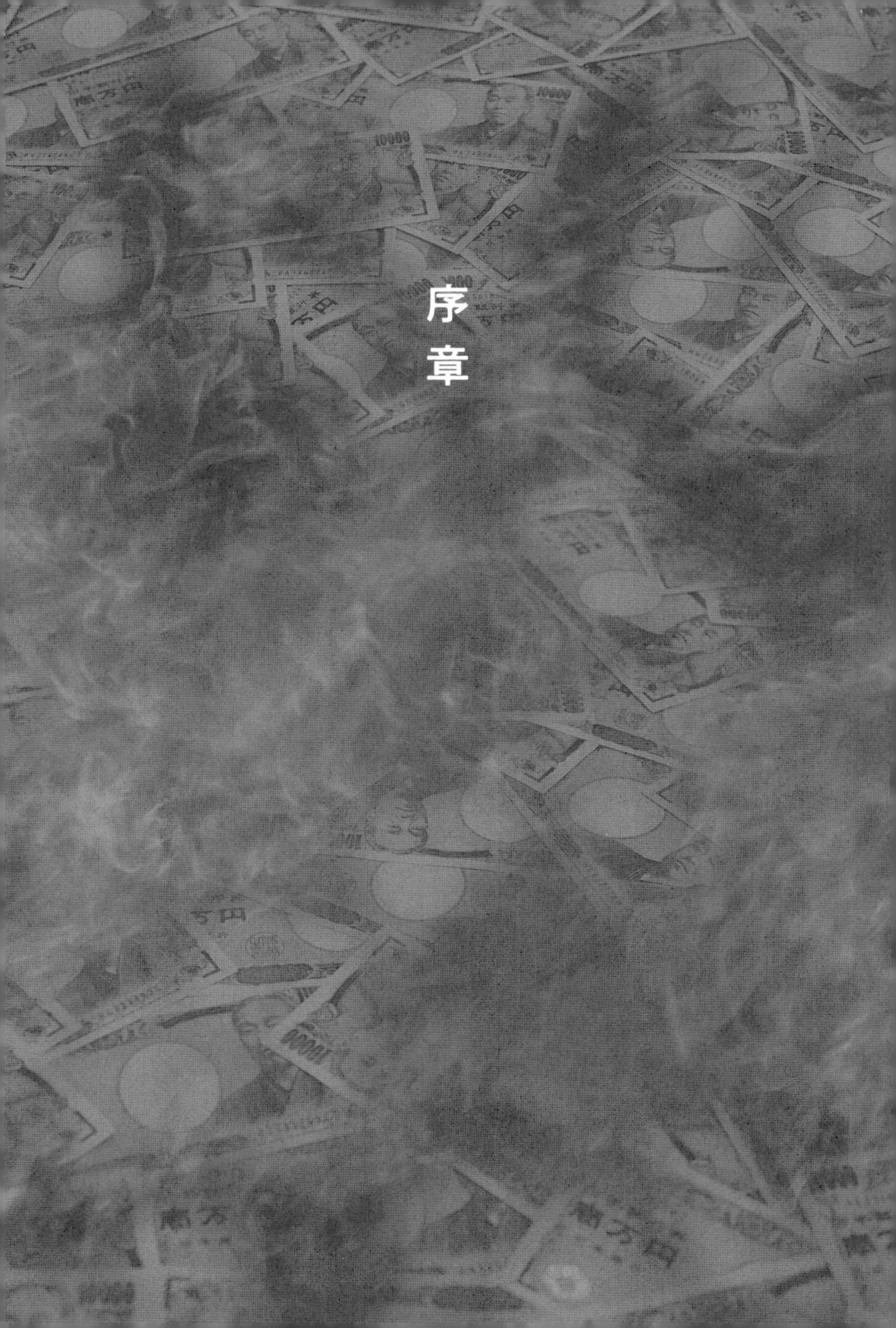

昭和六十年三月。

群馬県東部、桐生《きりゅう》市。

一方通行ではないが、車がすれ違う時にはお互い速度を落とす。それぐらいの道幅の、市街地から外れた寂しい道の端に、白い日産のサニーがひっそり停まる。

運転席にいるのは、谷本圭一《たにもとけいいち》だ。車の中には、ほかに誰もいない。

谷本は十九歳。やや小柄だが、その顔にはいっぱしの悪党のような凄みがあり、目つきは険しい。そういう自分の顔つきを、谷本は誇らしく感じていた。

今日の谷本は作業用の防寒着と、作業用のズボンという出で立ちだ。どちらも量販店で購入した、ごくありふれたもので、同じ店で購入した軍手も、谷本は両手に嵌めている。

谷本が乗るサニーは、盗難車だ。桐生市や太田《おおた》市内の駐車場をいくつも見てまわり、これに目をつけた。

近くに店などはなく、人どおりの少ない道沿いの月極駐車場。サニーはそこに、停めっぱなしだった。サニーの持ち主はどこに住んでいるのか解らないが、ほとんど車を使わないらしい。

今日の早朝。黒い鞄を手に持ってリュックを背負い、谷本は電車と徒歩で、その月極駐車場へ行った。誰もいないことを確認してサニーに近づき、まずは窓枠の隙間から細長い鉄の板を突っ込み、ドアロックを解除する。

谷本はドアを開けた。運転席に乗り込み、キーシリンダーを壊してエンジンを直結させる。そしてサニーを発進させた。

わずか五、六分の犯行だから、誰にも見られていないはずだ。

サニーの運転席で、谷本は先ほどからずっと、バックミラーを凝視していた。いつもより鼓動が速く、喉が渇く。貧乏揺すりしていることに、谷本本人は気づいていない。

ほとんど車はとおらない。冬晴れの空から届く陽光が、のどかに大地を照らす。

と——。

バックミラーに一台の車が映った。白いトヨタのクラウンだ。ゆっくりこちらへ走ってくる。

「きたか」

押し殺した声で谷本は言い、助手席の黒い目出し帽を手に取った。これをかぶれば目と口以外、すっかり隠れる。

やや震える手で目出し帽をかぶった谷本は、クラウンが近づくのを待った。ほかに車がきていないのを確認して、サニーを発進させる。とおせんぼうする格好で、道の真ん中にサニーを斜めに停めた。

助手席に置いてある包丁を左手に、やや特殊な形状のハンマーを右手に持ち、谷本はすぐに車を降りた。

道をふさがれて、クラウンは前に進めない。クラウンの運転席にいた六十歳前後の男性が、谷本の姿を目に留めて、驚愕の表情を浮かべる。

疾風《しっぷう》のように、谷本はクラウンへ向かった。先ほどまでの緊張感はすでになく、なにかを狩る高揚感が、裡《うち》からほとばしってくる。

運転席の男性が、クラウンをうしろへ発進させようとした。だが、谷本の動きが一瞬早い。

運転席の窓に、谷本はハンマーを叩きつけた。ガラスが粉々に砕け散る。

谷本が手にするのは、車の緊急脱出用のハンマーだ。丈夫な車のガラスでも、慣れれば一撃で破壊できる。

突然窓ガラスが割れて、運転席の男性はパニックに襲われたのだろう。動こうとせず、恐怖と驚愕が張りついた顔を、谷本に向ける。

ねじれた笑みを浮かべた谷本は、右手のハンマーを道路に落とした。空いた右手をクラウンの窓から車内に入れて、エンジンキーをひねって抜く。クラウンのエンジンが止まった。

動いたら容赦なく刺す。その思いを込めて、谷本は左手の包丁を、運転席の男性に突きつけた。本当は言葉で脅したいのだが、声を聞かれるのはまずい。

男性を睨みつけながら、谷本はクラウンの運転席を開けた。一旦逸れた包丁の切っ先を、男性の首に近づける。

「ひっ……」

そんな言葉が、男性の口から漏れた。両目を寄せて少しうつむき、包丁の先端を見つめる。

谷本は右手を助手席へ伸ばした。革張りのアタッシェケースがひとつ、置いてある。

アタッシェケースの取っ手に谷本が手をかけると、男性が動く気配を見せた。谷本は包丁の切っ先を、男性の首に浅く突き立てる。

威圧ではない。場合によっては、ずぶりとやるつもりだ。その谷本の決意が伝わったのか、男性はぴたりと動きを止める。

谷本はアタッシェケースを、取りあげようとした。意外に重く、わずかに手間取る。

舌打ちをしてから力を込め、谷本はアタッシェケースを持ちあげた。男性を睨みつけ、包丁をさらに少し突き立てて、恐怖を与える。

クラウンの運転席から、谷本は離れた。包丁をクラウンのふたつの前輪に、突き立てる。

先ほど落としたハンマーを拾い、谷本は身を翻した。駆け足でサニーに戻り、強奪したアタッシェケースや包丁、ハンマーを助手席に置いて、車を発進させる。

バックミラーで確認したが、男性はクラウンから降りてこない。谷本は前方に目を向けて、サニーの速度をあげた。

クラウンを襲撃する最中に、別の車がくれば、臨機応変に対応するつもりでいた。しかし車がくることはなく、ここまではほぼ計画どおりだ。

込みあげてくる喜びに谷本は微笑み、しかしすぐに頬を引き締めた。まだ終わっていない。いや、むしろここからが勝負だ。

何度か右左折し、谷本の駆るサニーはほどなく、県道に出た。これを西にしばらく行けば、大間々《おおまま》駅だ。

県道の途中、道の左右に畑が広がる場所で、谷本は車を停めた。助手席のアタッシェケースを手に取る。三桁式のダイヤル錠で施錠されていた。

谷本は鼻で笑い、軍手を嵌めたままの手で、用意しておいたマイナスドライバーを摑んだ。アタッシェケースの蓋の合わせ目に刃先をさし入れ、力を込める。やがて手応えがきて、蓋が開いた。特別に頑丈なアタッシェケースでなければ、こうしてこじ開けられる。ダイヤル錠など、気休めに過ぎない。

ほんの一瞬自分を焦らしてから、谷本はアタッシェケースを開けた。そして口笛を吹く格好に、口をすぼめる。新札の一万円。その束がずらりと目に入ったのだ。その額およそ一億円。

強奪したばかりの金を、しばらく眺めたい欲求がきて、しかし谷本は撥ねのけた。後部座席の黒い鞄を手に取って、現金を詰め替えていく。

後部座席にはもうひとつ、小さなリュックも置いてある。谷本はそれに手を伸ばした。包丁とハンマーをタオルに包んで、リュックに入れる。

谷本は目出し帽を脱ぎ、軍手を外した。それらもリュックに突っ込んでから、サニーを発進させる。目出し帽で乱れた髪を左手で梳《す》きながら、谷本は一路、大間々駅を目指した。

クラウンの前輪をパンクさせたし、あの車に自動車電話は、設置されていないはずだ。

それでも男性は、遅かれ早かれ一一〇番通報する。そして谷本が現場から逃走する際、男性はこちらの車のナンバーを、覚えたと考えるべきだ。

だから谷本は盗んだ車を使ったのだが、サニーの持ち主から、盗難届が出ている恐れもある。

一刻も早く、車を乗り捨てなければならない。

道の彼方に、時代から取り残されたような、古い建物が見えてきた。大間々駅の駅舎だ。

大間々駅の少し南には、ホームセンターがある。目をつけておいたその店の駐車場に、谷本はサニーを停めた。まわりに誰もいない時を見計らい、黒い鞄を手に持ち、リュックを背負って車を降りる。

自然な足取りを心がけながら、谷本はホームセンターには入らず、大間々駅へ向かった。歩きながら、これまでの自分の行動を振り返る。

証拠は残していないはずだし、目出し帽で隠したから、顔も見られていない。それでも谷本は、警察から事情聴取を受けるかも知れない。だがそうなっても、自供などしない。

「大丈夫」

谷本はそう独りごちた。

第一章 強奪

1

群馬県警の本部庁舎は、前橋市内の利根川沿いにある。十階建てで、四階が刑事部だ。刑事部捜査一課の浜中康平《はまなかこうへい》は、四階の自分の席にいた。

一係、二係、三係など、捜査一課はいくつもの係に分かれ、それぞれに机が島をなす。ひとつの係は十名前後で、事件が起きれば係で捜査に当たる。大事件であれば、複数の係で取り組むこともある。

浜中が所属する二係は、十名編成だ。二係は今、事件を抱えていない。待機状態だが、浜中は忙しい。警察官には思いのほか、書類仕事が多いのだ。

間もなく午後三時だが、今日も浜中は昼食時間を除き、朝からずっと机に向かっていた。

事件に関わった人たちの気持ちを、できる限り汲み取ろうと思いながら、一枚一枚丁寧に、書類を書きあげていく。いつの間にか、この自分の席にもすっかり慣れた。

およそ九ヶ月前、浜中は高崎警察署の刑事課から、ここへ異動になった。今年二十七歳になる浜中は、捜査一課の刑事の中でもっとも若い。

県警本部の刑事部捜査一課は、県内で発生した殺人、強盗、傷害事件などの捜査に当たる。凶悪事件専門といってよく、選りすぐりの捜査員たちが集まっている。

その中で最年少なのだから、浜中はとても優秀な刑事なのだ。

刑事になるために生まれてきた男。

逸材。

まわりの人たちの多くは、そう思っているらしい。

だが違う、大いに違う。自分は優秀ではない。浜中はそう確信している。実際これまで幸運だけで、手柄を立ててきた。

「さあ、逮捕してください！」と、犯人のほうから寄ってくる感じなのだ。それぐらい、浜中は事件に関する幸運に、恵まれている。

もしも雑踏の中で浜中が、目をつぶって手錠を空へ投げたなら、それはやがて落下して、逃走中の犯罪者の手首に嵌まるだろう。

もしも満員電車の中で浜中が、目をつぶって誰かの手を摑んだなら、その手はスリか痴漢の手であるはずだ。

浜中が歩けば犯人に当たる——。嫌なのに、幸運を拾ってしまうことのたとえ。

あと三十年ほどすれば、そんなことわざが生まれ、広辞苑に載るかも知れない。

ふとそんなことを思い、浜中は慌てて打ち消した。

この幸運は浜中にとって、不運なのだ。

鄙《ひな》びた駐在所の駐在員に憧れて、浜中は警察官になった。なのに手柄を立てるたび、駐在所への道が遠のいてしまう。そして気づけば花形部署の、県警本部刑事部にいる。

凶悪事件と向き合う日々に、やりがいを感じることもあるけれど、やはり駐在所へ赴任したい。

書類に目を落としながら、浜中はそっとため息をついた。今、この瞬間にも日本各地の駐在所で、駐在員たちが穏やかな時を過ごしているだろう。正直、それがうらやましい。

「駐在さん、そんなに精を出さんと、そろそろ一服したらどうだい」

そんな声がふいに聞こえた。浜中が顔をあげると、駐在所の引き戸の向こうに、初老の女性の姿がある。

「ああ、お徳《とく》さん」

言って浜中は腰をあげた。少しだけ開けてあったガラスの引き戸を、大きく開く。

「仕事、邪魔しちゃったかね」

と、徳子が笑みを浮かべた。徳子の顔には皺が多く、日焼けのシミもあるけれど、それは大地で作物を育て続けた証であり、実にいい顔だと浜中は思う。

「いえ、そんな。ちょうど一服と思っていたところです」

そう応えて、浜中は徳子を招じ入れた。すると徳子が、紙袋をさし出してくる。

「もしかして!」

浜中は目を輝かせた。

「うん」

はにかみながら、徳子が応えた。やはりそうだ、徳子は大根の漬け物を作り、持ってきてくれた。

浜中は徳子の漬け物が、大好きなのだ。

「嬉しいです」

心からそう言って、浜中は紙袋を受け取った。徳子に椅子を勧め、茶を淹《い》れるために奥へ向かう。

「そろそろ身を固めたらどうかね」

浜中の淹れた茶を啜りながら、徳子が言った。

「なかなか縁がなくて……」

と、浜中は頭を掻く。

「好いたおなご、いるのかね？」

「え、いやあの」

浜中は曖昧に応えた。自分の顔が赤くなっていくのを感じる。

「いるんだね」

「はい、まあ」

「誰だい？」

「いや、それはちょっと」

「だったらこれだけは教えておくれよ。この里の子かね？」

真っ赤になりながら、浜中は小さくうなずいた。

「それなら交際、申し込めばいいのに」

「断られるのが怖いですし」

「駐在さんはこの里で人気者だから、大丈夫だよ」

「でもあの……」

「恋敵でもいるのかね」

「かも知れません」

「だったらいい手があるよ」

徳子が顔を寄せてくる。

「いい手とは？」

「真夜中にね、おしんめ様へ行くんだよ」

近くにある神明《しんめい》神社のことを、里の人たちは親しみを込めて「おしんめ様」と呼ぶ。

「真夜中、ですか？」

「そう。で、恋敵の名を記した藁人形を、神木に打ちつけるの」

声を潜めて徳子が言った。

「それって……」

「丑《うし》の刻参りだよ」

「いや、丑の刻参りはだめですって！」

浜中はすぐに言った。

「丑の刻参り？」

浜中の横で突然、男性の声がする。その瞬間、駐在所の風景が消え去った。そして県警本部四階の、見慣れた二係の机の島が現れる。

浜中は声のほうへ顔を向けた。隣の席に夏木大介《なつきだいすけ》の姿がある。

「あの、もしかして僕……」

恐る恐る、浜中は夏木に訊いた。

「丑の刻参りはだめだといきなり言ったが、例のあれか？」

「はい、出たみたいです」

浜中には妄想癖があり、自分で気づかないうちに、時々こうして出てしまうのだ。

夏木だけではなく、まわりの席の人たちも、こちらを見ている。

「済みません」

夏木やまわりの人たちに、浜中は小声で詫びた。

「気にするな、おれも少し慣れてきたぜ」

そう言って、夏木はあごの無精ひげを撫でた。

夏木はいつも、ネクタイを少し緩めている。しかし不思議と、だらしなく見えない。少し崩れた感じが、逆に精悍《せいかん》な印象を与えるのだ。

夏木は長身で足が長く、痩せ型だ。けれど貧弱さは欠片《かけら》もなく、しっかり鍛え抜いた肉体であることが、暗色の背広越しに伝わってくる。

二ヶ月ほど前、浜中は初めて夏木と組んだ。

実はそれまで、浜中は夏木のことが少し怖かった。夏木は頭が切れて腕っぷしも強く、自分だけを恃《たの》みに生き抜く、一匹狼のように見えたのだ。実際夏木は捜査本部で、反りの合わない相手と組まされると、ひとりで勝手に行動することも多い。

けれど組んでみて、その怖さは次第に消えた。夏木は愛想がなく、ぶっきらぼうなところもあるが、優しさがじわりと滲み出す、実にいい男なのだ。

いつしか浜中は、夏木のことを頼りがいのある、尊敬できる先輩だと思い始めた。

夏木も浜中のことを気に入ってくれたらしく、事件が起きて浜中と組んだ時、ひとりで動くことはあまりない。

浜中は夏木に頭をさげてから、書類仕事に戻った。ほどなく二係の係長席の電話が鳴る。

二係の係長は、美田園恵《みたぞのめぐみ》だ。笑顔の似合う陽気な女性で、四十代だがよほど若く見える。

しかしもちろん、それだけではない。二係の刑事たちを、束ねるのだ。その強さと指揮能力、そして何より責任感がある。

受話器を取った美田園は、さっと表情を引き締めた。短く相づちを打ち、通話を終える。

在席中の二係の刑事たちを見まわして、美田園が口を開いた。

「桐生市内で、現金強奪事件が発生したわ。桐生警察署に帳場が立つ」

桐生警察署に捜査本部が設置され、浜中たち二係がそこへ出向いて、捜査に当たるということだ。

一瞬にして、二係の雰囲気が変わった。みなてきぱきと机を片づけ、身支度を始める。

捜査本部へ行けば、昼夜別なく事件を追い、しばらくは休めない。桐生警察署の道場に布団が敷かれ、泊まり込みになるだろう。

それでも二係の面々の表情には、輝きがあった。猟犬のように事件を追うのが、みな好きなのだ。だから刑事になり、県警本部の捜査一課にこうして集う。

僕は今、どんな表情をしているだろう——。

浜中はふと、そんなことを思った。

2

三台の車に分乗して、午後六時に県警本部を出発。

美田園は二係の刑事たちに、そう指示した。それまでに泊まり込みの準備を、済ませなくてはならない。

着替えなどを整えるため、自宅へ戻るのだろう。ひとり、またひとり、二係の刑事が部屋を出て行く。浜中の隣の夏木も、黙って姿を消した。

浜中は前橋市内のアパートに、ひとり暮らしだ。県警本部から徒歩で十五分ほどかかる。

午後四時半まで書類仕事を続けた浜中は、アパートへ帰って着替えなどを鞄に詰め込み、集合の十分前に県警本部へ戻ってきた。

駐車場へ行き、スバルのレオーネの運転席にすわる。助手席に夏木、後部座席に美田園が乗った。

レオーネを含め、桐生警察署へ向かう三台の車は、どれも覆面パトカーだ。しかし赤色灯は出さず、サイレンも鳴らさずに出発する。陽が落ちた前橋の街では、夕方の渋滞が始まっていた。

桐生で発生した現金強奪事件について、美田園は上長から詳しく聞いたはずだ。しかしこのあと、桐生警察署で行われるであろう捜査会議で、刑事たちは事件について色々と知ることになる。だからなのだろう。美田園は事件と関係ない話を始めた。警察学校時代のことを、浜中に訊いてくる。

「警察学校はとても厳しい。そう聞いてましたけど、予想の何倍もきつかったです」

運転しながら、浜中は応えた。

「でしょう。特に最初の一ヶ月」

「はい」

と、浜中は思いを馳せる。警察官採用試験に合格した者は、全員警察学校に入学する。そして最初の一ヶ月は、原則として外出禁止だ。

起床、点呼、ランニング、朝食。それからホームルームを経て、授業が始まる。刑法などの法律や、警察官としての具体的な職務、逮捕術、さらには拳銃の操作方法などを学ぶ。

自由時間や食事の時も、気は休まらない。教官や助教から、礼儀や行儀をみっちり仕込まれる。

大卒は六ヶ月、高卒は十ヶ月を警察学校で過ごすのだが、あまりの厳しさに、途中で脱落する者もいる。

浜中も入校早々、音をあげそうになった。けれど浜中には、駐在所の駐在員になるという夢がある。へこたれず、夢へのきざはしを登るのだ。浜中はそう決めて、日々を送った。その時にはまさかこうして、県警本部の刑事になるとは思わなかったが。

「でも一ヶ月を過ぎた頃、ふっと楽にならなかった？」

「はい、そうなんです」

浜中は大きくうなずいた。まさに一ヶ月が過ぎた頃、心身ともに楽になったのだ。

「環境に慣れたこともあると思いますが、ともに学ぶ仲間たちとの間に、友情が芽生えたことが大きかったです。悩みを打ち明け、励まし合って、それが支えになりました」

浜中は言った。美田園が口を開く。

「警察官にとって、同期は宝物。ね、夏木君」

「ええ」

短く夏木が応える。

「先輩も警察学校、きつかったですか？」

「どうだっただろう」

と、夏木はわずかに沈思してから、口を開いた。

「法科の授業の時に、居眠りしてな。教官に怒鳴られたことがあった。『今すぐ辞めちまえ』ってな」

「それで先輩、どうしたんです？」

「絶対に辞めません。そう応えたよ。そうしたらその教官、ふっと笑ってな。『よし、おれの目の黒いうちは、辞めることを許さん』と言いやがる」

「だから今日まで警察官を？」

「それだけじゃないさ」

笑声混じりに夏木が言った。視線を遠くに飛ばして、言葉を継ぐ。

「でも教官の言葉が、原動力になったことは確かだ。それに勿論、同期にも助けてもらった。ところで、浜中」

「はい」

「警察学校の卒業式で、お前、泣いただろう」

「なんで解るんです？」

「やっぱりか」

「仲間たちとの別れが寂しくて、号泣しました。警察学校で一番つらかったのは、卒業式だったかも知れません」

「お前らしいな」

夏木が言った。

浜中の運転するレオーネは、いつしか前橋市内の渋滞を抜けた。赤堀町《あかぼりまち》、笠懸町《かさかけまち》を過ぎ、やがて桐生市に入る。するとのこぎりの歯のような、ギザギザ屋根の建物が、ぽつりぽつりと見えてきた。絹織物の工場だ。

「のこぎり屋根を見ると、桐生にきたなって思うわね」

美田園が言った。

3

桐生の歴史は、ずいぶんと古い。およそ千三百年前の奈良時代、桐生の人々が朝廷へ「あしぎぬ」を献上したと文献にある。

太さがまちまちの糸で織った絹のことを、あしぎぬという。その言葉の由来は「悪しき絹」だとされているが、では、悪しきものを献上したのだろうか。

それはさておき、以来桐生は絹織物の街として、名を馳せていく。鎌倉時代の末、挙兵した新田義《にったよし》貞《さだ》は、桐生の絹で幟《のぼり》を作らせたという。

関ヶ原の合戦にも、桐生の絹の逸話が残る。

会津の上杉景勝《うえすぎかげかつ》に謀反の疑いあり――。

西暦一六〇〇年。徳川家康《とくがわいえやす》はそう断じて上杉討伐を宣言、軍勢を整えて会津へ進発した。するとすかさず、石田三成《いしだみつなり》が動く。上杉と連携して家康を挟み撃ちにすべく、挙兵したのだ。

家康は三成を討つことになった。軍勢を旋回させて、西へ向かう。やがて関ヶ原に布陣。

その際家康は桐生の人々に、桐生の絹で幟を作り、納めて欲しいと依頼する。桐生の職人たちは大いに励み、わずか一日で二千四百を超える幟を納めた。

家康は新田義貞を祖とする。だから義貞挙兵の際と同じ、桐生絹の幟を欲した。それとも単に幟が不足した。あるいは幟を多数仕入れて、少しでも軍勢が多いと、見せかけようとした。

そのあたりは定かではないけれど、家康は桐生職人たちの働きと、絹の素晴らしさを認めたのだろう。のちに江戸で幕府を開くと、桐生を天領にした。桐生は絹の街として、更なる発展を遂げる。やがて桐生は「織都」という、とても美しい別名でも呼ばれ始めた。その絹は京都の西陣織と、並び称されるまでになる。

江戸、明治、大正。時は流れて昭和に入り、戦後になると日本の織物業は、勢いを失っていく。桐生市も例外ではなかった。けれど今でも桐生市は、絹織物の街であり続ける。

そういう歴史を持った桐生市に入り、浜中の車はほどなく、渡良瀬《わたらせ》川を渡った。蕩々《とうとう》たる水面に、街の灯が揺れている。

桐生警察署は、渡良瀬川のすぐ近くだ。五階建てで、建物の裏手に署員用の駐車場がある。浜中は駐車場に車を停めた。渋滞ではぐれたほかの二台も、すぐにくる。

浜中たちは駐車場で、打ち揃った。川久保《かわくぼ》という四十代の刑事が、美田園に言う。

「夜飯、済ませちゃいますか？」

午後七時を過ぎたところだ。捜査会議は桐生警察署五階の大会議室で、午後八時から始まる。

「そうね」

美田園が応えた。それぞれ好みがあるだろうから、いくつかに分かれて、食事を取ることにする。

「一緒に行きますか？」

浜中は夏木に声をかけた。

「ああ」

と、夏木がうなずく。浜中たちはラーメン屋で、食事を済ませた。桐生警察署に戻り、五階にあがる。

大会議室に入ると、三人用の長机がいくつも並んでいた。浜中と夏木は後方の席に着く。

前方には、長机に向かい合う格好で幹部席があり、その脇にホワイトボードが立つ。幹部たちの姿はまだない。長机の最前列に、美田園の美しい背中があった。

浜中たち二係の十名。桐生警察署からは、刑事課強行犯係の捜査員が八名、刑事課鑑識係の係員が八名、総務課員が若干名。そういう陣容だ。

ほどなく自然に、私語が止んだ。

午後八時。扉が開いて、三人の男性が入ってきた。浜中たちは一斉に起立する。敬礼し、男性たちが着席するのを待って、席に復した。

幹部席にすわったのは、向かって右から県警本部刑事部管理官の与田《よだ》、同じく刑事部の泊悠三《とまりゆうぞう》捜査一課長、そして桐生警察署の署長だ。

五十代の泊は、ずっと刑事畑を歩いてきたという。見るからに親分肌の叩きあげで、刑事たちの思いをしっかり受け止めてくれる。

管理官の与田は、三十代の官僚だ。いつも隙なく背広を着こなし、その怜悧《れいり》な風貌には、どこか冷たさがあった。

浜中は桐生警察署の署長と初対面だ。署長は泊と同年配だろう。力士さながらに恰幅がよい。

まずは泊が挨拶し、そのあとで与田の指名によって、桐生警察署の刑事たちが発言していく。彼らの口から、事件の概要が語られた。そのあとで班分けになる。

事件現場付近で聞き込みにまわる班、被害者の交友関係を当たる班など、捜査員たちは四班に分けられた。しかし浜中と夏木は、どの班にも属さない。

「夏木と浜中は、遊撃班。以上」

と、与田が結ぶ。

全体の捜査方針に従いつつ、ある程度自由に捜査できる。それが遊撃班だ。普通、捜査本部にそういう班はない。だからなのだろう、桐生署の刑事たちがわずかに首をひねった。こちらに視線を送ってくる者もいる。

今回も遊撃班か——。

視線を避けるようにうつむいて、浜中は内心でそう呟いた。

浜中はある程度自由にさせたほうが、幸運を呼びやすく、また強運を発揮しやすい。

以前に美田園がそう見抜き、遊撃班にするよう泊に具申した。およそ二ヶ月前、初めて夏木と組んだ事件がそれだ。

美田園の読みどおり、浜中は自分でもあきれるほどの強運により、その事件の解決に一役買ってしまう。

以来夏木とともに、遊撃班に命じられることが多い。あれこれ指示されることを嫌う夏木は、遊撃班が気に入っているようだ。

浜中も遊撃班そのものは、いいと思っている。もれなく幸運や強運がついてこなければの話だけれど。

「一刻も早い解決を目指す。お前さんたち、頼むぜ」

泊が言った。浜中たちは一斉に返事をする。

4

桐生市内の総合病院。その駐車場に浜中は、レオーネを停めた。夏木とともに降り、建物の中に入る。現金強奪事件の被害者が、搬送された病院だ。

昨夜の捜査会議で、事件の概要を知った。しかし被害者の口から、直接聞いたほうがいい。夏木とそう話し合い、訪ねることにしたのだ。

午前十時を過ぎ、一階の外来はやや混んでいた。病院に特有の、仄《ほの》かに消毒液の臭いを含んだ湿度の高い空気の中を、浜中たちは奥へ行く。

被害者の名は上条作治《かみじょうさくじ》、六階の個室にいるという。浜中たちはエレベーターで六階にあがった。個室の前に立ち、浜中が扉を叩く。

ほどなく扉が開き、背広姿の男性が顔を覗かせた。作治を警護する、桐生署の刑事だ。昨日の捜査会議の席で、顔を合わせている。

浜中と夏木は病室に入った。衝立の先に寝台があり、六十歳前後の男性が、臥せっている。眠ってはおらず、顔をこちらに向けていた。白髪交じりの髪を短く刈り込み、いかにも篤実そうな面貌だ。

寝台の向こうとこちらに椅子があり、向こうの椅子の脇に、五十代後半とおぼしき女性がいた。浜中たちの入室に気づき、椅子から腰をあげたらしい。

浜中たちは警察手帳を示し、そのあとで夏木が口を開いた。

「上条作治さんですね」

寝台の作治がうなずく。椅子の脇に立つ女性に目を向けて、夏木が問う。

「あなたは？」

「妻の松子と申します」

その女性、上条松子が応えた。化粧は薄くて身なりも地味で、どこか生気に乏しい印象だ。夫の作治が事件に遭ったという衝撃が、松子から生気を奪ったのだろうか。

そんなことを思い、浜中は松子にいたわりの視線を向ける。

「お加減、いかがですか？」

夏木が作治に訊いた。

「体は別に、なんともないです」

思ったよりもしっかりした声で、作治が応えた。しかしその声はかなりうつろで、茫然自失というふうだ。事件が起きてから、まだ二十四時間経っていない。

「襲われた時のことを、詳しくお訊きしたいのですが」

つらそうな被害者に、事件のことを根掘り葉掘り訊くのは忍びない。浜中はそう思っているし、夏木も同じだろう。

けれどそれが浜中たちの仕事であり、場合によっては繰り返し訊ねることもある。

だからこそ事件解決のために、刑事は奔走しなければならないと、いつしか浜中は思うようになった。夏木の影響かも知れない。

「昨日、話しましたが……」

「私たちも、おおむね知っています。ですがあなたの言葉で、もう一度事件に接したい。それに色々と、お訊きしたいこともありますし」

真摯《しんし》さの滲む夏木の声だ。作治がうなずき、松子が椅子を勧めてくれる。浜中たちは並んですわった。松子も腰を下ろし、作治が上体を起こす。

「あ、横になったままで」

浜中は思わず声をかけた。

「いえ、このほうが話しやすいから」

作治が応える。うなずいて、夏木が口火を切った。

「桐生駅から一キロ半ほど離れた、東《ひがし》七丁目。そこであなたは、上条織物という会社を営んでいる」

「はい。その名のとおり絹織物関連の、小さな工場ですが」

「あなたは昨日の午前九時半過ぎ、桐生駅にほど近い群馬第一銀行の桐生支店へ行った。そして法人名義の口座から、現金を引き出す。その額は九千七百万円」

と、夏木が水を向ける。作治が口を開いた。

「川内町《かわうちちょう》に、葉山絹糸《はやまけんし》という取引先がありましてね。そこへの支払い金です」

「小切手や手形ではなく、現金ですか」

「葉山絹糸の葉山社長が、現金しか信用しない人でしてね。三月と九月に、現金で支払いに行きます」

「向こうが集金にくるのではなく、あなたが支払いに行くのですね」

「おつき合いを始めた時から、そうしています」

「現金での支払い、何年ぐらい続けているのです？」

「もう、二十年以上になりますか」

作治の声が、次第に柔和になってきた。これが本来の話し方なのだろう。

「支払い額は大体決まっていますか？」

「物価や景気で変わりますけれど、ここ四、五年は、九千万から一億円というところでした」

「そうですか。昨日現金を引き出し、そのあとどうされました？」

「アタッシェケースに金を入れ、銀行の駐車場に停めておいた、うちの社用車に乗り込みました」

「車種は？」

「トヨタのクラウンです」

「おひとりで？」

「はい」

「護衛などはつけなかった」

「最初の頃はね、工場の経理担当者と一緒に金を下ろして、葉山絹糸まで行ったのです。ですが狙われたり、襲われたりしたことはなかった。

銀行では個室で現金を受け取り、裏口から出てすぐ車に乗ります。そもそも私が多額の現金を下ろしたことを、知る人は少ない。

そんな状況でしたので、十年ぐらい前から、私ひとりで行くようになりました。金をお支払いしてから、葉山社長と昼食をご一緒し、会社に戻ってくるわけです。

ですがこういう目に遭ってみれば、やはり油断があったとしか申せません。盗難に備えての保険にも、入っていませんでしたし……」

穏やかながら、悔しさの滲む作治の声だ。少し間を置き、夏木が問う。

「昨日、銀行の駐車場で社用車に乗り込み、そのあとはどうされたのです？」

「車でまっすぐ、葉山絹糸へ向かいました。途中まではバス路線だから、車は結構走っています。でもそのあと、川内町に入ってしばらく行くと、寂しい道にさしかかるのです。そこで……」

作治がうつむいた。弱々しく、首を左右に振る。布団に隠れた作治の腿を、松子が優しく叩いた。

ふっと息をつき、作治が口を開く。

「前方の道端に車がいました。日産のサニーです。私の車が近づくとサニーが発進して、とおせんぼうするかのように、道の真ん中で停まったのです」

と、作治は襲撃された時の様子を、詳しく語り始めた。

サニーから男が降り、こちらへきた。男はハンマーでクラウンの窓ガラスを割り、包丁で作治を脅してアタッシェケースを奪う。それからクラウンの両前輪をパンクさせ、男はサニーに乗って走り去ったという。

「サニーのナンバーは？」

逃げ去るサニーを凝視して、ナンバーを頭に刻みつけたのだろう。すらすらと作治が応えた。

そのサニーは今朝、とあるホームセンターの駐車場で見つかった。浜中と夏木もホームセンターへ行き、そのあとここへきたのだ。

ホームセンターは、大間々駅の近くにあった。国道沿いに店舗が建ち、広々とした駐車場が裏手にある。

駐車場にゲートはなく、いつでも無料で停められる。だから店で買い物をせず、駐車場だけ利用する人も、それなりの数いるだろう。

しかしゲートを設けて駐車券を発行する経費や、買い物をした客の駐車券をレジにとおす手間を思えば、開放型のほうがいいと、ホームセンターの店長は言った。駐車場は広く、まず満車にはならないそうだ。

時折、閉店後にも停まったままの車がある。駐車場だけの利用を黙認する店も、さすがにそういう車に対しては、フロントガラスに張り紙をする。

サニーには昨夜、張り紙をした。そして今朝、ホームセンターの社員が出勤すると、まだそこにある。社員はサニーに近づき、運転席の扉が施錠されていないことや、キーシリンダーが壊されていることを知った。昨日、フロントガラスに張り紙をした時には、暗くて気づかなかったという。

サニーの車内には、こじ開けられたアタッシェケースがあった。中に現金は入っていない。

陸運支局に問い合わせれば、サニーの持ち主は特定できるはずだ。今頃は別の刑事たちが、追っているだろう。

「それからあなたは、どうされたのです?」

夏木が作治に問う。

「クラウンは動かず、近くに公衆電話もありません。私はただ打ちひしがれて、そこへ車がきました。私のクラウンを避けて、なんとか通行できるのですが、車は停まりました。五十代ぐらいの男性が運転席から顔を出し、『どうしました？』と訊いてきます。あとで知ったのですが、皆川《みながわ》さんという方です。

私はそちらへ駆け寄り、事情を話しました。混乱のただ中にいて、声も震えて、とてもではありませんが、理路整然と説明できません。

ですが有り難いことに、皆川さんは私を乗せて、公衆電話まで行ってくれたのです。

私は一一〇番通報しました。皆川さんは再び私を車に乗せて、クラウンのところまで送ってくださいました。

しかも警察が到着するまで、私の傍らにいてくれた。あれは心強かったです」

「そうですか」

と、夏木がうなずいた。

昨日事件現場で桐生署の刑事が、皆川に話を訊いた。彼の証言と作治の話に齟齬《そご》はない。

皆川が現金強奪犯の一味であり、何らかの思惑でわざと現場に現れた。そういう可能性もあるから、ほかの刑事が密かに、皆川の身辺を洗っている。

とにかく事件の関係者たちを疑い、捜査する。それが刑事であり、浜中はそのことに中々慣れなかった。

しかしいつからだろう。疑うのではなく、疑いを晴らすために捜査するのだと、気がついた。

5

「さて、犯人についてなのですが、顔はご覧になりましたか？」

夏木が作治に問う。

「いえ、目出し帽をかぶっていたので……」

「性別は解りますよね」

「はい、男性です」

「着衣は？」

「作業服を着ていました」

「おおよその年齢など、解りますか？」

「子供ではなく、高齢者でもなくて、十代後半から四十代ぐらいだと思いますが……」

犯人に関する話題に入ってから、作治の口調にはかすかな淀みがあった。犯人への怒りや恐怖のせいだろうか。

そんなことを思いながら、ふと浜中は松子に目を向けた。左手を作治の腿に置いたまま、松子は悄《しょう》然《ぜん》と肩を落とす。

しょげた様子が哀しげで、浜中は思わず声をかけた。

「あの、なにか飲み物でも、買ってきましょうか」

えっというふうに、松子が浜中を見た。作治も顔をこちらに向ける。夏木が小さく苦笑した。

夏木の聞き込みに水をさしたのだと気づき、浜中は頭を掻いて口を開いた。

「済みません。でもあの、温かい紅茶かココアでも飲めば、少しは気が休まるかなと思いまして」

「だったら私が」

松子が言う。

「いや、ここは言い出した本人に行かせましょう。頼む」

と、夏木が小銭入れを渡してきた。

「いえ、お金は自分が……」

「いいから行ってこい」

「はい、済みません」

浜中はそう言って、小銭入れを受け取った。各自の希望を聞いて廊下に出る。

販売機で飲み物を買って、浜中は病室に戻った。少し休憩という格好になり、浜中たちはそれぞれに飲み物を味わう。

「刑事さん、優しいですね」

仄かに生気を取り戻した声で、松子が言った。

「自分も飲みたかったですし」

浜中は応えた。松子が小さく笑みを灯《とも》し、そのあとでゆっくり真顔に戻った。なにやら沈思する。どうしたのかと、浜中は訊こうとした。すると夏木が目で制してくる。浜中はかすかにうなずき、そのまま待った。

やがて浜中を見て、松子が口を開く。

「私はね、刑事さん」

「はい」

「あの子が犯人だと思うんですよ」

「よせ」

すかさず作治が言う。

「でもお父さん」

「滅多なことを言うもんじゃない」

「お父さんだって、あの子の仕業かも知れないと、思っているのでしょう」

「犯人の顔は見ていない。今し方刑事さんに、そう応えたばかりだ。お前も聞いていただろう」

松子を諭す、作治の口調だ。しかし浜中には、作治は自分の中のなにかの感情を、懸命に抑えているようにも見えた。

ふっと松子が吐息を落とす。それから彼女は口を開いた。

「警察の方が工場の人たちに話を聞けば、すぐにあの子のことを知るはずです」

「いいから、よせ」

「それじゃ犯人だと思うという言葉は取り消して、事実だけを今、お話しします。それならいいでしょう」

作治がなにか言いかけて、しかし言葉は発しない。小さな沈黙が降りた。

「勝手にしろ」

と、作治がそっぽを向く。そんな作治に微笑してから、松子が浜中たちを見た。真顔に戻って口を開く。

「私もお父さんの工場で、時々仕事を手伝っています。そこで見たことや感じたことを、お話しします」

浜中たちはうなずいた。松子が言う。

「二年前の四月。谷本圭一という人が、工場に入社しました。当時十八歳。高校を卒業したばかりです。でも谷本君には、新人らしい初々しさなど、ありませんでした。目つきは険しく、髪を金色っぽく染めて……。こういう言い方はよくないけれど、谷本君は札つきの不良だったのです」

夏木が無言で先をうながす。松子が話を続けた。

「谷本君のかよっていた高校の先生が、お父さんの友人でしてね。『なんとか谷本の面倒を見て欲しい』と、その先生に頭をさげられ、そうなるとお父さんは、断れる人ではありません。

谷本君を一人前の職人に育てよう。お父さんはそう決めて、雇用したのです。そして働き出した谷本君に、それは目をかけました。

でも谷本君にはそんなお父さんの思いが、ちっとも伝わらなかったようです。ろくに言うことを聞かず、仕事に対する熱意も伝わってきません。工場の人たちとも、よく揉めて……。

やがて工場の人たちから、抗議の声があがりました。それでもお父さんは、長い目で見てやろうと、みなをなだめたのです。けれど谷本君の態度は、変わりませんでした」

ふっと遠い目をして、そのあとで少しつらそうな表情になり、松子が口を開いた。

「ある日熟練の職人さんが、谷本君の態度をきつく注意しました。谷本君を思ってのことです。ところが谷本君は、いきなりその職人さんを殴ったのです。職場内での暴力は、さすがにそれが初めてでした。

幸い職人さんは、たいした怪我ではありません。でもみなとても憤り、お父さんも抑えきれず、谷本君には工場を辞めてもらいました。それが昨年四月のことです。

お前ら覚えてろとか、谷本君はそんな捨て台詞《ぜりふ》を残し、恨みの籠もった目でみなを睨みつけて、出て行ったそうです」

「一年ほどで、辞めたわけですか」

夏木が言った。うなずいて、松子が口を開く。

「お父さんったら、そんな谷本君に退職金まであげて……」

あきれたような、松子の口調だ。けれどそういう作治の親切心を、好もしく思っているらしき表情を、一瞬見せる。

長い間、ともに歩んできた夫婦。ほんの少し、浜中はふたりがうらやましくなった。

浜中が中学生の時、両親は離婚した。浜中は母とふたりで暮らし始め、ところが浜中が大学生の時、母が亡くなってしまう。

離婚以来、父とは音信が途絶えたままだ。けれど浜中には大好きな大伯母がいて、今も健在だから、孤独を感じたことはない。

「私のお話は、これでお終《しま》いです」

松子が話を結んだ。一拍置いて、夏木が作治に問う。

「谷本圭一さんが、そのあと工場に現れたことは？」

「一度もありません」

「そうですか。ではもうひとつ質問します。三月と九月にあなたが現金を持って、葉山絹糸へ行くことを、谷本圭一さんは知っていましたか？」

まっすぐに、夏木が作治を見た。作治は虚空に視線を置いて、目を合わせない。やがて作治は口を開いた。

「工場の者は誰でも、知っていました」

「その『誰でも』の中には、谷本さんも含まれますね？」

少し間を置いてから、作治が首肯した。

「谷本さんの身長や体重、身体的な特徴などを教えてください」

「男性にしては小柄なほうでした。身長はそう、百六十センチぐらいだったな」

と、作治が松子に目を向ける。松子がうなずき、作治は口を開いた。

「体重は五十キロ前後だと思います。髪はやや長めで、先ほど妻がお話ししたように、金色に染めていました。一年前のことですので、今は少し変わったかも知れませんが」

「谷本さんの住まいは？」

「太田市の小舞木町《こまいぎちょう》でした。工場に彼の履歴書が残っていますので、それを見れば番地まで解ります」

太田市は桐生市の南隣だ。

「谷本さんは、ひとり暮らしでしたか？」

「いや、ご両親と一緒に住んでいたはずです」

作治が応えた。

6

病院をあとにした浜中たちは、レオーネに乗り込んだ。

「どこへ行きます？」

浜中は助手席の夏木に訊いた。

「まずは谷本の件を報告しよう」

「了解です」

浜中はエンジンをかけて、車を出した。

警視庁の刑事たちは、電車やバスでの移動が多いと聞く。だが群馬県は鉄道網が弱く、しかも面積は東京都の三倍近くある。群馬県警の刑事たちは、主に車で動く。

「さっきは飲み物、ごちそうさまでした」

ハンドルを切りながら、浜中は言った。ふっと笑い、夏木は何も応えない。沈黙がきて、やがて夏木がしじまを破った。

「お前の松子への気遣いがなければ、彼女の口から谷本圭一の名は出なかった」

「え？」

浜中は耳を疑う。もしかして、幸運を拾ってしまったのだろうか。松子の言葉を反芻《はんすう》し、浜中は慌てて口を開く。

「でもほら、松子さん言ってました。警察が工場の人たちに話を聞けば、すぐに谷本さんのことを知るはずだと。だから工場へ聞き込みに行った誰かが、すでに谷本さんのことを摑んでいると思います」

「そうかも知れない。だが松子が谷本のことを仄めかし、その際の作治の反応を、この目で見ることができた。これは大切な捜査情報だ」

「そんな……」

と、浜中は落胆する。松子のために飲み物を買ってこよう。そう思っただけなのに、どうしてそれが、「大切な捜査情報」に繋がっていくのだろう。しかも飲み物をおごってもらうという、幸運のおまけつきだ。

「浜中」

「はい」

「お前は不思議な男だな」

笑みながら、夏木が言った。どう応えてよいか解らず、「はあ」と浜中はお茶を濁す。

「さて、相棒。作治の反応をどう見た？」

夏木が問う。浜中は思わず口を開いた。

「初めてです！」

「初めて？」

「先輩今、初めて僕のことを相棒と呼んでくれました」

「そうだったかな。それより作治の反応だ」

照れを隠すように、少し早口で夏木が言った。少考してから、浜中は口を開く。

「松子さんを諭しつつ、作治さんはご自分の中のなにかの感情を、抑えようとしていた。そんなふうに見えました」

「作治も内心、谷本が犯人ではないかと思った。しかし犯人の顔は見ていないから、口に出せない。だが、黙っているのはつらい。そんなところか」

「はい」

「松子に対する『滅多なことを言うもんじゃない』という作治の言葉。あれは自らへの、戒めだったのかも知れない」

それきり夏木は黙り込んだ。やがて桐生警察署が見えてくる。

駐車場に車を停めて、浜中と夏木は桐生警察署に入った。五階の捜査本部は閑散としていたが、幸いなことに美田園の姿がある。

「ちょうどよかった、係長」

　夏木が声をかけた。

「どうしたの、夏木君」

　美田園が応える。三人用の長机の椅子に、浜中たちは並んですわった。谷本の件を美田園に話す。

　聞き終えて、美田園が口を開いた。

「作治さんの工場には、川久保さんと住友《すみとも》さん、それに桐生署の捜査員がふたり、向かったわ」

　川久保と住友は四十代で、捜査一課二係の名コンビだ。

　美田園が席を立ち、壁際に向かった。そこに机があり、電話機やファックスがいくつか並ぶ。美田園は受話器を取りあげて、どこかへダイヤルした。無言のまま電話を切って、こちらへくる。

「川久保さんのポケベル、鳴らしたわ」

　美田園が言った。待つほどもなく、一台の電話が鳴る。連絡係の署員が受話器を取りあげ、すぐに美田園を呼んだ。

　そちらへ行き、連絡係から受話器を受け取り、美田園は少しの間通話した。それから浜中たちのほうに戻ってくる。

　立ったまま、美田園は言った。

「工場の人たちが口々に、谷本の犯行ではないかと言ったそうよ」

　夏木と浜中も腰をあげた。夏木が言う。

「しかしそれだけでは」

「ええ、任意同行を求めるのは、ちょっと厳しい」

浜中は口を開いた。

「谷本さんの自宅の住所、解りますよね。その近くで聞き込み、しましょうか？」

「今、下手に動いて谷本に気づかれたら、逃げられる恐れがあるわ」

「ああ、そうですよね。それならもしも谷本さんが犯人だとして、強奪した金を使うのを待つとか」

日本の紙幣は大蔵省の特別機関である、大蔵省印刷局で作られる。新札は印刷局から日銀本店へ運ばれ、さらに日本各地の日銀支店に輸送されて、そこから各銀行などへ流れる。

上条作治が昨日、群馬第一銀行の桐生支店で下ろした九千七百万円は、日銀前橋支店から輸送されたばかりの新札だった。

大金を下ろすと作治から事前連絡を受けて、銀行が用意しておいたのだ。

事件発生後、桐生警察署は日銀前橋支店に連絡を取り、九千七百万円の紙幣番号を摑んだ。すべて新札であり、とおし番号だから把握しやすい。

昨夜の捜査会議によれば、今日の午前中には群馬県内の全銀行に、強奪金の紙幣番号を知らせるという。

そして今日中には、群馬県内すべての金融機関に知らせ、明日以降、隣県へも周知を広げる。

谷本が犯人なのか、解らない。だが、いずれにしても強奪犯が手にした九千七百万円は、使うと足がつきやすい「犯人にとって危険な札束」なのだ。

「それも手ね。でも恐らく上層部は、犯人が金を使う前に身柄を押さえたいと、考えてるはず。私も同じよ、後手にまわるのは性に合わない」

　この勝ち気なところも、美田園の魅力のひとつだ。美田園が話を継ぐ。

「強奪金を一枚たりとも使わせずに、逮捕といきたい。そのためには谷本に触らず、周囲で聞き込みもせず、一気に任意同行へ持っていければいいんだけど」

「ホームセンターで見つかったサニーは、どうなりました？」

　夏木が話題を転じた。

「持ち主は判明したわ。やはり盗難車みたいね」

「所有者の住所は？」

「太田市細谷町《ほそやちょう》よ。ああ、そうか、夏木君の考えてること、解ったわ」

　美田園の瞳がきらめいた。夏木が言う。

「まずは上条織物に寄って、谷本の履歴書を入手。ここへ戻ってコピーし、そのあと昼飯を済ませるとして、午後二時には到着できます」

「解った、私が連絡を取る。上にも報告しておくわ」

「了解。行くぜ、相棒」

「え？　ええとあの……、はい」

　よく解らないまま、浜中はそう応えた。

7

「ここだろうな」

レオーネの助手席で、夏木が言った。うなずいて、浜中は砂利敷きの月極駐車場に車を入れた。空いている場所に停め、夏木とともに車を降りる。

近くに店などはなく、とても静かだ。春の薄雲越しに陽光が降り注ぎ、そよそよと吹く少しひんやりした風が、心地よい。

待つほどもなく、一台の車がやってきた。レオーネの横に停まり、男性がふたり降りてくる。

「よう」

運転席から降りた男性が、そう言って手を挙げた。浜中たちと同じ捜査一課二係の、志水祐二《しみずゆうじ》だ。

志水は夏木より六つ年上の三十九歳。学生時代はずっと、ラグビー部に所属していたという。いかにも体育会系の好漢で、とても面倒見がよい。

もうひとりは桐生警察署刑事課の野口《のぐち》で、浜中は昨夜の捜査会議で初めて会った。今朝、サニーが見つかったホームセンターでも、顔を合わせている。野口は四十代後半だろう、どこか陰気な印象があった。

「このまま立ち話でいいだろう」

と、志水が口火を切った。

「サニーの持ち主は下川和子《しもかわかずこ》、三十五歳、独身。アパートでひとり暮らしだ。

アパートへ行ってみたが、和子は不在。管理人は常駐していないから、アパートの大家に連絡を取った。大家によれば、和子は自動車部品の製造会社に勤務、職場はアパートから、徒歩十分ほどだという。おれたちはすぐに職場を訪ねた。そこそこ大きな会社でな。受付へ行って和子の在籍を確認し、話を訊きたいと言ったら、人事部長のお出ましだ。

人事部長の計らいで、おれたちは会議室で余人を交えず、下川和子と会うことができた」

一旦言葉を切り、志水はポケットから煙草の箱を取り出した。煙草を銜《くわ》えて、火をつける。野口も煙草を吸い始めた。ふたりとも、うまそうに紫煙を吐き出す。

大学生の時、浜中は初めて煙草を吸った。火をつけて吸い込めば、途端にむせて涙が出た。口の中にも嫌な臭いが残り、以来、一度も吸っていない。

うまそうに煙草を吸っている人を見ると、少しだけうらやましくなる。

ほどなく吸い終えて、志水と野口は車の灰皿に吸い殻を捨てた。そのあとで志水が口を開く。

「あなたのサニーが、大間々駅近くのホームセンターで見つかりました。おれがそう切り出したら、和子は目を丸くした。心底驚いた、そんなふうにおれには見えた。野口さんはどう見ました？」

「あの反応が演技であれば、和子は女優になれるだろうな」

野口が応えた。うなずいて、志水が言う。

「和子が住むアパートには、駐車場がない。だから和子は、アパートからやや離れた月極駐車場を使っている。それがここだ。和子が借りているのは、そこのスペース」

駐車場の地面は、ロープで一台ずつに仕切ってある。少し先の一台分を、志水が指さした。車は停まっていない。

「おれたちは和子に詳しく話を訊いた。平日は徒歩で会社へ出勤し、サニーに乗るのは週末だけ。月極駐車場は通勤路と逆方向にあるから、乗る時だけ、つまり週末しかサニーを見ないという。だからおれたちが訪ねた時もまだ、サニーはそこにあると、和子は思っていたのだろう」

浜中は口を開いた。

「それで志水さんが、ホームセンターでサニーが見つかったと言った時、和子さんは心底驚いたのですね」

「ああ。あの時の和子の様子に、嘘はない」

「和子のアリバイは、どうです?」

夏木が訊いた。志水が言う。

「現金強奪事件が起きたのは、昨日の午前十時二十分頃。和子は昨日、午前八時から午後五時過ぎまで、会社にいた。昼休みも含め、一歩も外へ出ていない。

会社の同僚などの証言により、和子のアリバイは成立した。同僚たちに口裏を合わせた様子はなかったし、そういう時間もないだろう。

犯人はそこに停まっていた和子のサニーを盗み、犯行に及んだ。和子は事件と無関係で、車を盗まれた被害者というわけだ。

で、そっちはどうだ?」

志水が夏木に訊いた。これまでのことを夏木が話す。聞き終えて、志水が口を開く。

「谷本に触らず、周囲で聞き込みもせず、一気に任意同行へ持っていければ、か。そうか、だから遊撃班のお前たちが、ここへきたのか」

「はい」

夏木が応えた。浜中もすでに、ここへきた理由を知っている。この月極駐車場付近を、徹底的に聞き込みするのだ。そして谷本らしき男性が、駐車場で不審な動きをしていたという目撃情報を取る。そうすれば任意同行へ、持って行けるはずだ。

「四人で聞き込みしていたが、ふたり増えれば心強い。手分けして虱潰《しらみつぶ》しだ」

志水が言った。

夏木が内ポケットから、写真を何枚か取り出す。ここへくる前に上条織物へ行き、谷本の履歴書を借りた。そこに貼ってあった谷本の顔写真、それをコピーしたものだ。

「これは助かる。残りのふたりにも、渡しておく」

と、志水が写真を受け取った。

8

桐生警察署の取調室に、隣接する小部屋。浜中は桐生警察署のふたりの若い刑事とともに、その部屋にいた。

部屋には窓ガラスが、ひとつだけあった。浜中たち三人は、先ほどから身じろぎもせず、それを覗き込んでいる。

窓ガラスの向こうは取調室だ。マジックミラーだから、取調室側は鏡になっており、向こうからこちらの様子は見えない。

取調室に設置された集音器をとおして、音もこちらへ届く。逆にこちらの音は、よほど大きくない限り、取調室へ漏れない。

それは解っているのだが、浜中はどうしても、息を殺してしまう。桐生警察署のふたりの刑事も同様だ。

浜中たちが見つめる取調室には、中央に机があった。向かい合わせに椅子が二脚置かれ、壁際には小机がひとつ。

浜中たちから見て右手の壁に、鉄格子の嵌まった小窓があり、早朝の日ざしがわずかに注ぐ。それが殺風景な取調室の雰囲気を、少し和らげていた。

その日ざしを背に受け、若い男性が椅子にすわる。

谷本圭一、十九歳。目つきが険しく、いかにも悪そうな顔つきだ。派手なジャンパーに、太い白のズボンという格好で、ふてくされた様子を隠そうともしない。

谷本の向かいには、捜査一課二係の志水が、姿勢よく椅子に腰掛けていた。志水の斜めうしろには、桐生警察署の野口が立つ。小机には、書記官の姿があった。

小柄な若い男性が、月極駐車場のサニーに乗り込むのを見た――。

昨日あれからそういう目撃情報を、志水と野口が得たのだ。志水たちは目撃者に、谷本の顔写真を見せた。目撃者は「この人のようだった気もするが、よく解らない」と応えたという。

谷本は小柄で若い。上条織物の社員たちは、谷本の犯行ではないかと言い、被害者である作治と妻の松子も、谷本を疑っている。

事件発生時に作治を助けた皆川は、桐生市役所に勤める市の職員だった。温厚で親切、借金などは一切なく、酒はたしなむ程度で、ギャンブルには無縁。

皆川は現金強奪事件に、手を染めるような人物ではないことが、聞き込みにより確認された。今のところ谷本以外、捜査線上に浮かんだ者はいない。

これらにより、昨夜の捜査会議で泊捜査一課長が、谷本の自宅の家宅捜索と、任意同行を決めた。そして目撃情報を取ってきた志水と野口が、取り調べることになった。

谷本は一戸建て住宅に、両親と三人暮らしだ。捜査員のほとんどが、早朝から谷本宅を調べている。

ではなぜ浜中たち三人は、ここにいるのか。

浜中と桐生警察署のふたりの刑事は、まだ経験が浅い。志水たちの取り調べを見て学べという、泊の配慮だ。

「少し伺いたいことがある」

志水が言う。

「一昨日、つまり三月十二日の朝六時頃、どこにいた？」

「おれ、馬鹿だから記憶力ねえんだよ。一昨日のことなんてもう、忘れたよ」

そっぽを向いたまま、谷本が応えた。強い視線を谷本に据えて、志水が言う。

「太田市細谷町の月極駐車場に、いたんじゃないのか」

「細谷町？　行ったことねえな」

「しかし細谷町の月極駐車場で、君らしき男性がサニーに乗るところを、見た人がいる」

「刑事さん今、君らしきって言ったよな。だったらよ、はっきりおれを見たわけじゃねえんだろ」

と、谷本が歪んだ笑いを頬に刻む。取調室で刑事たちを相手に、怯《ひる》む様子はない。

昨日、太田市細谷町での聞き込みを終えたあと、浜中と夏木は太田警察署の生活安全課を訪ねた。対応してくれた課員によれば、谷本が中学生と高校生の時、何度も補導したという。

高校を卒業した谷本は、上条織物に入社した。そして一年後の昭和五十九年四月に、退職する。その頃から谷本はさらに荒《すさ》み、生活安全課の課員たちは、それまで以上に谷本を注視した。しかし谷本に、逮捕歴はない。

谷本はそこまでの悪事は働かないのか。

浜中と夏木が問い、課員は首を横に振った。

谷本は法に触れる行為をしているはず。だが狡猾さを身につけたらしく、中々尻尾を出さない。特に昭和五十九年の秋以降、うまく警察の目を逃れている印象だという。

志水が谷本に問う。

「もう一度訊く。細谷町の月極駐車場に行ったことは？」

「ねえよ」

「君、仕事は？」

「関係ねえだろ、そんなこと」

谷本がわずかに声を荒らげる。

「いいから応えなさい」

「働いてねえよ」

「だったら金はどうしてる？」

そっぽを向いて、谷本は応えない。

「両親から小遣い、もらってるのか？」

「そんなみっともねえ真似、できっかよ」

「だとしたら、君は金を欲していただろうな」

「だからなんだよ？」

「君は一昨日、桐生市内の路上で上条作治さんを襲い、現金を強奪した」

強い視線を谷本に注いで、志水が言った。

「証拠は？」

と、谷本が鼻で笑う。その表情には余裕があった。

谷本は何度も補導され、事情聴取に慣れている。それゆえの余裕なのかも知れないが、浜中にはそれだけではないように見えた。

警察が未成年者を逮捕して検察へ送ると、検察は家庭裁判所へ送致する。家庭裁判所でその事件を審判し、保護観察、児童相談所長送致、少年院送致など、逮捕された少年の行く末を決めるのだ。

谷本は十九歳。もしも現金強奪事件の犯人として、家庭裁判所へ送致されれば、どうなるか。よほどの理由がない限り、家庭裁判所は谷本を検察へ送り返すはずだ。

これを逆送と呼び、そのあと谷本の身柄は地方裁判所へ移される。そして成人と同じように、地方裁判所で裁かれるのだ。

少年法によって、谷本が罪を免れることはない。ならばそこからくる余裕では、ないだろう。

マジックミラー越しに、浜中は谷本にまなざしを注ぐ。そして気がついた。なんとなくではあるけれど、逮捕されない自信のようなものを、谷本から感じるのだ。

現金強奪事件を起こしていないから、逮捕されない。

谷本はそう考えているのだろうか。けれどそれならば、冤罪を被る怖さが多少なりとも、表情に表れるのではないか。ところが谷本には、それがない。

現金強奪事件を起こしたが、逮捕されない自信がある。

そうなのだろうか。なんだかこんがらがってきた。浜中はひとつ息を落とし、志水に目を転じた。

志水はじっと谷本を見ている。すると野口が背後から、志水の肩を叩いた。志水が腰をあげ、空いた椅子に野口がすわる。選手交代だ。

「おい」

と、野口は顔を、谷本に近づけた。

「煙草臭《くせ》えな」

谷本が言い、次の瞬間野口が机を叩いた。浜中は思わずびくりと反応する。

「お前がやったんだろう！」

野口が声をあげた。敵意に満ちた視線で、谷本が野口を睨む。谷本の表情には、もはや怒りしかなく、微妙な感情は読み取れない。

「逆効果かな」

一緒にいる桐生署の若い刑事が言った。

「そんなこと言って、野口さんの耳に入ったらどやされるぞ」

もうひとりが応える。それからふたりは揃って、浜中に目を向けた。

「『逆効果かな』という言葉、誰にも言いませんから」

ふたりはほっとしたようだ。浜中たちは窓の向こうに、神経を集中させる。

「どうなんだ、おい！」

野口が声を荒らげる。

「やってねえよ！」

谷本も負けていない。

「ここ数ヶ月前からな」

と、野口がわずかに声を落とした。すぐに言葉を継ぐ。

「桐生市や太田市内で、車の緊急脱出用ハンマーを使った車上荒らしが、何件か起きた。クラウンの窓ガラスを割る予行演習で、お前がやったんじゃねえのか？」

「知らねえよ、おれじゃねえ」

「いいから吐け。全部お前の仕業だろうが！」

「無理やりおれを犯人にしようってのか、やっぱり警察は腐ってやがる」

谷本が応えた。

「やっぱり……」

思わず浜中は呟いた。谷本は何度も補導され、都度、警察官から注意を受けただろう。その時ぞんざいに扱われ、警察に悪い印象を抱き、その思いが「やっぱり」という言葉になったのか。しかしなぜか浜中には、やや唐突に「やっぱり」が出てきたように思えた。浜中は少考し、そこへ小部屋の扉が開いた。係長の美田園が入ってくる。

「浜中君、ちょっといい」

浜中は無言でうなずく。緊張を帯びた美田園の美しい顔、それがなにか起きたことを、伝えていた。

9

浜中は美田園とともに、小部屋を出た。階段をあがって五階の捜査本部に入る。

捜査員のほとんどが、家宅捜索のために出払っており、捜査本部は閑散としていた。そこに夏木の姿がある。

浜中が小部屋にいる間、単独行動を取らずにいてくれたのだろうか。

そんなことを思いつつ、浜中は美田園とともに、夏木のところへ向かった。彼もこちらへきて、三人で立ち話になる。

「強奪金かも知れない紙幣が出たわ」

鋭い視線を浜中と夏木に送って、美田園が言った。

「谷本圭一の自宅から、見つかったのですね」

谷本宅の家宅捜索の、真っ最中のはずだ。だから浜中はそう訊いた。しかし美田園は首を左右に振る。そして口を開いた。

「違う。見つかったのは、桐生市の菱町《ひしまち》。最寄りの駐在所から、連絡があったの」

「駐在所！」

浜中は思わず声をあげた。

「そっちに反応しない」

ぴしゃりと美田園が言う。

「済みません」

浜中は頭を掻いた。

「祠《ほこら》の中から見つかったらしいわ」

「祠ですか？」

浜中は首をひねった。夏木もわずかに目を細める。

「とにかくふたりで、すぐ菱町に向かって」

そう言って美田園が、駐在所の詳しい番地を告げた。

「了解」

夏木が応えて歩き出す。浜中はその背を追った。

浜中と夏木は建物を出て、レオーネに乗り込んだ。夏木が運転を引き受けてくれたので、浜中は助手席にすわる。

まず、夏木と浜中は地図を広げた。群馬県の東に位置する桐生市の、東端に菱町はある。菱町の東はもう栃木県だ。

菱町は南北にかなり広く、しかし国道はなくて、県道がわずかに一本だけあった。町のほぼ全域に等高線が描かれて、北に行くほど道が減る。町の北部は沢に沿って、心細いほどの道が幾筋かあるだけだ。

浜中たちが向かう駐在所は、菱町のやや北寄りにあり、太田市の谷本宅のほぼ真北に位置する。彼我の距離は、およそ二十キロ。

夏木が車を発進させた。流れ始めた風景を見ながら、浜中は思いを巡らす。

谷本が犯人だとして、作治から金を強奪した手口は、手荒で大胆、しかし鮮やかという印象だ。

さらに谷本は自分が真っ先に疑われ、家宅捜索を受けることを予期していた。だから現金強奪後、恐らくはサニーを乗り捨てたあとで、菱町の祠に金を隠す。しかしそれが見つかった。そういう流れだろうか。

ならば谷本は、警察の動きを読みながら、入念に計画を練ったのか。

そういえば太田警察署の生活安全課の課員は、谷本は狡猾で中々尻尾を出さないと、言っていた。

しかし取調室での谷本の様子を見る限り、悪辣《あくらつ》さは感じても、狡猾さはあまり感じなかった。

小さく息をつき、浜中は気持ちを切り替えた。ともかくも駐在所へ行き、祠で見つかったという強奪金の確認だ。浜中の脳裏にありありと、鄙びた駐在所の様子が映る。

前を見たまま、夏木が声をかけてきた。

「浜中」

「はい」

「取調室での谷本の様子を、詳しく聞かせてくれ」

「解りました」

そう応えながら、浜中は気がついた。

助手席であれば、運転に気を取られることもなく、取調室の出来事をしっかり思い出せる。恐らく夏木はそう考えて、運転を引き受けてくれたのだ。

ならばそれに、応えなくてはならない。記憶をしっかり辿りながら、浜中は丁寧に話し始めた。夏木が黙って耳を傾ける。

桐生署の若い刑事の「逆効果」という言葉以外のすべてを、やがて浜中は語り終えた。

その頃にはもう、車は菱町に入っている。町の南端の道を、北上する格好だ。右手には小高い山々が連なり、木々の緑が鮮やかに美しい。そこに満作の黄色い花が、点々と灯るように咲く。

こういう風景を多く持つ群馬に生まれてよかったと、浜中はつくづく思った。やがて前方に、可愛らしいほど小さな駐在所が見えてくる。

「ありました！　あそこです」

浜中は思わず声を弾ませた。

「嬉しそうだな、そんなに好きなのか」

「はい」

ふっと夏木が笑う。そのあとで表情を引き締めて、夏木は刑事の顔に戻った。

10

駐在所の横に砂利敷きの駐車場があり、パトカーが一台停まる。

夏木がその隣にレオーネを停めると、駐在所から男性の駐在員が出てきた。五十代後半だろうか。痩せ型で黒い眼鏡をかけ、いかにも実直で親切そうな雰囲気だ。

夏木と浜中は車を降りた。

「菱町駐在所の市井《いちい》です」

その男性、市井が言って敬礼をした。浜中たちは挨拶を返し、それぞれ名乗る。それから市井の案内で、駐在所の中に入った。

入り口は上半分がガラスの引き戸で、入って右手と左手に、事務机がある。部屋の真ん中には円筒形のストーブが置かれ、適度な暖気を発していた。

ストーブのヤカンから湯気が立ちのぼり、シュシュというかすかな音が、どこかくつろぎを誘う。振り返れば引き戸の向こうに、素朴な風景が広がっていた。

浜中にとって、よだれが出そうな場所だ。ここで気を抜けば、間違いなく妄想が出る。浜中は気を引き締めた。

市井の勧めで、浜中と夏木は椅子に腰を下ろす。

「お茶でも淹れますよ」

「いえ、お気遣いはどうかご無用に。さっそくですが、見つかったという紙幣の件、詳しく教えてください」

夏木が応えた。

「解りました」

と、市井が椅子に腰掛けた。そして口を開く。

「仲村《なかむら》さんという、六十過ぎの男性がいましてね。ここいらの林道の、パトロール員なんです。車で林道を走り、落石や倒木はないか、不法投棄などされていないか、それらを確認する仕事です。

今日の午前八時四十五分ぐらいなのですが、仲村さんがここへきました。林道の途中の祠が、燃え落ちているといいます。それをパトロール中に見つけたと。

とにかく行こう。そういうことになり、仲村さんの車と私のパトカーで、現場へ向かいました」

「仲村さんは今、どこに？」

夏木が訊いた。

「パトロールに戻るというので、現場で別れました。まずかったですか？」

済まなそうに、市井が応える。夏木はすぐにかぶりを振った。そして言う。

「私たちもこれから、現場へ向かいましょう。ご案内して頂けますか？」

「もちろんです」

市井が応え、浜中たちは腰をあげた。市井がストーブを消して、浜中たちは外へ出る。紐つきの小さな看板を、市井が引き戸に引っかけた。浜中は看板に目を向ける。

汗を掻きながら歩く警察官の姿が、コミカルに描かれた挿絵とともに「巡回中です」とあった。

「今度は僕が運転します」

浜中は夏木に言い、レオーネのキーを受け取った。市井がパトカーに乗り込み、発進させる。助手席に夏木を乗せて、浜中のレオーネはパトカーに続く。

パトカーはしばらく北に行ったあとで、右折した。ここから林道なのだろう。緩やかに勾配がつき、ぐっと道幅は狭くなり、センターラインが消えた。

道の左右では、様々な木々が背比べだ。道の上空に被さるような梢もあるから、どこか緑のアーチを思わせる。

ほどなく左手に、沢が見えてきた。道はそこから沢に沿って、うねりながら徐々に高度をあげていく。

やがて左に、かろうじて車が二台停められる路肩が見えてきた。パトカーがそこへ停まる。浜中はすぐうしろに、レオーネをつけた。エンジンを切って車を降りる。

冷えているけれど、とても清々しい林道の空気を感じた。鳥たちのさえずりが落ちてくる。

「この先です」

市井が言い、浜中たちは歩き出した。ほどなく左手に、ぽっかりと空間が広がる。そこだけ木々は繁っておらず、地面は平らで、テントがいくつか張れそうだ。その小さな野原の先に、沼が見える。

道は今まで、沢に沿っていた。けれどこの場所で沢が大きくうねり、道から離れた。そして道と沢の間に、小さな野原と沼が生まれた。そういう感じだ。

「あれが祠ですね」

夏木が言った。沼の中に祠が建ち、燃え落ちている。

「車でここをとおりかかった際、仲村さんは祠に目を向け、異変に気づいたそうです」

「そうですか」

と、夏木は地面に目を向けた。このところ晴天続きで、すっかり地面は乾いている。

「足跡がつかないよう、気をつけながら行きましょう」

それでも夏木はそう言った。浜中たちは歩き出す。

野原を突っ切り、浜中たちは沼の汀《みぎわ》で足を止めた。しばし無言で、眼前の風景に見入る。

沼はややいびつな円形で、直径は十メートルほどだろう。何の変哲もない沼なのだが、ただひとつ変わっているところがある。台座だ。

浜中たちの立つ場所から、およそ二メートル先の水面。そこに四角柱の台座があった。沼の底からせり出すように、水面から一メートルほど突き出ている。

台座の天辺《てっぺん》は平たくて、広さは畳半畳ほどある。そこに木製の祠が載っていた。

祠の屋根は焼失し、観音開きだったらしき扉や三方の壁は、すっかり焼け崩れている。ほぼ全焼だから、はっきりとは解らないが、祠は恐らく一抱えほどあっただろう。

市井が口を開いた。

「仲村さん、最初は消防団に連絡しようと、思ったそうです。しかしご覧のとおり、すっかり燃え尽きています。しかも沼の中の火事だから、延焼の恐れはない。もちろん放っておくわけにはいかず、駐在所へきてくれたのです」

「そしてあなたとともに、再びここへきた」

夏木が言った。

「はい。私が祠をこうやって覗き込むと、あれが見えました」

と、水際に立つ市井は、上体を前方に突き出した。浜中も同じ姿勢を取り、斜め上から祠を見下ろす。もはや残骸と化した祠の中に、鞄が見えた。ほとんど燃えており、鞄の中は丸見えだ。

浜中はそっと息を呑む。大量の札束の灰らしきものが、鞄の中にあった。灰は崩れており、中心の燃え残りが目に入る。一万円札だ。

鞄の中に一万円札の札束をたくさん詰め込み、祠の中に隠した。しかしなぜか祠ごと、燃えてしまう。そして中心にあった紙幣が何十枚か、燃え残った。

そういうふうに見える。祠の中にはほかに、カレー皿ほどの大きさの、丸い凹面鏡もある。ご神体だろう。

市井が口を開いた。

「燃え残りのお札を見て、すぐに私、一昨日に桐生市内で発生した、現金強奪事件を思い出したのです。それで慌てて駐在所に戻り、本署へ報告しました」

夏木が言う。

「解りました。浜中」

「はい」

「おれのうしろに立って、おれの両腕を摑んでくれ」

「え？」

そう応えたあとで浜中は、夏木がなにをするつもりなのか、気がついた。だからすぐに口を開く。

「でしたら先輩が、僕のうしろにきてください。そのほうがいいです」

一瞬の逡巡のあとで、夏木がうなずく。

浜中は水際のぎりぎりに立ち、両腕を背後にまわした。それから腕を、後方へ伸ばす。うしろにきた夏木が、浜中の両手首を摑んだ。

「よし、いいぜ」

夏木の言葉を合図に、浜中は目一杯上体を前方に突き出した。スキー競技の、ジャンプさながらの体勢だ。

その浜中を、背後から夏木が手首を持って支えてくれる。夏木の腕力は解っているから、沼に落ちる恐怖はまったくない。

浜中は祠の中の、一万円札の燃え残りを凝視した。左上と右下に紙幣番号がある。

奇跡的というほどではないが、左上の紙幣番号が読み取れた。

「番号、解りました」

浜中は言った。夏木がぐいと浜中の手首を引く。浜中は元の体勢に戻り、夏木が手を離した。

浜中は内ポケットから、手帳を取り出した。強奪された上条作治の、九千七百万円。その紙幣番号をしたためた頁を開く。

九千七百枚分だが、とおし番号だから「ＮＪ一〇〇五二三ＣからＮＪ一一〇二二三Ｃまで」と、それだけしか記していない。

浜中は口を開いた。

「祠の中の燃え残りの一万円札。その紙幣番号は、ＮＪ一〇〇九九二Ｃでした」

「ビンゴだな」

静かな声で夏木が応えた。

11

先ほどから浜中は、たったひとりで沼の前にいる。美田園に報告するため、夏木は市井とともに駐在所へ向かった。

市井が桐生警察署へ連絡してから、浜中たちがここへ到着するまで、祠を見張っていた者はいない。それは仕方のないことだが、祠の中の紙幣が強奪金だと判明した以上、見張りを置かないわけにはいかない。そこで浜中が残ったのだ。

浜中は沼の中に立つ、石の台座に目を向けた。思いを馳せる。

わざわざ沼の中に、台座を立てるとは思えない。かつてこの沼はもう少し小さくて、恐らく台座は、水際にあったのだ。

ところが時の流れとともに、沼は次第に大きくなる。やがて沼は台座を呑み込み、この風景になったのではないか。

浜中は沼のまわりに目を向けた。唐松が多く植わり、木漏れ日さえあまり届かない。けれど沼とその手前の小さな野原には、遮るものがないから、春の陽光がたっぷり降り注ぐ。

浜中のいるあたりだけ、自然のスポットライトを浴びたかのようで、なんとも心地よい。

風が吹き、草がそよぐ。鳥たちのさえずりの中、彼方からウグイスの、まだどこか不慣れな谷渡りが耳に届く。

浜中はそっと目を閉じ、深呼吸した。

そういえば先ほど市井は駐在所を出る時、「巡回中です」の看板をかけた。

あの行為こそ、駐在員の醍醐味のひとつだろう。市井に頼んで、一度看板をかけさせてもらおうか。

そんなことを思いつつ、浜中は目を開けた。その途端に沼から水の音がする。そちらへ目を向け、浜中は腰を抜かさんばかりに驚いた。

沼の真ん中に、異国の男性がいるのだ。まるで地面に立つかのように、自然な様子で水面の上に立っている。

男性はローブを身に纏い、彫りの深い整った顔立ちで、ギリシャ神話の神を思わせた。

ずっと沼に潜っていて、出てきたのだろうか。しかし男性の髪や服は濡れていない。それにあれほどすんなり、水面に立つなどできるはずはない。

わけが解らず、浜中は呆《ほう》けたように男性を見つめた。浜中をまっすぐに見て、男性が口を開く。いつの間にか、ぴかぴかとした板を手にしていた。

「今、お前が沼に落としたのは、この金の『巡回中』の看板か？」

「え？　いえあの、違います」

「では銀の『巡回中』の看板か？」

「いえ、違います。そもそも私、看板を落としていません」

「お前は正直者だな。よし、金の看板と銀の看板を、お前に授けよう」

「でも私はまだ、駐在員ではないのです」

「何を言っている、自分の姿をよく見るがよい」

浜中は視線を落として、自らを眺めた。いつの間にか、警察官の制服姿だ。

沼に立つ男性が言う。

「菱町駐在所の駐在員、それがお前の役職ではないか」

「ああ、そうでした！　私、駐在員になれたのですよね」

男性がにっこりうなずく。次の瞬間、林道のほうから足音がした。目をやれば、夏木の姿がある。

浜中は沼に目を戻した。異国の男性は跡形もなく消えて、浜中は背広姿だ。

「またか……」

浜中はそう呟き、頭を抱えた。

「どうした？」

浜中の傍らで足を止めて、夏木が問う。

「あ、いえ。なんでもありません」

「ならいいが……」

「どうでした？」

浜中は夏木に訊いた。

「谷本宅の家宅捜索は、なんの収穫もないまま終わったそうだ。家宅捜索を終えた桐生警察署の鑑識が、これからここへくる。

あとは火災調査員にもきてもらうよう、係長に伝えておいた。おれたちはそれまで待機だ」

「市井さんは？」

「駐在所へ戻ってもらった」

12

林道から見て、沼の手前に小さな野原がある。浜中は夏木とともに、そこにいた。沼の周辺には六名の鑑識係員と、一名の火災調査員がいる。

火災調査員の名は宗田《むねた》。桐生市消防本部の予防課員だ。四十代後半で、優しげな顔立ちをしている。

水面に突き出た石の台座は、岸からおよそ二メートル。宗田は鑑識係員が浮かべた小舟に乗り、先ほどから熱心に祠を調べていた。小舟には年配の、藤木《ふじき》という鑑識係員も乗っている。

小舟は鑑識係員たちが、車に積んできた。小舟を一艘持ってくるよう、夏木が美田園に進言したのだろう。

やがて宗田は岸に戻った。藤木やほかの鑑識係員たちと額を寄せ合い、話し込む。そのあとで藤木が浜中たちに目を向けて、手招きした。

調査がようやく終わったらしい。浜中と夏木は沼へ向かった。

「では、頼みます」

と、藤木が宗田に目を向けた。うなずいて、宗田が口を開く。

「祠は焼け落ちていますので、推測になります。祠は中型犬用の犬小屋ほどの大きさで、その中には恐らく、ご神体だけが入っていた。このぐらいの、丸い凹面鏡です」

宗田は両手をやや離して、大きめの輪を作った。その凹面鏡は、浜中も先ほど見た。

宗田が説明を続ける。

「祠は高床式の切妻屋根で、扉は東に面して、つまり野原側にあります。観音開きの格子扉です。格子扉を開けると、とても小さな板張りの空間があって、奥にご神体が祀ってある。そういう構造でしょう。

その祠の中に、誰かが黒い鞄を置いた。鞄の中には相当量の紙幣が入っており、それなりの重量がある。祠は老朽化していたから、床が鞄の重さに耐えかね、やがて陥没した」

「床が抜け落ちたのですか？」

浜中は訊いた。うなずいて、宗田が言う。

「祠は高床式ですから、鞄は落下し、床板とともに台座の上に落ちる。しかしそれだけではありません」

「と言いますと？」

「ご神体も倒れたのです。ご神体は鞄の上に載って転がり、一回転して止まる。その場所は外から見て、扉の少し向こう側です」

「そうか」

夏木が呟く。柔和な視線を夏木に向けて、宗田が言う。

「お解りになったようですね」

「恐らく。しかしそんなことが起きるとは」

と、夏木が腕を組む。

「でもほかに考えられないしな」

藤木が言い、鑑識係員たちがうなずいた。浜中だけが置いてけぼりだ。誰にともなく、浜中は問う。

「ご神体が転がって、扉の向こう側で止まった。それから一体、どうなったのでしょう？」

宗田が言う。

「扉は格子で、東向き。そしてご神体は凹面鏡です」

「それは先ほど聞きましたけど……。え？」

朝日を浴びる祠。そんな光景が突然浮かび、浜中は目を見開いた。脳裏にある光景が、鮮やかに動き始める。

少し黄ばんだつやつやとした朝日。それが東の空から祠を照らす。格子扉だから、陽光は祠の中まで届く。そしてそこには転がったご神体がある。

浜中は口を開いた。

「小学生の時に理科の実験で、虫眼鏡をとおした太陽光を、黒い紙に当てたことがあります。黒は光をよく吸収するので、見る間に紙は燃え始めました。

ご神体は鏡ですから、虫眼鏡の実験と条件は異なります。けれど原理として、それと同じことが起きたのですね。

ご神体は祠の奥に安置され、普段は決して太陽光が当たらない。けれど床が崩れて、ご神体は前に転がった。そこに太陽光が当たる。

ご神体は凹面鏡だから、反射した太陽光は一点に集まる。そこには黒い鞄があって、やがて火がつき燃え始めた」

「まず、そうでしょうね」

「燃えたのは今朝ですか？」

「いえ、恐らく昨日だと思います」

現金強奪事件が発生したのは、一昨日だ。宗田が言う。

「太陽光によるこうした火災は収れん火災と呼ばれ、年間に十数件から二十数件程度発生します。収れん火災に気づいてすぐ消して、大したことはなかったので、消防署に連絡しない。そういうケースも、相当件数あるでしょうね」

「火災の原因として、それほど珍しいわけではない？」

夏木が宗田に問う。

「凹面鏡か凸面鏡、またはレンズ、あるいはそう、水の入ったペットボトルでもいい。太陽光がそれらに当たれば、いつでも起こり得ます」

「しかしこれほど燃えるとは……」

と、浜中は祠に目をやった。太陽光がご神体に当たるという、ただそれだけのことで、ここまで無残に燃えてしまうものだろうか。

「悪い条件が、揃いすぎていたようです」

宗田が言った。夏木がすっと目を細める。

「揃いすぎ、ですか」

浜中は訊いた。

「この景色を見てください」

と、宗田は沼のまわりを見渡した。浜中にまなざしを向けて、口を開く。

「どういう木が植わっていますか？」

「唐松が多いです」

「唐松は葉を落としますか？」

「はい、唐松は針葉樹だけれど、落葉樹でもあったはずです」

宗田が先生、浜中が生徒という雰囲気になってきた。

「そう。ゆえに唐松は、落葉松と呼ばれたりもします。

ところで祠の切妻屋根には、いつからか解りませんが、穴が空いていたはずです。と言いますのも相当量の唐松の葉が、祠内部で燃えた形跡があるのです。

一般的に針葉樹の葉は燃えやすく、油脂の一種である松脂《まつやに》を多く含む松の葉は、特によく燃えます」

浜中は問う。

「昨年の秋に唐松から葉が落ちて、屋根の穴から祠の中に入った。昨日、収れん火災が起きた時、その葉が燃えて、火勢が増したということでしょうか」

「そのとおりです。葉が焚きつけの役目を果たし、その火が鞄に移ったのかも知れません。

そしてもうひとつ、ああ、刑事さん。あれを拾ってきてくれませんか？」

宗田が近くの、唐松の根元を指さす。

「はい」

返事をして、浜中は唐松のところへ行った。根元に落ちていた松ぼっくりをひとつ拾い、宗田のところへ戻る。

「どうもありがとう」

と、宗田が松ぼっくりを受け取った。浜中にはますます、宗田が先生に見えてくる。林間学校の野外授業という感じだ。

松ぼっくりを目の高さに掲げて、宗田が口を開いた。

「松ぼっくりには、松脂がたっぷり含まれています。油の入った天然の容器とさえ言ってよく、たとえばバーベキューなどで火を起こす際、松ぼっくりをいくつか拾ってくれれば、焚きつけの役割を果たします」

「唐松の葉とともに、松ぼっくりも祠に沢山入っていたのですか？」

浜中は訊いた。うなずいて、宗田が言う。

「だと思われます。相当量の紙幣が入った鞄、松の葉、松ぼっくり。それらが祠の中で、燃え始めたのでしょう。松の葉と松ぼっくりにより、火の勢いは増し、ほどなく祠そのものに火がつく。松ぼっくりは火がつくと、時折爆《は》ぜることがあります。恐らく火災の途中に松ぼっくりがぽんぽんと爆ぜ、その衝撃で札束がばらけた」

すかさず藤木が口を開く。

「なるほど……」

「なにが『なるほど』なんでしょう？」

浜中は訊いた。

「鞄の中にあったのは強奪金、つまり帯つきの新札だ。ぴたりと揃った紙の束は、そう簡単に燃え尽きない。たとえば雑誌に火がついても、中心部は燃え残ることが多い。しかし札束がばらければ、その部分が空気に触れて、よく燃えただろうよ」

「そのとおりです」

宗田が言葉を引き取った。話を継ぐ。

「札束はほとんど燃えて、祠は燃え落ちた。ただ不幸中の幸いと言いますか、祠は沼の中にあり、台座は石です。延焼することなく、やがて火は自然に消えた」

「誰かが消火したのではなく、自然に消えたのですね」

夏木が確認した。宗田がうなずく。

13

時計の針が、午後の八時に近づいた。刑事や鑑識たちのざわめきが、次第に消えていく。桐生警察署の捜査本部だ。浜中は夏木とともに、うしろの席にいる。

ほどなく午後八時になり、幹部たちが入ってきた。起立、礼の儀式のあとで、泊捜査一課長が幹部席の真ん中にすわる。右に管理官の与田、左には桐生警察署の署長。

「さっそく始めよう」

泊の一言で、捜査会議が始まった。与田の指名を受けて、刑事たちが今日の出来事を報告していく。

谷本圭一は取調室で、現金強奪事件への関与を否定し続けたという。そして家宅捜索の結果、谷本宅から強奪金はおろか、証拠品も一切出なかった。

それらの報告を受けて、捜査一課二係の志水が発言する。

「谷本は任意同行です。いつまでも留め置くわけにも行きませんので、夕方帰しました」

「ただ帰したわけじゃ、ねえんだろう」

と、泊が最前列にすわる美田園に、水を向けた。

「四人の捜査員が交代で、二十四時間谷本を見張ります」

泊がうなずき、与田が鑑識の藤木を指名した。菱町の沼のほとりで、火災調査員の宗田が語った内容を、藤木が報告する。

聞き終えて、与田が藤木に問う。

「鞄の中にあった札束の灰は？」

「県警本部の科捜研に持ち込みました。かろうじて燃え残り、紙幣番号が確認できた一万円札は八十七枚。すべて本物の一万円札であり、強奪金の紙幣番号と一致しました」

捜査本部の空気が揺れた。咳払いで静寂を呼び戻して、与田が言う。

「それで？」

「日銀前橋支店に協力を仰いだところ、職員が三名、科捜研にきてくれましてね。日銀の職員によれば、たとえ紙幣が燃えてしまっても、ある程度燃え残りの面積があれば、新しい紙幣に交換してくれるそうです」

「金が戻ってくるわけか」

「はい。燃え残りの面積によって、全額または半額戻ってきます。ですが祠で見つかった八十七枚は、どれも基準を満たしておらず、交換はできないとのことでした」

「強奪金は九千七百万円だ。残りのおよそ九千六百万円分の札束は？」

「完全に灰になっていました。しかも松ぼっくりが悪戯《いたずら》しましてね」

「松ぼっくり？」

与田が首をかしげた。藤木が言う。

「火災調査員の宗田によれば、祠の中で松ぼっくりが爆ぜたそうです」

「それは今し方、聞いた」

「小さな爆発で札束はばらけ、ますます燃える。そのあとも松ぼっくりは爆ぜ、札束の灰が崩れたのです。

それでも科捜研は、日銀職員の協力を仰ぎつつ、灰を調べてくれました。

結果、相当量の一万円札の灰だと断定できるが、正確な枚数までは解らない。恐らく九千枚から一万枚の一万円札が、燃えたと思われる。とのことです」

「鞄の中には、多量の紙幣が入っていた。その大半が燃えて灰になり、燃え残りの八十七枚は、強奪された一万円札と紙幣番号が一致した。ならば鞄の中には、強奪金が全額入っていたと見ていいだろう」

「でしょうね。該当する紙幣番号の一万円札が、どこかで使われたという情報も、今のところありませんし」

「決まりだな」

与田が言った。

病室の上条作治と松子の様子を思い出し、浜中の胸が痛む。

強奪された九千七百万円は、紙幣番号によって、所有者がはっきりしている。もしも無事に見つかれば、上条作治に返還されたはずだ。

しかしほとんどは灰になり、燃え残りの八十七枚も、面積の基準を満たしておらず、ただの一枚さえ、作治のところに戻らない。

泊が口を開いた。

「本人の反応が、楽しみになってきたな」

首をひねって、与田が問う。

「本人の反応？　どういう意味でしょうか」

「明日になりゃ、解るさ」

そう応えて、泊はにやりと笑った。

再び首をひねったあとで、与田が藤木に言う。

「強奪金の入っていた鞄は？」

「燃えてひどい有様ですが、底の一部が燃え残っていました。鞄の色は黒、ビニール製。恐らく取っ手つきの、スポーツバッグでしょう」

「製品名や製造メーカーの特定は？」

「科捜研によれば、特定は難しいかも知れないと」

「そうか。よし、次だ。沼や周囲の状況について」

与田が浜中と夏木に目を向けた。

鑑識係員や宗田と沼のほとりで別れたあと、浜中と夏木は市井のいる駐在所へ行った。そして菱町で情報を収集したのだ。

浜中は起立して、口を開いた。

「祠が燃え落ちた沼には、林道で行くことができます。その林道は沼を過ぎてから、およそ二キロ先で獣道になり、それから途絶えます。

道の左右にキャンプ場などはなく、やがて行き止まりになる林道ですので、登山者やハイキングの人たちは、ほとんどこないそうです」

一昨日の捜査会議で、浜中と夏木は発言していない。昨日の捜査会議では、夏木が捜査の結果を語った。浜中にとって、この捜査本部で初めての報告だから、やはり緊張する。

浜中の緊張を見て取ったのか、隣にすわる夏木が、テーブルに置いた両手を軽く広げた。

気楽に行こうぜ——。

と、その手が言っている。ふっと心が軽くなり、浜中は話を継いだ。

「ただし林道は沢に沿っていますので、釣り人は時々きます。そのほか年に一、二度、恐らくは車できて、ゴミを不法投棄する人がいるとのことです」

「ほとんど人がこない林道、というわけか」

与田が言った。

「はい。道幅も狭いですから、自然を求めてなんとなく林道に入ってみようという車も、少ないと思います」

「そういう場所だからこそ、ここなら見つからないと考えて、犯人は強奪金を隠した。これが恐らく、一昨日か昨日未明のことだ。

ところが昨日の朝、収れん火災によって祠が燃えた。しかし誰もその火事を目撃せず、消防への通報はなし。

立ち昇る煙を遠くから目撃した人がいるかも知れないが、火事と思わなかった。あるいは煙を見て、多少気になった人がいたとしても、現場は寂しい林道だから、わざわざ煙の発生場所まで、行かなかったのかも知れない。

そして今日の午前八時半頃、林道パトロール員が火災の痕跡を見つけた」

と、与田が泊に目を向けた。腕を組み、泊は無言。浜中を見て、与田が口を開いた。

「林道パトロール員の仲村には、会っただろうな」

「はい」

「仲村はその林道を、毎日パトロールしてるのか？」

「いえ。週に何度か、車で林道に入って行き止まりまで行き、戻ってくるとのことです」

「仲村が最近林道で、不審人物や不審車両を目撃したことは？」

「ないそうです」

「そうか」

と、与田が息を落とした。少考してから、泊が口を開く。

「火災調査員の宗田さんによれば、祠の屋根の一部に穴が空いていたという。そのことについて仲村さん、なんて言ってた？」

仲村に会った時、その件は夏木が訊ねた。仲村の返答を、浜中は手帳にしたためてある。手帳に目を落として、浜中は口を開いた。

「二ヶ月前か、三ヶ月前。あるいはそれよりもっと前かも知れないけれど、いつの頃からか、屋根に穴が空いた。仲村さんはそう言っていました」

14

翌日、午前九時。浜中は桐生警察署の取調室にいた。部屋の中央に机と椅子が二脚あり、浜中はそのひとつに、腰掛けている。浜中の斜めうしろに夏木が立ち、壁際には書記係がひっそりすわる。

机を挟んだ向かいの椅子には、谷本がいた。椅子の背もたれに上体を預け、腕を組み、ことさらにふてくされた様子だ。

浜中は両腕を机に載せ、軽く両手を握り合わせた。落ち着けと自らに言い聞かせる。

浜中は取り調べが、苦手なのだ。そもそも人を問い詰めることができない。というよりも、人を問い詰めようと思ったことが、あまりない。

昨夜の捜査会議のあとで、浜中と夏木は泊に呼ばれた。明日、つまり今日、朝一番で谷本を任意同行しろという。

強奪金が燃えた祠を見てきたのは、浜中と夏木だから、取り調べの役目がまわってきたのだろう。

ふたりで取り調べる場合、夏木が被疑者や参考人から話を訊き、浜中はうしろに立つことが多い。

今回もそうだろうと浜中は思い、ところが夏木は浜中の肩を叩いて「頼むぜ、相棒」などと言う。

浜中は戸惑いつつ、泊に目を向けた。

「そいつはいいな」

泊が応え、浜中が谷本を取り調べることになった。

「取り調べの最中に、今夜の捜査会議のことを思い出せばいい」

と、夏木がアドバイスらしき言葉を口にした。

そして今、浜中は谷本と向かい合っている。

「住所氏名、年齢を教えてください」

浜中は聴取を始めた。

「昨日、応えたぜ」

面倒くさそうに谷本が言う。

「もう一度、お願いします」

「まったく」

ため息を落とし、それでも谷本は住所などを述べた。

「三日前の午前中に、現金強奪事件が起きました。あなたはその時、どこでなにをしていましたか？」

「三日前のことなんて、忘れちまった」

「では、思い出してください」

「あっ？」

谷本の顔が険しさを増す。

「できれば、思い出して欲しいなと」

そう言って浜中は、谷本から目をそらす。しかしすぐに反省した。せっかく夏木と泊が、浜中に場数を踏ませようとしてくれたのだ。

「上条織物に勤めていたあなたは、上条作治さんが年二回、多額の現金を運ぶことを知っていた」

と、浜中は攻め口を変えた。

「知ってただけで、犯人扱いかよ！」

谷本が声をあげた。怯まずに浜中は、上条織物に勤務していた頃の様子を、色々と問う。素っ気なく、谷本が応えていく。

そのあとで浜中は、月極駐車場から盗まれたサニーのことを口にした。

「あなたが盗んだのではありませんか？」

「やってねえよ」

そう応えて、谷本がふんぞり返った。椅子の背もたれが、ぎしぎしと音を立てる。

「上条さんが現金を運ぶことを、あなたは知っていた。そして犯行に使われたサニーに、あなたと背格好の似た男性が、乗り込むところを見た人がいる。

そういうことが重なれば、警察はあなたを疑います。

もし現金強奪事件に関与していないのであれば、三日前の午前中どこにいたのか、よく考えて思い出してください。あなたにアリバイが成立すれば、警察は疑いを解きます」

粘り強く、浜中は言った。

「おれ馬鹿だから、三日前の記憶なんてありませーん」

しかし谷本はおどけ声で、そう応えた。浜中は内心で首をひねる。

昨日浜中は、志水たちが谷本を取り調べる様子を見た。その時にも感じたのだが、逮捕されない自信のようなものが、谷本にあるのだ。

その自信がどこからくるのか解らないが、このまま取り調べを終えるわけにはいかない。

なにか切り口はないだろうか。

浜中は忙しく頭を回転させた。するとふたつの言葉が脳裏をよぎる。

昨日の捜査会議で泊は、「本人の反応が、楽しみになってきたな」と言った。そして会議のあとで「取り調べの最中に、今夜の捜査会議のことを思い出せばいい」と、夏木が口にした。

その意味が今、ようやく解った。浜中は谷本をまっすぐ見つめて、口を開く。

「何者かが上条さんから奪った九千七百万円。そのほとんどが燃えて灰になった状態で、祠の中から見つかりました」

その瞬間、谷本がまじまじと浜中を見た。呆けたように口を開き、まばたきさえしない。

「嘘だろう」

思わずというふうに、谷本の口から言葉がこぼれ落ちた。

「焼失の度合いがひどく、もはや紙幣としての価値はなく、ただの灰の山でした」

一瞬の間のあとで、谷本が言う。

「だからなんだよ。おれには関係ねえ、ああ、関係ねえとも」

その言葉や態度はあまりにぎこちなく、浜中は確信する。やはり谷本が、現金強奪事件を起こしたのだ。

一旦祠に現金を隠し、家宅捜索などが終わったあとで回収する。谷本はそう計画し、ところが予想だにしない収れん火災によって、強奪金は燃えてしまった。

ここで畳みかければ、谷本の尻尾を摑めるかも知れない。浜中は懸命に、次に放つ言葉を探した。

第二章 刺殺

1

昭和六十一年十二月。

浜中康平は、ホンダシビックのハンドルを握っていた。関越自動車道を渋川伊香保《しぶかわいかほ》インターで降り、利根川を渡って、赤城村《あかぎむら》に入ったところだ。

赤城村は群馬県の中央、やや東寄りにある。上毛三山《じょうもうさんざん》のひとつ、赤城山《あかぎやま》を東の彼方に望む鄙びた里だ。

冬晴れだから、陽光が眩しいほど路面に降り注ぐ。浜中はわずかに目を細めて、シビックを走らせていく。

「さっきから浜中さん、にやけてます」

希原由未《きはらゆみ》が言った。

「そんなことないよ」

そう応えながら浜中は、ちらと助手席に目をやる。くつろいだ様子の由未がそこにいた。ふんわりとした白いセーターに細身のジーンズ、スニーカーという出で立ちだ。

短めに切り揃えたまっすぐな黒髪と、つぶらな瞳。優しい顔立ちで、いかにも人の良さそうな童顔だから、二十代半ばの由未は、実年齢よりもよほど若く見える。

けれど由未はこう見えて、安中《あんなか》警察署唯一の女性刑事だ。

今年の五月に安中市内で誘拐事件があり、安中警察署に捜査本部が設置された。その捜査本部で浜中は、由未と初めて会い、よく行動を共にした。

浜中は今朝、前橋市内のレンタカー屋でシビックを借りて、まずは安中駅へ行った。そこで由未と七ヶ月ぶりに再会し、それから一路、赤城村を目指したのだ。

「ねえ、浜中さん」

「なんです？」

浜中はまだ、由未との距離感をうまく摑めずにいる。だから敬語になったり、くだけた口調になったりしてしまう。

「どうして今日、背広着てきたんですか？　非番なのに」

「いつ呼び出されるか、解らないからね。非番の日に出かける時は、背広着ることが多いんです」

「なんだ」

と、由未が少し口を尖らせて、言葉を継ぐ。

「私の父に挨拶するために、背広着たのかと思ってました」

「なんの挨拶です？」

「娘さんをくださいって」

「言いませんよ、そんなこと」

「ひどい。私のこと、遊びだったのね」

「遊びもなにも、そもそも僕たち、つき合ってないですよね」

「そうでした」

そう応えて、由未がぺろっと舌を出す。それから彼女は、元気一杯の女子中学生のように、にこにこ笑った。

由未の父親は、赤城村の駐在所に勤務する警察官だ。浜中たちは今日、そこへ行く。駐在所の奥の自宅には、由未の母もいるという。

久しぶりに両親に会えると言って、車に乗った時から由未は、はしゃいでいた。浜中も嬉しくて、今朝はずいぶん早くに目が覚めた。

由未の父親に会って、駐在所での暮らしのことを詳しく聞きたい——。

もうずいぶん前に、浜中は由未にそう頼んだ。しかし警察官は忙しい。休みの日でも、事件が起きれば呼び出されるし、捜査本部が設置されれば、泊まり込みの日々になる。

浜中と由未、由未の父親。三人の予定をすり合わせて、駐在所へ行く日を決める。しかし三人の誰かが急遽《きゅうきょ》仕事になって、流れてしまう。

それを何度か繰り返し、ようやく今日を迎えたのだ。

「もうすぐかな」

高鳴る胸を抑えて、浜中は訊いた。

「あと五キロぐらいです。いよいよですね、浜中さん」

「うん」

浜中は微笑みながら、うなずいた。だが次の瞬間、背広の内ポケットが振動する。ポケットベルだ。

ものすごく嫌な予感を覚えながら、浜中はシビックを、路肩に寄せて停めた。ポケベルを取り出して、恐る恐る画面に目を向ける。

ポケベルには、職場の電話番号が表示されていた。浜中は思わずため息を落とす。

「もしかして」

由未が言った。

「事件が起きたみたいだ」

浜中は応えた。今、浜中たち捜査一課二係は、待機状態だ。事件が起きれば、招集がかかる。

浜中はシビックを発進させた。少し先に雑貨屋があり、その軒先に公衆電話ボックスが見える。

雑貨屋の駐車場に車を停め、浜中は由未を残して、公衆電話ボックスに入った。電話をかけると、すぐに美田園恵が出る。

「はい、捜査一課二係」

「浜中です」

「ああ、浜中君。非番なのに悪いわね」

「いえ、なにか起きたのですか？」

「太田市内で殺人事件が発生したわ」

「そうですか」

浜中はレンタカーで、赤城村にいることを告げた。そして言う。

「このままレンタカーで、現場へ向かいましょうか？」

「そうしてくれる」

事件現場の住所を聞き、浜中は通話を終えた。車に戻って、由未に事情を話す。

「せっかくここまできたのに……」

未練を込めて、浜中は言った。

「なに言ってるんです、仕事優先です！　すぐ太田市に向かいましょう」

「はい」

そう応えて浜中は、車を出した。きた道を戻って南下し、国道三百五十三号線に入る。

「あれ？」

浜中はようやく気がついた。

「由未さんはこのあと、どうするんです？」

「決まってるじゃないですか、一緒に太田市の現場へ行きます」

当たり前のように、由未が応える。

「でもこの事件、太田警察署に捜査本部ができて、太田署の人たちと僕ら二係で、捜査することになると思うんですけど」

「だからなんです？」

「だからなんですって言われちゃうと、応えようがないんだけど……」

「浜中さん」

真面目な声で由未が言う。

「殺人事件の現場で、二係や太田署の人たちがどのように振る舞うか。それを見るだけでも、勉強になると思うんです」

「それはそうだけど」

「加瀬《かせ》さんをはじめ、安中署刑事課の先輩たちはみな、私によくしてくれます。でも女だてらに刑事とか、女は駐車禁止を取り締まっていればいいとか、そういう陰口も聞こえてくるんです」

浜中は無言で小さくうなずいた。

いまだに「婦警」という言葉がまかりとおる警察は、厳とした男性社会だ。明るく見える由未だけれど、色々と苦労しているのだろう。

恐らく由未は、誰からも認められる一人前の刑事に、早くなりたいのだ。そうすれば陰口は自然に止むし、そんな由未の背中を見て、励みに思う後輩の女性たちもきっといる。

「私、陰口叩く人に、ぎゃふんと言わせたくて」

由未の言葉に、浜中は目をぱちくりさせた。そのあとで問う。

「現場を見て勉強したい理由って、それなの？」

「はい、ぎゃふんです」

「そうなんだ……」

「ぎゃふんとともにあらんことを」

と、由未は有名なＳＦ映画の台詞をもじった。それからにこっと笑い、真顔に戻って口を開く。

「もちろん捜査の邪魔はしませんし、現場に入るなと言われれば従います。だからお願いします、浜中さん」

「解った。お父さんへの連絡はどうする?」

「途中どこかの公衆電話から、今日は行けなくなったと父に告げます」

2

群馬県の東南に位置する太田市には、富士重工《ふじじゅうこう》の大きな工場がふたつある。関連会社も多く、太田市は「スバルの町」という印象だ。

太田駅から西へ五キロほどの、太田市上田島町《かみたじまちょう》で死体が見つかったという。

浜中のシビックはすでに上田島町に入り、県道を東へ向かっている。

「あそこを右折だと思います」

地図に目を落としながら、助手席で由未が言う。

ほどなく浜中は右折した。しばらく走って、今度は左折。すると彼方で道は行き止まりになり、その先にとおせんぼうする格好で、三階建ての集合住宅が二棟あった。左右ではなく、前後に二棟並び立つ。

道の行き止まりと建物の間に、コンクリートの舗装路が見える。そこにパトカーや鑑識の車が、何台も停まっていた。

浜中は突き当たりまで行き、車を停めた。車を降りると、十二月の冷たい風が頬を打つ。浜中は革のコートを、由未はベージュのダッフルコートを羽織った。ふたりで集合住宅を眺める。

二棟は左右にずれることなく、きれいに整列して建っていた。だからこの場所からだと、前側の棟しか見えない。

鉄筋コンクリートの建物で、頑丈そうだがとても古い。白かったであろう壁は灰色にくすみ、なかなか陰気な印象がある。

こちら側からは外廊下と、等間隔で並ぶ玄関扉が見えた。各階四戸、十二世帯が住めるらしい。オートロックの共用玄関などはなく、建物の左右に外階段があって、誰でも入れる。屋上はなく、色褪せた青い切り妻屋根が載っていた。

各戸とも、玄関扉の横に磨りガラスが嵌まる。しかし磨りガラス越しになにも見えず、生活感がまったくない。近所の子供たちが「幽霊屋敷」と恐れそうな、廃マンションらしき佇《たたず》まいだ。

二階の外廊下の外壁に、上田島マンション一号館とあった。美田園に聞いた建物名と一致する。

浜中は由未をうながし、パトカーの脇をすり抜けた。その先に立ち入り禁止のテープが張り巡らされ、制服姿の警察官がいる。

浜中は警察官の前に立ち、内ポケットから警察手帳を取り出した。身分証の頁を開いて掲げ、そのあとで言う。

「県警本部、刑事部捜査一課の浜中です」

「安中警察署、刑事課の希原です」

浜中と同じように警察手帳を掲示して、由未が言った。

「安中警察署の方がどうしてここへ？」

警察官が問う。

「ちょっと事情がありまして」

浜中は応えた。

「そうですか……。どうぞ」

「済みません」

と、浜中は由未を伴い、立ち入り禁止のテープをくぐった。この瞬間は、やはり身が引き締まる。由未の表情もやや硬い。

浜中たちは今、上田島マンション一号館のほぼ正面にいる。県警本部の鑑識課員が行き来しているが、刑事たちの姿はない。

浜中は由未とともに、建物に沿って右手へ歩いた。そうして建物の側面に出ると、すぐ横に二号館があった。一号館と同じ造りで、こちらもかなり古びている。

行き止まりの道から見て、一号館のすぐうしろに二号館があるから、一号館の一階や二階は、日当たりが悪そうだ。

一号館と二号館の左右、それに二号館の後方は雑草の茂る空き地で、その先に道があった。道の向こう側に、四階建てのマンションが見える。

行き止まりに建っていることもあり、上田島マンションのまわりは寂しい印象だ。

「あそこみたいですね」

由未の言葉にうなずき、浜中は二号館の側面に目を向ける。地下への入り口があった。

一号館の手前にある舗装路は、一号館に沿って右へ行き、やがて横に倒したU字形のように弧を描く。そしてくだりながら、地下の入り口へと至るのだ。

二棟のまわりに、入居者用の駐車場はない。駐車場は地下にあるのだろう。

舗装路が建物の地下へ潜ろうとする、まさにその場所に、鑑識課員たちがいた。なにかに群がる格好だ。鑑識課員に交じって、背広を着た検視官の姿もある。

現場で死体を調べて、事件性の有無を確認するのが検視官だ。検察官や、法医学を学んだ警察官が任命される。

鑑識課員や検視官から、少し離れた場所。地下へと続く舗装路の途中に、捜査一課二係の面々がいた。太田警察署の刑事らしき人たちも一緒だ。

二係のひとり、志水祐二が浜中たちに気がついた。志水の隣に立つ夏木大介も、こちらを向く。顔を見合わせてから、ふたりはこちらへきた。

舗装路のところどころに、雑草が生えている。そのたくましさに感心し、踏まないように気をつけながら、浜中は由未と一緒に、志水と夏木に歩み寄った。

「夏木先輩、お久しぶりです」

と、由未が上体を十五度折る。警察官が私服の場合、これが正式の敬礼になる。

「よう」

由未をいぶかしむ様子も見せず、夏木が軽く右手を挙げた。

「君は？」

志水に問われ、由未が名と所属を告げた。浜中はこれまでの事情を話す。

「現場を見て勉強したい、か。殊勝な心がけだな」

聞き終えて、志水が言った。

「ということは」

期待に満ちた表情で、由未が問う。

「現場にいても構わない」

「ありがとうございます！」

と、由未が志水に敬礼した。志水が言う。

「威勢がいいな。だがそれにしても、とても刑事には見えない」

ふっと笑って、夏木が口を開いた。

「社会科見学にきた、中学生ってところでしょうね」

途端に由未が、頬を膨らませる。

「とにかく鑑識の作業が終わるまでは、待機だ。それにしても、因縁を感じるな」

真顔に戻って、志水が言った。

「因縁って、なんのことです？」

浜中は志水に訊いた。

「もうすぐ解る」

3

鑑識の作業が一段落するのを待ちながら、浜中は上田島マンションの一号館に目を向けた。

浜中がいる場所からは、各部屋のベランダが見える。カーテンの引かれた窓はなく、すべて空き部屋なのが一目で解った。各部屋は住居というより、がらんとした箱のようだ。

浜中は二号館に視線を移した。側面の壁が見える。壁の幅から推測すれば、各戸は二ＬＤＫぐらいだろうか。

壁の真ん中には、各階にそれぞれひとつずつ、出窓がある。浜中から見て出窓の左側に、三階の上の屋根から一階の床下まで達する、垂直の雨どいがあった。

切り妻屋根と一階の床下には、ほぼ水平に雨どいが渡され、垂直の雨どいは、その二本に接する。

一階の床下のすぐ下が、地下の天井だ。垂直の雨どいと、一階床下の雨どいが接する場所の真下に、鑑識課員たちはいる。

彼らの真剣な面持ちには、矜持《きょうじ》と使命感が滲む。そして浜中の横では由未が、真摯なまなざしを彼らに注ぐ。一層気を引き締めて、浜中も作業を見守った。

やがて鑑識課員たちの輪が緩んだ。鶴岡《つるおか》という鑑識課員がこちらに目を向け、うなずいた。刑事たちが一斉に歩き出す。

舗装路の勾配はややきつく、その先に地下への入り口がある。

浜中たちがそこへ行くと、鑑識課員が場所を空けてくれた。横たわる男性の姿が、目に飛び込んでくる。浜中たちは男性の傍らに、しゃがみ込んだ。

男性はコンクリートの床にうつ伏せで、両足をやや開き、両手をごく自然に前へ伸ばしていた。顔は少し横向きだ。

男性にしてはやや小柄で、髪は金色。赤いゆったりとしたセーターを着て、太めの黒いズボンを穿く。

男性の背中には、包丁が深々と刺さっていた。傷口からあふれ出たであろう血が、赤いセーターをどす黒く染めている。

血はコンクリートの床にまで垂れ落ちて、その量の多さが、男性の死を物語る。

「嘘だろう」

そんな言葉が浜中の口を衝いた。そのあとで、先ほど志水が言った「因縁」という言葉を思い出す。

浜中は過去へ思いを馳せた。

今からおよそ、一年九ヶ月前。昨年の三月に、桐生市内で現金強奪事件が発生した。被害者の名は上条作治、奪われたのは九千七百万円だ。

事件の重要参考人として、谷本圭一という人物がすぐに浮かぶ。警察は谷本に任意同行を求め、浜中自身も事情聴取した。

あと一歩で尻尾が摑める。浜中は勢い込み、しかし谷本は頑として、事件への関与を否定。目撃情報や証拠は出ず、警察は谷本を逮捕することができなかった。

だが谷本のほかに、容疑者は浮かばない。刑事の中には作治の自作自演、つまり狂言強盗を疑う者も出た。彼らは慎重に作治の身辺を洗い、結果として狂言強盗の線は消える。

強奪金の紙幣番号は解っているが、大半が焼失した。だから犯人が強奪金を使うのを待って、そこから足取りを追う捜査はできない。現金が入っていた鞄もひどく燃え、製品名や製造メーカーの特定には至らなかった。

捜査本部は、やがて解散。現金強奪事件は、未だに解決していない。

その谷本圭一の死体が今、浜中の目の前にある。

浜中は思わず天を仰いだ。二メートルほど上に、一階床下の雨どいの底部が見える。大部分が欠け、もはや雨どいの役割を果たしていない。

役に立たない雨どいと、谷本を逮捕できなかった自分が、どこかで重なった。そのあとで浜中は、やるせなくなる。

あの時逮捕していれば、谷本がこの場所で無残な最期を遂げることは、なかったかも知れない。

検視官が口を開いた。群馬県警本部所属の、熟練の検視官だ。

「死亡推定時刻は、本日の午前三時から午前五時ってところだ」

「かなり深く刺さってますね」

背中の包丁を注視して、志水が言った。うなずいて、検視官が応える。

「床はコンクリートだ。立った状態で背中を刺されて倒れれば、顔に傷がつく可能性が高い。だが被害者の顔に傷はない。うつ伏せ状態の被害者の背に、相当の力で包丁を刺した。おれはそう見るな。断じる気はないが。この仏は司法解剖にまわされるだろう。そうすれば詳しく解るはずだが、見る限り背中以外に刺された傷などはない。いずれにしても、事件性があるのは一目瞭然だ。お前たちの出番だな」

と、検視官は刑事たちを見渡した。

4

ほどなく鑑識課員たちが、谷本の死体を担架に乗せた。検視官とともに去って行く。

浜中は死体があった場所に目を落とし、首をひねった。コンクリートの床に、比較的新しそうな傷がある。谷本は背中を刺されたのだが、ちょうどその真下の部分だ。

浜中は腰を落とした。夏木や由未、ほかの刑事たちも傷に気づき、しゃがみ込む。刃物で一回、コンクリートの床を刺した。そういう傷だ。

志水が鑑識課員に声をかけ、床の傷を手で示した。鑑識課員がさっそく床を調べ始める。邪魔にならないよう、死体があった場所から少し離れて立ち、浜中はあたりを眺めた。

上田島マンション一号館と二号館の地下部分を、そっくり駐車場にしたのだろう。地下駐車場は中々広く、三十台弱の駐車スペースがあった。それぞれに白線が引かれ、番号が記してある。けれど駐車場はがらんとして、もっとも奥に一台、車が停まっているだけだ。その車のまわりに荷物があって、ほかには何もない。ゴミや枯れ葉などが少し、吹き込んでいる。

「浜中さん」

由未が声を掛けてきた。

「なんです？」

「ご遺体と、面識があるのですか？」

太田署の刑事課の人たちも、同様の疑問を持ったのだろう。彼らの視線が浜中に向く。

「話してやれよ、相棒」

夏木が言い、浜中は首肯した。桐生市で起きた現金強奪事件を、丁寧に語っていく。

やがて浜中は話し終え、太田署の刑事が口を開いた。

「それにしても、金が燃えちまうとはな」

由未が言う。

「まさに悪銭身につかずですね」

そして彼女は自らの言葉に、うんうんとうなずいた。すかさず浜中は口を開く。

「盗みやギャンブルで得た金は、すぐに使って失ってしまう。それが悪銭身につかずだから、その使い方、違うと思うんだけど」

「あ、そろそろ鑑識の方たちの作業が、一段落しそうです」

彼方に目を向けて、由未が言った。

「今、話逸らしたよね」

「行ってみましょうよ」

「まったく」

そう口の中で呟きながら、浜中は駐車場の奥に目を向ける。たった一台だけ停まる車のまわりに、鑑識課員たちがいた。

浜中の視線に気づき、鑑識の鶴岡がＯＫの合図を寄こしてくる。浜中たちはぞろぞろと、そちらへ向かった。

「このあたりはもう、見ても構わないよ。車の中や車外の品々で、調べが必要なものは、あとで運び出します」

鶴岡が夏木に言った。浜中たちはまず、車に目を向ける。運転席と助手席の扉が開け放たれた、白いトヨタのカローラレビンだ。

「現着した時は、閉まっていた」

太田警察署の刑事が言った。調べるために、鑑識が扉を開けたのだろう。

浜中は腰をかがめて、車内を覗き込んだ。ダッシュボードに煙草とライター。運転席には、四分の三ほど中身の入ったウイスキーの瓶と、ポテトチップスの袋があった。

運転席にはポテトチップスの小片も、いくつか散っている。助手席にすわり、運転席に置いたウイスキーとポテトチップスを飲食した。そういう感じだ。

浜中は後部座席に視線を移した。ツードア車にしては、また外観から想像するよりも、広い印象だ。後部座席には、実に雑多な品々があった。厚手のコートが二枚、シャツにジーンズ。ラジカセ、カセットテープ、雑誌類。菓子パン、缶ジュース、スナック菓子の袋。

「車の中に住んでたみたい」

浜中の横で由未が呟く。

「だね」

そう応えて浜中は、レビンの周囲を眺めた。レビンの隣の駐車スペースに、引き出し式の衣装ケースが三つ、重なっている。衣装ケースの横には、男性向けの雑誌が何冊かあった。

そこへ行き、鑑識課員に断ってから、浜中は一番下の衣装ケースを引き出した。漫画本やカセットテープが入っている。続いて中段を引き出せば、男性の下着類だ。そして上段には、シャツなどの衣類。

「下から引き出すなんて、手慣れた空き巣みたいですね」

褒める口調で由未が言った。夏木が口を開く。

「さっきの希原の言葉どおり、谷本はこの車の中で、寝泊まりしてたのかもな」

真顔に戻って、由未がうなずいた。夏木が話を継ぐ。

「今は冬だ。コンクリートの地下駐車場、夜はさぞ冷えるだろう。だからといって、一晩中エンジンを掛ければ、ガソリンは相当減る」

「あっ！」

由末が目を輝かせた。そして言う。

「だから後部座席に、厚手のコートが二枚あったのですね。助手席にすわり、座席をリクライニングさせ、寝る時はコートを二枚体にかけた」

浜中は口を開いた。

「寝る時だけでは、ないかも知れません。谷本は車内でポテトチップスをつまみに、ウイスキーを飲んでいたようです。その時エンジンを切っていたのであれば、二枚のコートにくるまっていたかも」

「ねえ、浜中さん。谷本さんの死亡推定時刻は、今日の午前三時から午前五時ですよね。その時の様子、ちょっと想像してみましょうよ」

由末の言葉に、夏木がかすかに微笑んだ。少考して、浜中は言う。

「谷本は助手席にすわり、ウイスキーを飲んでいた」

「そこへ犯人が現れて、谷本さんを車外へ誘い出す。まさか殺害されると思わず、谷本さんは車を降りた。あれ？」

と、由末が小首をかしげた。そして言葉を継ぐ。

「その時コートにくるまっていたのであれば、谷本さんはコートを着て、車外に出たはずですよね。車の中より、外のほうが寒いから」

「でも谷本は、セーター姿で殺害された」

浜中は言った。

「どうしてコート、着なかったのでしょう」

由未が言い、夏木が口を開く。

「その答えは、ウイスキーの瓶の中にあるかも知れない」

5

太田警察署五階の大会議室に、浜中はいた。谷本圭一殺害事件の捜査本部が、設置されたのだ。県警本部からは浜中たち二係と、鑑識課員が十名きている。二係はずっと、美田園を含めて十名体制だったが、先月ひとり異動して今は九名だ。ほかに太田警察署の刑事が十二名、総務課員が六名。

三人用の長机がずらりと並び、浜中と夏木はうしろの席にいる。最前列には美田園恵。長机の列と向かい合う幹部席に、まだ人の姿はない。

あれから浜中は、希原由未を前橋駅まで送った。彼女と別れ、レンタカーのシビックを返却し、徒歩で県警本部に戻ったのだ。

自宅のアパートへ一旦帰り、着替えなどを鞄に詰め込み、警察車輌のレオーネに乗ってここへきた。

大会議室の時計が、午後八時をさした。扉が開いて、幹部たちが入室してくる。起立と敬礼、そのあとで幹部たちは着席した。

向かって右から県警本部刑事部の理事官、同じく県警本部管理官の与田、泊悠三捜査一課長、太田警察署の署長と副署長だ。

一同を眺め渡して、泊が口火を切る。

「昨年三月に桐生市で起き、今もって未解決の現金強奪事件。谷本はその重要参考人だった。それを重々踏まえて、捜査に当たってくんな」

浜中たちは一斉にうなずいた。与田の指名を受けて、二係の住友が発言する。

「現場の上田島マンション一号館と二号館なのですが、昨年、建築基準法違反を指摘されたそうです。そのため入居者はすべて退去し、昨年の十二月に無人になりました。管理会社によれば金銭面の都合により、所有者は改修工事に踏み切らず、十二月以降は放置に近い状態だったようです」

与田が太田署の刑事を指名した。立ちあがって彼が言う。

「谷本圭一の死体を発見したのは、近所に住む五十代の主婦です。日課である犬の散歩をしていたところ、犬が上田島マンションへ入ろうとする。

人の土地ではあるけれど、建物は無人だし、立ち入り禁止の看板などもない。犬が行きたそうにすれば、時々敷地内に入ることがあるそうです。

主婦は今日も上田島マンションに入り、犬に引かれるまま舗装路を歩き、地下駐車場にさしかかるあの場所まで行った。するとそこに死体がある。

主婦は腰を抜かさんばかりに驚き、自宅に駆け戻って一一〇番通報したとのことです」

別の刑事が言う。

「現場にあったカローラレビンの所有者は、谷本圭一本人でした」

続いて鑑識の鶴岡が、発言した。

「レビンの運転席に、ウイスキーの瓶がありました。瓶の中の液体を調べたところ、ウイスキーでしたが、それだけではありません。強い作用を持つ睡眠薬が、混入されていました」

大会議室の空気が揺れた。

死体発見現場で夏木は、谷本がコートを着ていなかった理由は、ウイスキーの瓶の中にあるかも知れないと言った。

その言葉を思い出しながら、浜中は沈思する。

何らかの方法で、犯人は谷本に睡眠薬入りのウイスキーを飲ませた。やがて谷本は助手席で、ぐっすり眠り込む。

それまで犯人が谷本と一緒にいたのか、それともどこかに潜んでいたのか、解らない。

いずれにしても犯人は、助手席の谷本が羽織っていたであろうコートを脱がせた。それから谷本を、駐車場の入り口近くまで運ぶ。

助手席は狭いから、刺しづらい。犯人はそう考えたのだろう。それとも何らかの理由により、レビンに谷本の血痕が付着するのを嫌った。

ともかくも犯人は、駐車場の入り口に谷本をうつ伏せに寝かせ、背中を刺して殺害する。

なぜ、犯人は厚手のコートを脱がせたのか。着たままだと、包丁が深く刺さらないからだ。

こういう流れであれば、「うつ伏せ状態の被害者の背に、相当の力で包丁を刺した」という検視官の見解とも一致する。

「谷本の司法解剖は、明日行われる予定です」

と、鶴岡が着席した。そのあとで班分けになる。思ったとおり、浜中と夏木は遊撃班だ。

6

浜中はレオーネのハンドルを握っていた。助手席には夏木がいる。右手の彼方に時折望める渡良瀬川が、朝の陽光をきらきらと跳ね返し、目に眩しいほどだ。

ほどなく浜中の車は国道を逸れて、市道に入った。閑静な住宅街になり、喧噪が消えていく。しばらく走り、浜中は左折した。道の右手に広々とした林が見える。左手には家々が、並んでいた。

ここへくるのはおよそ一年ぶりだが、風景は変わっていない。

左手に家、右手に林を見ながら少し行くと、道は行き止まりになって、その先に建設会社の、大きな資材置き場があった。

資材置き場の手前、つまり家々の並びのもっとも奥の家の前で、浜中は道端にレオーネを寄せた。エンジンを切って、夏木とともに降りる。

浜中と夏木は、家の前に立った。左には別の家、右手に資材置き場、振り返れば林という位置関係だ。

目の前の家は中々広く、門扉の先の左手は、車が二台停められる駐車場だ。右手の向こうには、時代劇で目にするような蔵が一棟建つ。

門扉から点々と踏み石が連なり、その先に大きな母屋があった。どっしりとして、地面から生えてきたような、古びた風格のある和風の建物だ。

　かなり昔に、建てられたのだろう。大きいけれど豪華さはなく、朽ちていく寂しさが漂っていた。そういう敷地の全体を、高さ一メートル強のブロック塀が囲む。

　門扉の表札には「上条」とあった。昨年の三月に桐生市で発生した、現金強奪事件。その被害者である上条作治の家だ。

　昨夜の捜査会議のあとで、まずは上条家を訪ねたいと夏木が言った。浜中もそう思っていたから、幹部たちに申し出たのだ。

「よし解った、お前さんたちに任せるぜ」

　泊捜査一課長は、そう言ってくれた。

　浜中は上条家の、インターフォンを押した。

「はい」

　ややあってから、男性の声がする。

「群馬県警刑事部の浜中です」

　途端にぶつりと、インターフォンが切れた。ほどなく玄関扉が開き、三十代前半のたくましい男性が出てくる。上条作治のひとり息子、上条康之《やすゆき》だ。

　康之がつかつかと、こちらに向かってきた。その姿を見て、浜中はおよそ一年前の出来事を思い出す。

　昨年十二月。上条作治は自殺した。

　それを知り、浜中たち二係の面々はこの家に向かった。作治の遺族に会って、事件未解決のお詫びをするためだ。

しかし家の前に立ってインターフォンを押すと、康之が出てきて、門扉の前に立ちはだかった。康之は門扉を開けてくれず、浜中たちは文字どおり、門前払いを食らったのだ。

あの時と同じ険しい表情で、康之が門扉の向こうに立った。

「お話があります」

鋭い視線を康之に注ぎ、夏木が言った。

「あともう少しで出勤だ」

「では今日の夜、出直します」

「夜は残業で遅くなる」

「それなら明日の朝、今日よりも早い時間にお邪魔します」

康之が盛大にため息を落とした。そのあとで言う。

「話はどのぐらいで済む?」

「あなた次第ではありますが、まず一時間あれば」

「待っていてくれ」

と、康之が踵《きびす》を返した。家の中に入り、ほどなく出てくる。

「会社に電話して、出勤を遅らせることにした」

そう言って康之は、門扉を開けてくれた。浜中たちは敷地に踏み込み、康之にうながされて、玄関に入る。

玄関は薄暗く、その先の廊下も暗かった。ただ暗いだけではなく、そちこちに陰鬱さが潜む感じがする。

作治が存命中、この家には何度かきた。その時も屋内は暗い印象だったが、これほどの陰気さはなかった。家の雰囲気が、その頃と明らかに違う。

康之がスリッパを出してくれた。どこか異世界に踏み込む心地で、浜中は廊下にあがる。

「できれば仏間で、お話ししたいのですが」

夏木が言った。返事をせずに康之は廊下を進み、右手のふすまを開けた。そこは六畳間で、部屋の左手に仏壇がある。

浜中たちは仏間に入った。

「まずはお線香を、あげさせてください」

浜中は言った。康之が無言でうなずき、浜中と夏木は仏壇の前にすわる。

康之が部屋の奥へ行き、障子を開けた。障子の先は縁側で、掃き出し窓から陽がさし込んでくる。

部屋に漂う陰気さが、少し溶けた。

そんなことを思いながら、浜中は仏壇に目を向けた。そしてそっと息を呑む。作治の位牌の横に、妻の松子の位牌があるのだ。

浜中は松子の死を、知らなかった。ふたりの死を心から悼み、浜中は手を合わせて祈る。そのあとで、静かに仏壇から離れた。

仏間の中央には、座卓がある。浜中と夏木は並んですわり、向かいに康之があぐらをかいた。

「茶を出す気はない」

康之が言った。無言で受け流し、夏木が口を開く。

「松子さん、亡くなったのですね」

7

康之は夏木を睨み、口元を引き絞った。歯の間から息を吐き出し、目を見開いて言う。

「九千七百万円を強奪され、金は一円たりとも戻ってこなかった。父の作治は資金繰りに苦しみ、癌に蝕まれるかのように、じわりじわりと会社は斜めに傾いていく。父は懸命にあがいて苦闘を続け、しかし会社は倒産した。最後まで諦めなかった父は、文字どおり無一文になった。

おれは前橋市内の、測量会社に勤めている。両親とおれの三人暮らしだから、つつましくであれば、おれの給料で暮らしていけたんだ」

やるせなさそうに首を振り、康之が言葉を継ぐ。

「父は会社を守れず、社員たちを路頭に迷わせたことを、ひどく悔いた。悔しげに顔を歪めて終日押し黙り、いつしか父は変わっていく。そしてほら、見えるだろう」

と、康之は掃き出し窓の向こうの、柿の木を指さした。ゆっくりと息を吸ってから、言葉を吐き出す。

「父はあの木で首を吊って、自殺した。見つけたのは母の松子だ。何十年も連れ添った夫の亡骸《なきがら》。それを見た母の気持ちが解るか？　解らないだろう！

ああ、そうだ。無論おれにだって、母の気持ちは解らない。しかしどれほど哀しみ落胆したのか、それは解る。

なぜなら母はそのあと寝込み、気力をなくし、起きあがれなくなったんだ。六十歳だった母が、一気に老人のように萎《しぼ》んでしまった。肉体も、精神も……」

康之の目に、涙が滲んだ。震える声でさらに言う。

「やがて母は病を得て、今年の三月に亡くなった。谷本が父の現金を強奪したあの日から、わずか一年。おれは両親を失った。

未解決の事件など、やがて刑事さんたちは忘れるだろう。だが事件には必ず、その後があるんだ」

「忘れることなど、ありません」

康之をまっすぐに見て、浜中は断言した。解決しようと未解決に終わろうと、捜査に携わった事件は決して忘れない。

康之が鼻白み、浜中は慌てて口を開く。

「ああ、済みません。でも確かにそうです。私には作治さん、松子さん、そしてあなたの気持ちは解りません」

だからこそ、全力で事件を捜査するのだ――。

浜中は心の中で、そう言った。哀しい沈黙が降りて、夏木がしじまを破る。

「今し方あなたは、『谷本が父の現金を強奪した』と言いましたが、なぜ断定したのです？」

「『強奪金を盗んだのは、谷本圭一だ。私は確信している』。父の遺書に、そう書いてあった」

浜中は口を開いた。

「どうしてその遺書を、私たちに見せてくれなかったのです？」

「『確信しているが、証拠があるわけではない。だからこの遺書は、警察に見せるな』と、遺書にしたためられていたんだ。

それでもおれは、警察に見せるべきではないかと思った。だがためらったのち、遺書を警察に持っていくのをやめた」

「なぜです？」

「父の遺書を見て、お前らは谷本を逮捕するか？」

「それは……」

と、浜中は首を左右に振った。具体的な証拠が遺書に記してあれば別だが、そうでなければ逮捕などできない。

谷本を任意同行し、取調室で作治の遺書を見せて、自供をうながす。それぐらいしか、やりようがない。だが谷本は、一貫して犯行を否認し続けてきた。だから遺書を見ても、自供しないだろう。

「で、今日は何の用だ？　現金強奪事件に、進展でもあったのか」

康之が問い、夏木が口を開く。

「昨夜未明、谷本圭一が殺害されました」

「なんだって⁉」

と、康之が驚きの表情を浮かべた。

群馬県警は谷本の死を、今日の午前十時に発表する。今は七時半だから、康之はまだ谷本の死を知らないはずであり、驚くのは当然だ。

しかし浜中は、内心で首をひねった。康之の驚く様子が、どこかわざとらしい感じなのだ。

事件関係者に会って質問をぶつけたり、事実を伝えながら、相手の様子を注視するのも刑事の仕事だ。浜中にも多少は観察眼がつき、康之のわざとらしさに、気づいたのかも知れない。

駐在員になりたいのに、着々と刑事の道を歩みつつある。そんな気がして浜中は、ため息をつきたくなった。

「そうか、谷本が死んだか……。天罰だな」

康之が呟いた。そしてうっすら笑う。

夏木は何も言わない。浜中は夏木の意図に気づき、無言を守った。ところが康之は、口を開こうとしない。

谷本が殺された場所、死因、犯人は捕まったのか──。

こういう場合に発するであろう、問いを投げてこないのだ。

沈黙がしばらく続き、やがて夏木が言う。

「昨日未明、具体的に言えば十二月十四日の午前三時から午前五時の間、あなたはどちらにいました？」

「その時間なら、桐生駅近くのスナックにいた」

「スナック？」

「高校時代の同級生たちと、飲んでたんだ」

康之が語り始めた。

桐生市に生まれた康之は、高校までずっと桐生市内の学校だった。小学校、中学校、高校時代の同級生たちで、今も桐生市や近隣に住む人たちとは、交流がある。

高校時代、康之は柔道部に所属した。同級生の部員たちとは、汗みずくになって励まし合い、厳しい練習に耐えてきた間柄だ。彼らとは特に仲がよく、今でも月に一度ぐらい、同期の飲み会があるという。

「体育会系の乗りだからな。飲み会ではいつも朝まで、とことん飲むんだ。途中で帰るそぶりなんか見せたら、荷物や靴を隠される」

と、康之が笑う。その表情には、どこか余裕があった。

夏木が詳しく問う。

十二月十三日の午後八時、康之たちは桐生駅に集合した。今回の参加メンバーは、康之を含めて六名。電車できた者もいれば、バスや徒歩できた者もいる。

康之たちはまず、居酒屋で午前零時過ぎまで飲み、行きつけのスナックに移動した。それから始発の電車が動き出す午前五時半頃まで、一歩も店から出ることなく、ずっとみなで飲んでいたという。

店の名と、参加メンバーの氏名や住所を夏木が康之に問い、浜中は手帳に記した。突然の来訪を詫び、上条家を辞す。

8

谷本圭一の自宅は、太田駅から一キロほど東南にあった。住宅街の中、ありふれた二階建てだ。浜中と夏木はその客間で、並んでソファにすわっていた。応接テーブルを挟み、向かいのソファに谷本圭一の両親がいる。

母親の谷本恵子《けいこ》が茶を振る舞い、浜中と夏木がまずは悔やみの言葉を述べたところだ。

父親の名は谷本政一《せいいち》。五十代の実直そうな人で、息子の死に直面し、哀しいというよりもどこか呆然として見えた。

病死と違い、殺人事件の場合は死が突然やってくる。だから放心状態になる人も、少なくない。政一の横で恵子が、しおれた花のように肩を落とす。目に涙を溜め、すっかり憔悴していた。圭一には三つ下の妹がいて、しかし彼女は兄の死に衝撃を受け、部屋に籠もっているという。

被害者の遺族に会うのはつらい。けれどそれは刑事の責任なのだと、いつからか浜中は思うようになった。

遺族から得られる情報は貴重だし、場合によっては遺族に、疑いの目を向けなければならない。また嘘の証言をする遺族もいる。こうして遺族に会い、哀しみを見極めるのも、刑事の仕事なのだ。

「谷本圭一さんの生い立ちや、最近の暮らしぶりなど、詳しくお聞かせください」

夏木が言った。政一が口を開く。

「別の刑事さんに、話しましたが」

「同じことを何度も訊ねるのが、仕事でして。おつらいとは思いますが」

うなずいて、政一が語り始めた。

「小学生の頃の圭一は、とても腕白で、けれど私どものもの言うことは、よく聞きました。ところが中学に入るとぐれ始め、次第に反抗的になったのです。

不良同士は引き合うのでしょうね。高校に進むとすぐ、圭一は柄の悪い同級生や先輩たちと、つるみ始めました。

十六歳になるのを待ちわびて、圭一はバイクの免許を取った。どこかでバイトしていたらしく、現金で中古のバイクを買う」

視線をテーブルに置いて、政一が話し続ける。

「その頃にはもう、私どもの言いつけに従わず、外で何をしているのか、話してくれません。だからはっきり解らないのですが、夜になれば仲間とバイクで走り、喧嘩に明け暮れていたようです。

停学処分を何度も受けて、しかし厄介者を追い出さないという学校の方針で、なんとか高校を卒業できました。奇跡のようなものですよ。

育てた私どもに責任はあるのですが、まったくもって、どうしようもなく馬鹿な倅《せがれ》です」

辛辣《しんらつ》な言葉とは裏腹に、政一の声にはぬくもりがあった。切なそうに、恵子がすすり泣く。

ため息をひとつ落として、政一が口を開いた。

「高校卒業後、せっかく就職できたのに、一年ほどで辞めてしまって」

「それが一昨年の四月ですね。上条織物を辞め、そのあと圭一さんは？」

夏木が問う。

「アルバイトを色々と、やっていたようです。高校時代の先輩に頼まれて、怪しげな仕事に手を染めたこともあるらしい。

圭一は警察に、目をつけられていたのでしょう。太田警察署の生活安全課の方が、一度わが家にきて、相談に乗りますと言ってくださった。

この機会を逃してはならない。私は意を決していやがる倅を連れ、太田警察署の生活安全課へ行きました。すると倅は私と課員を前にして、いずれ就職したいという。

ここから良いほうに、転がってくれるかも知れない。私どもはそう思い、そこへあの事件が起きたのです」

昨年三月、桐生市内で現金強奪事件が起き、警察は谷本圭一を任意同行した。

「逮捕はされなかったが、警察で事情を聞かれただけでもう、犯人扱いです。倅は拗《す》ねて、世の中の全てを恨むかのようで、就職する気をなくしたらしい……」

突然警察が押し寄せて家宅捜索し、家中を引っかきまわし、息子を連れていく。ところが息子は逮捕されない。そしてこの濡れ衣により、息子は就職への思いを断ち切ってしまった。

谷本の家族からみれば、そうなる。だから警察に対して、恨み言のひとつも言いたいはずだ。しかし政一の口から、そういう言葉は出てこない。

夏木が黙って頭をさげた。浜中もならう。ゆっくり首を左右に振って、政一が口を開いた。

「この家にいれば寝床はあるし、食事にも困らない。上条織物で働いていた頃、倅はレビンという車を買いました。その維持費とガソリン代、あとは遊ぶ金。それだけあればいいのですから、取りあえずアルバイトだけで暮らしていける。

ですが一生、アルバイトというわけには行きません。

現金強奪事件が起きてから一年。相変わらずバイト暮らしの倅が情けなく、いい加減に就職にしたらどうだと、言ったのです」

「この人、珍しく声を荒らげて」

涙声で恵子が言った。ため息を落として、政一が話を継ぐ。

「『二度と帰ってこない』。倅はそう言い、レビンに乗ってぷいと出て行き、それきりでした」

政一の声が震えた。

谷本圭一の死体は今日、解剖が終わる。そして明後日には、変わり果てた姿で久しぶりに、この家に帰ってくるはずだ。

9

午後八時になり、太田警察署の大会議室で、捜査会議が始まった。浜中は夏木とともに、うしろの席にいる。幹部席には理事官、管理官の与田、泊悠三捜査一課長、太田警察署の署長と副署長。

与田に指名され、鑑識課員が起立した。

「谷本圭一の解剖結果が出ました。死因は背を刃物で刺されたことによる失血死。背以外に目立つ外傷はなし。着衣に付着物や汚れ、濡れた形跡などもなし。

谷本の体内からは、アルコールと睡眠薬が検出されました。この睡眠薬は、車内にあったウイスキーの瓶から検出されたのと、同じものです」

与田が言う。

「犯人は谷本に睡眠薬入りのウイスキーを飲ませ、そのあとで凶行に及んだ。そう推測できるわけだな」

うなずいて、鑑識課員が着席した。

「次、遊撃班」

「はい」

と、浜中は立ちあがった。最前列にすわる美田園恵がちらと振り返り、浜中を見てほんの一瞬微笑む。ふっと緊張がほどけるのを感じながら、浜中は口を開いた。今朝、上条康之に会ったことやその内容を報告する。

「上条康之のアリバイの裏取りは？」

与田が浜中に問う。

「康之と飲んでいた五人の中の、四人に会えました。四人とも『一晩中、上条康之と一緒にいた。彼が席を外したのは、トイレに行った数分程度』と証言しています」

「しかしそれらは康之の友人だ。口裏を合わせた可能性もある」

「はい。康之たちが行ったという居酒屋とスナックを、今夜このあと訪ね、店主などに話を聞きます」

そう応えて浜中は、着席した。太田警察署の刑事が立ちあがり、谷本の両親から聞き出した事柄を語る。浜中と夏木が聞いた内容と、ほとんど同じだった。

そのあとで刑事が言う。

「谷本圭一の死亡推定時刻は、十二月十四日の午前三時から五時。その時間、谷本の両親は寝室で、妹は自室で寝ていたそうです。しかしアリバイを証明してくれる人物は、いません」

泊が言う。

「時間が時間だから、仕方ねえやな。で、お前さんの心証は？」

「断言できませんが、両親はシロですね。部屋に籠もる妹にも会ったのですが、痛々しく泣き崩れており、こちらもシロという印象です」

今日会った政一と恵子の様子を思い出し、浜中は内心でうなずく。

刑事が着席し、与田の指名を受けて、二係の川久保が起立した。

「谷本の友人たちに会い、色々と話を聞きました。どいつもこいつも、柄の良くない輩《やから》でしたが……。

今年の三月から五月にかけて、谷本は友人宅を泊まり歩いたそうです。しかしいつまでも、そうしてはいられない。

谷本は以前から先輩に命じられ、時折怪しげなアルバイトをしていた。

谷本はそのアルバイトに本腰を入れ、金が入れば安宿やサウナに泊まり、あるいはオールナイトの映画館で寝ていたらしい。ところが谷本は、マンションの地下で殺されました」

と、川久保が一旦言葉を切った。

「勿体ぶるんじゃねえやな」

にやりと笑い、泊が言った。頭を掻いて、川久保が話を継ぐ。

「実は谷本の悪友のひとりが、上田島マンションの隣町に住んでましてね。上田島マンションが無人であることを谷本に話し、それから谷本は上田島マンションの地下に、勝手に車を停めるようになった。これが今年の六月のことです。

以来谷本は金がない時、上田島マンションの地下一階に車を停めて、車内で寝ていたようです」

「だから谷本はあの場所で、殺されたってわけか。で、事件当夜、谷本が上田島マンションへ行くまでの動きは、解ったのかい？」

「それが友人たち、あの日は谷本に会っていないそうです。引き続き、聞き込みしますが」

「頼む」

泊が言い、川久保が着席した。与田が二係の志水に目を向ける。志水が立ちあがり、口を開いた。

「上田島マンション近くの、市道沿いに住む人たちに聞き込みした結果、こんな話を拾いました。今年の九月か十月頃から、近くの市道のガードレールに、花や煙草、それに酒が供えられるようになったといいます」

浜中の胸が少し痛んだ。その場所で誰かが、交通事故で亡くなった。そして遺族か友人が、故人の嗜好品や花を供えた。そうなのだろう。

志水が言う。

「煙草、酒、花はやがてなくなり、するといつの間にか、再び供えられる。ところが付近の住民たちによれば、あのあたりの市道で、重大な事故は起きていないという。念のため太田署の交通課で確認しましたが、上田島マンション近くの市道で、今年発生した交通事故は一件のみ。自動車と自転車の接触事故で、自転車に乗っていた高校生が、ごく軽い怪我をしただけとのことです」

大会議室にざわめきが走った。泊が腕を組み、難しい顔であごを掻く。そのあとで泊は口を開いた。

「供物が捧げられるというガードレールに、お前さん行ってみたかい？」

「もちろんです」

志水が即答した。

「供物はあったか？」

「いえ、ありませんでした」

「そうか……。ここからは推測になるが、谷本を殺害した犯人は谷本の目につく場所に、花、煙草、酒を供えた。谷本はいっぱしの悪党を気取っていたし、金にも困っていたから、煙草と酒を失敬する。花は谷本が持ち去ったか、犯人が回収したんだろう。いずれにしても供物はなくなり、再び犯人は酒、煙草、花を供える。それを谷本が盗む。

そうして谷本に盗み癖をつけさせ、恐らく十二月十三日に、犯人はまず上田島マンションに行った。

地下駐車場に谷本の車がないことを確認し、ガードレールに花と煙草、それに睡眠薬入りのウイスキーを供える。

そのあと谷本が上田島マンションに入ろうとして、ガードレールの供物に気づいて、煙草と酒を盗む。谷本はつまみにポテトチップスを買い、あるいは買い置きしてあったのかも知れねえが、上田島マンションの地下に車を停めて、早速一杯やり始めた。おう、鑑識さんよ。立たないでいいから、そのまま応えてくんな」

「はい」

鑑識課の係長が応えた。

「谷本の車の中には、煙草と酒があったんだよな」

「はい」

「花はあったかい？」

「いえ、ありませんでした」

「車内にあったウイスキーの瓶。そのキャップに穴は空いてたかい？」

「いいえ」

「だとすれば、だ。犯人はウイスキーを開栓して、睡眠薬を入れたんだろうな。ウイスキーを開けると、蓋の下部のなんて言ったかな……」

「ブリッジでしょうか」

係長が言う。

「おう、それだ。それが外れて、開封したことが一目で解る。谷本も当然気づいただろうが、さほど気に留めずにウイスキーを飲んだ。そして混入されていた睡眠薬により、ぐっすり眠り込む。そのあとで犯人は、谷本を車から運び出して殺害した。これが十四日の未明。犯人は上田島マンションを出て、ガードレールのところへ行って花を回収して、逃げ去る。もしもこういう流れだとすればよ。供物を捧げた人物の目撃証言さえ取れれば、一気にけりがつくかも知れねえぜ」

と、泊は立ったままの志水に目を向けた。志水が言う。

「車や人どおりの少ない、市道のガードレールです。今のところ、供物を捧げた人物の目撃談は取れていません」

「車や人があまりこない市道で、さらに見られないよう用心しつつ、犯人は供物を置いたんだろう。犯人は十三日の夜に供物を供え、犯行後に花を回収したはずだ。それ以前にも定期的に、供物を供えた。よし、付近での聞き込みに人員を割く」

10

捜査会議が終わり、浜中は夏木とともに太田警察署の建物を出た。車で桐生市へ移動して、駐車場所を見つけて停め、駅の近くの居酒屋へ入る。康之たちが飲んだという店だ。

店は混雑していたが、店長や店員に話を聞くことができた。

一昨日の晩、康之たちは午後八時過ぎに入店し、閉店時間の午前零時を少し過ぎるまで、ずっと飲んでいたという。康之たちが最後まで残った客だから、店長や店員はよく覚えていた。

続いて浜中と夏木は、康之たちが夜を明かしたという、スナックへ行った。「来夢《らいむ》」という店で、雑居ビルの一階だ。

浜中たちが扉を開けると、「いらっしゃいませー」と華やかな声で迎えられた。左手は止まり木が十ほど並ぶカウンターで、右手にはソファ席がふたつ。

ソファ席のひとつは四人連れの客で埋まり、カウンターのもっとも奥に、客がひとりいた。バーテンダーがふたりと、接客係の女性が三人ほど。ふたりは若く、ひとりは五十代だ。

五十代の女性が、笑顔で近づいてきた。

「初めてかしら?」

うなずいて、浜中と夏木は警察手帳をそっと掲げる。女性の顔がかすかにこわばった。飲食店や風俗店は、警察官の来訪を歓迎しない。

「手入れなどではありません。ここ、構いませんか?」

と、夏木が止まり木を目で示した。女性がうなずき、浜中と夏木は入り口に近い止まり木に、並んで腰を下ろす。

ほかの客たちと離れており、音楽も軽く流れているから、話は筒抜けにならないだろう。

五十代の女性がカウンターの中に入り、浜中たちの向かいに立った。この店のママだという。

一昨日の晩、正確に言えば昨日、上条たちが店にきたか、浜中たちはママに訊ねた。

ママはすぐに首肯する。上条たちは昨日の午前零時過ぎにきて、六人でソファ席に陣取り、午前五時半ぐらいまでいたという。

「いつもは午前四時に、お店を閉めます。ですが上条さんたちみたいに、常連さんがきて夜っぴて飲んでくれる日は、始発が動くまで店を開けるんです」

ママが言った。夏木が問う。

「そういう場合、ほかの従業員の方は？」

「女性たちは午前四時であがらせますが、男性陣には残ってもらいます」

浜中たちはバーテンダーを、ひとりずつ呼んで訊ねた。

あの日間違いなく、康之たちは午前五時半頃まで店にいた。

ふたりはそう口を揃える。ぎこちなさや、うしろめたそうな様子はなく、嘘をついたようにも見えない。康之のアリバイは、完璧に成立だ。

夏木がママに言う。

「さて、これで仕事はお終いだ。ここからは客として、飲み物を注文したいが構いませんか？　といっても車できたから、酒は飲めないが」

「ええ、どうぞ、歓迎しますわ。なにになさいます？」

夏木と浜中は、ノンアルコールのカクテルを注文した。

「あとはママにも、なにかカクテルをさしあげたい」

夏木が言った。

「ありがとうございます」

注文した飲み物と、ナッツの載った小皿が運ばれた。ママの手元には、バイオレットフィズが置かれる。

グラスを掲げ、浜中たちは乾杯した。

「お仕事、大変なんでしょうね」

ママが問う。浜中は大きくうなずき、夏木は軽くかぶりを振った。それを見て、ママが微笑む。

それから少し雑談になり、浜中と夏木は二杯目を注文した。

「上条さんたちはいつぐらいから、くるようになったのです？」

夏木がママに問う。

「もう十年以上かしら。月に一度はきてくださいます」

「そうですか」

そして夏木はさりげなく、康之の人となりを問い始めた。遅まきながら、浜中は気づく。

夏木は情報を引き出すために、飲み物を注文したのだ。浜中と夏木が客になれば、ママの口も多少は軽くなる。そう踏んだのだろう。

ママが康之のことを語り始めた。少し頑固なところもあるが、康之は思いやりに溢れた、優しい男だという。

浜中にとって康之は、無愛想でつっけんどんな印象しかない。康之は十年来の常連だというし、酒に酔えば、人は本性を現しやすい。ママが語る康之こそが、本当の康之なのかも知れない。

現金強奪事件の犯人が谷本だと、康之は確信しており、ところが警察は逮捕しなかった。康之は警察に対して強い不審を抱き、優しい本性の欠片すら見せず、浜中たちに刺々《とげとげ》しく接するのだろう。

それにしても夏木はなぜ、アリバイが成立した康之の人柄を、ママに訊いたのか。康之に疑念を、抱いているのだろうか。

実は浜中も康之への疑惑を、払拭し切れていない。

今日の朝、浜中と夏木は康之に会い、谷本の死を告げた。康之は驚いて見せたが、どこかわざとらしい感じがあったのだ。

それにそのあと康之は、谷本の殺害場所や死因、犯人などにつき、一切質問してこなかった。康之にとって、谷本はまさしく不倶戴天《ふぐたいてん》の敵のはず。その死を耳にして、なにも訊いてこないのは、どうにも不自然だ。

「昨日ここへきた時の上条さんに、いつもと変わった様子はありましたか?」

夏木がママに問う。

「いつもと同じに見えましたけど……。でもそう、時々時間を気にしていました」

「そうですか」

夏木の双眸《そうぼう》が、ほんの一瞬鋭さを増した。

「あの、刑事さん」

「なんです？」

「谷本という男性が、昨夜未明に太田市内で殺されたと、夕方のニュースでやっていました。もしや上条さんは、その事件となにか関係あるのでしょうか。だからこうしてお調べに？」

その口調から察するに、ママは上条家と谷本の因縁を知らないらしい。

同級生たちとの飲み会で、現金強奪事件や谷本のことは、話題にのぼったかも知れない。しかしママが谷本の名を覚えてしまうほど、康之たちは繰り返し、話題にしたわけではなさそうだ。

「上条さんがその事件に、関与しているかどうか。今はそれを調べている段階です。さて、そろそろ行こうか」

言って夏木が、腰をあげた。

11

「お前さんたち、ご苦労だったな」

幹部席の中央で、泊が言った。いつもより一時間遅い午後九時から、捜査会議が始まった。泊の顔には、わずかに笑みが灯る。

昨夜の捜査会議のあとで、谷本圭一殺害事件に携わる刑事の多くが、上田島マンション近くで聞き込みを行った。

浜中と夏木もスナック「来夢」を出たあと、上田島マンション近くに行き、聞き込みを始めた。深夜まで聞き込みしたが、供物を供えた人物の目撃談は出ない。刑事たちは太田警察署へ戻り、それぞれ仮眠を取ることにして、浜中は太田警察署の道場に敷かれた、せんべい布団に潜り込んだ。

聞き込みは今朝再開され、ついに夕方、太田警察署の刑事が目撃情報を得た。

今年の十一月、恐らくは中旬。三十代らしき女性が、車を道端に寄せてガードレールに供物を供え、すぐに立ち去るのを見た――。

そう証言したのは、現場から五キロほど離れた場所に住む男性だ。

浜中たちの聞き込みは、供物の供えられたガードレールから、波紋のように範囲を広げた。その、刑事たちが足で紡いだ蜘蛛の巣に、ようやく目撃者が引っかかったのだ。

上田島町の北西には、工業団地がある。その日、工業団地内の職場で深夜まで働いた男性は、自転車で帰宅途中の午前二時半頃、女性を見たという。

ちらと見ただけだし、まさかのちに発生する殺人事件と関連するとは思わず、女性に関する記憶はすぐに薄らいだ。だから女性の顔はおろか、着ていた服さえよく覚えていない。

女性の乗っていた車種は解らないが、小型車もしくは軽自動車。車の色は白だった気もするし、シルバーだったかも知れないという。

浜中たちはさらに聞き込みを続けたが、ほかに目撃談は出ない。夜の八時半まで聞き込みし、太田警察署に引きあげた。そして捜査会議が始まったのだ。

臨席する刑事たちは、相当疲れているだろう。だが、捜査に進展があったため、大会議室は高揚感に満ちていた。

管理官の与田が言う。

「被害者の谷本は小柄だから、車から運び出して殺害するのは、女性ひとりでも可能だ。また谷本は素行が悪く、谷本にひどい目に遭った人や、悶着を起こした人はかなりいただろう。そういう人物をリストアップし、まずは三十代の女性から調べていく。これを捜査の本筋にする」

刑事や鑑識たちが一斉にうなずいた。うしろの席にすわる浜中は、それを見て心が少し重くなる。

「鑑識から、なにか報告は？」

与田が言い、鑑識の係長が口を開く。

「特にありません」

「よし、では新たに班分けをして、今日は散会にしよう。みな、疲れてるだろう」

珍しく、労りの口調で与田が言った。浜中はますます心が重くなる。隣にすわる夏木が、小声で話しかけてきた。

「おれが言おうか？」

「いえ、僕が発言します」

ひそひそ声でそう応え、浜中は意を決して挙手した。それに気づいて、与田が言う。

「なんだ、浜中？」

浜中は起立して、口を開いた。

「あの、できれば私たち遊撃班は、上条康之とその周辺を洗いたいのですが……」

「康之にはアリバイが成立した。これ以上調べる必要はない」

「しかし気になるんです」

そう前置きして浜中は、昨日自宅を訪ねた時の、康之の言動の気になった点を、話し始めた。

聞き終えて、与田が言う。

「男性が市道で目撃したのは、三十代の女性だ。上条康之が女装して、供物を供えたとでも言うのか？」

「三十代の女性が、康之の手助けをしたのかも知れません。いずれにしてもまだ、彼を調べ足りない思いなのです」

浜中は粘った。ひとつ息を落として、与田が泊に目を向ける。

与田は自分で判断できる場合は即断するが、それ以外は必ず上長に指示を仰ぐ。いい意味でも悪い意味でも、官僚的だ。

泊が口を開く。

「いいだろう」

「ありがとうございます」

浜中はそう言って頭をさげ、着席した。ほかに発言者はなく、捜査会議が終わる。

人々のざわめきや、椅子が床にこすれる音。その、ちょっとした騒がしさの中で目をやれば、泊が浜中たちを手招きしている。

浜中と夏木は幹部席へ向かった。泊の前に並んで立つ。すると近くに寄れと、泊が手で示す。浜中たちは額を合わせた。

泊が言う。

「谷本圭一と上条家には、現金強奪事件という大きな因縁がある。存分に康之を調べてみろ」

浜中と夏木はうなずいた。泊が話を継ぐ。

「しかしふたりだけでは、手が足りねえだろう。もうひとり、つけるぜ」

「もうひとり、ですか」

浜中は言った。にやりと笑って泊が応える。

「ああ、楽しみにしてな」

12

浜中はいつものように、レオーネを運転していた。助手席には、夏木がすわる。間もなく午前十時だ。冬晴れだが、時折上州名物の空っ風が吹き抜ける。

太田駅が見えてきた。南口のロータリーに車を入れると、彼方に若い女性の姿がある。

灰色のパンツと紺のコート。右の肩から左の腰へ、鞄の肩紐をしっかりかけて、さらにスーツケースを手にしている。

浜中は女性の前で車を停めた。夏木とともに、車を降りる。

「きてくださって、ありがとうございます！」

満面の笑みで、弾むように女性が言った。安中警察署刑事課の希原由未だ。

谷本の死体が見つかった時、由未は現場までついてきた。成り行きとはいえ、事件の端緒に触れたのだ。

だから由未は捜査の行方を、とても気にしていたという。

そんな由未に気づき、加瀬という安中署の刑事が、泊に連絡した。由未を捜査に参加させて欲しいと、加瀬は泊に言う。

加瀬は熟練の刑事で、かつて県警本部の捜査一課に籍を置いた。泊は加瀬の後輩だ。

その加瀬からの申し出であり、捜査本部では、猫の手も借りたい。渡りに船と泊は快諾し、由未は一時的に、県警本部二係に預かりの身となった。そして今日から、遊撃班の一員だ。

「まずはそいつをなんとかしよう」

と、夏木がスーツケースに目を向ける。浜中はレオーネのトランクを開け、スーツケースを仕舞った。それから三人で、車に乗り込む。

浜中と夏木は道場に泊まり込みだが、二係係長の美田園恵は女性だから、そうもいかない。

太田警察署の近くに警察の官舎があり、そこの空き部屋に美田園は起居している。由未も今日から美田園と同じ部屋に、寝泊まりするのだ。

「まずは官舎に行きましょう」

レオーネを発進させて、浜中は言った。

「色々済みません、なんだか至れり尽くせりですね」

由未の言葉に、夏木が苦笑した。そして口を開く。

「荷物を置いたら、すぐに出発だ。忙しくなるぞ」

「はい！　それにしても、美田園美人係長と同室だなんて、嬉しいやら緊張するやらです」

ほどなく官舎に着き、由未の荷物を運び入れた。夏木がハンドルを握り、前橋市に向かってレオーネは走り出す。

助手席にすわった浜中は、これまでの捜査の流れを由未に語った。聞き終えて、由未が口を開く。

「上条康之さんにはアリバイがあるけれど、どこか怪しい。そして市道に供物を捧げた三十代の女性が、事件に深く関与しているはず。ということは……」

浜中は言う。

「まずは康之さんの友人などを訪ね、康之さんと親しかった三十代の女性を聞き出す。そのあと女性たちに端から会って、アリバイを確認しつつ様子を探ります」

「了解しました！」

はきはきと、由未が応えた。

谷本が殺害された時、康之は五人の同級生と飲んでいた。浜中たちはそのうちの四人に会ったが、残りのひとり、澤田《さわだ》という人物にはまだ会っていない。

昨日一昨日と、澤田は社用で出張していたのだ。今日は通常どおり、前橋市内の会社に出社するという。

浜中たちは澤田を訪ねた。まずは十二月十三日の晩から翌日にかけて、康之と飲んでいたか、確認する。午後八時から午前五時半頃まで、ずっと一緒だったと澤田は応えた。

そのあとで、康之と親しい三十代の女性について訊く。高校時代の柔道部のマネージャーの名を、澤田は真っ先にあげた。

澤田は大学も、康之と一緒だったという。大学の時のクラスメートや、康之がつき合っていた女性などの名も、聞き出すことができた。

「康之の勤める会社、この近くだったな」

澤田の会社を辞し、駐車場に停めたレオーネに向かいながら、夏木が言った。

「上条さんの同僚に会って、親しい女性について訊ねましょうか？」

由未が問う。

「そうしたいところだが」

夏木が応えた。その表情を見て浜中は、夏木の思いを読み取った。

いきなり会社に警察官がきて、康之についてあれこれ訊ねる。そうなれば上司や同僚たちは、何事かと思うだろう。

刑事が訪ねてきた。上条康之は殺人事件に、関与しているかも知れない——。

そんな噂が会社内で流れれば、康之は苦境に立たされる恐れがある。任意同行を求めただけで、会社を退職せざるを得なくなった人もいるのだ。

もし康之にアリバイがなければ、夏木は会社を訪ねるだろうし、浜中にも異存はない。しかし康之には、鉄壁のアリバイがある。

浜中はそれらのことを、由未に話した。

「そうか……、そうですよね」

由未が言い、夏木が口を開く。

「せっかく近くまできたんだ。会社の前をとおってみるか？」

浜中と由未は揃ってうなずいた。浜中がハンドルを握り、康之の勤務先へ向かう。

康之の勤める測量会社は、前橋駅から二キロほど南にあった。自社ビルらしき三階建てで、道路沿いに建物があり、その横が駐車場だ。

「少し早いが、昼飯にしよう」

測量会社の斜め向かいに、うどん屋が軒を構えていた。それを目で示して、夏木が言う。

浜中たちはうどん屋に入り、窓際の四人掛けの席に着いた。窓越しに道路があり、その向こうに測量会社のビルが見える。

浜中たちは測量会社を眺めながら、昼食を取り始めた。ほどなく測量会社の駐車場に、トラックが入ってくる。

三脚、ボビン巻きの長いワイヤーロープ、赤と白に交互に塗られたポール。それら測量用品を納品し、トラックは去った。

動きといえばそれぐらいで、測量会社の社員たちが、このうどん屋に入ってくることもない。

浜中たちは店を出て、桐生市に向かった。

あの晩康之と飲んでいた別の友人が、上条宅の近くで、高木《たかぎ》ベーカリーというパン屋を営んでいる。店主の高木は小学校から高校まで、康之と一緒だった。

高木ベーカリーに行き、浜中たちは高木に会った。小学校、中学校、高校の同窓生で、康之が親しかった女性について訊き、店をあとにする。

「まずはこのぐらいか」

レオーネに乗り込んでから、夏木が言った。浜中の手帳には、八人の女性の氏名と住所が、記してある。

13

八人の女性の住所と地図を見比べ、浜中は口を開いた。

「柔道部のマネージャーだった女性の住まい、この近くですね」

「そこから行こう」

夏木が言った。元マネージャーの名は森花子《もりはなこ》、旧姓は原田《はらだ》。四世帯が入居できる二階建ての集合住宅に、彼女は住んでいた。

家の前に車を停めて階段をあがり、浜中はインターフォンを押す。名と身分を告げると、花子は玄関扉を開けてくれた。

「可愛い……」

思わずという感じで、由未が呟いた。花子は赤ちゃんを、抱っこしていたのだ。花子は小さく微笑み、しかし顔にはこわばりがある。

浜中たちは警察手帳を掲げた。花子が言う。

「どのようなご用件ですか？」

「上条康之さんについて、お伺いしたいのです」

浜中は言った。目を見開いて、花子が口を開く。

「上条君に、なにかあったの⁉」

「いえ、そういうわけでは……」

「そうですか。とにかくお入りください」

浜中たちは、居間にとおされた。子供が生まれたその幸せが、溢れんばかりに満ちた部屋だ。花子は一歳の女の子と夫の三人で、暮らしているという。

すやすやと眠る赤ちゃんを、花子はそっと布団に横たえた。それから茶を淹れるそぶりを見せる。

「どうかお構いなく」

夏木が言い、花子は座卓の前にすわった。夏木の目配せを受けて、浜中は口を開く。

「康之さんのお父様の作治さんは、昨年三月、多額の現金を強奪されました」

「はい、知っています」

「その際私たちは、谷本圭一さんという方を任意で呼んで、取り調べました。その谷本さんが三日前に、殺害されたのです」

「太田市の事件ですよね、新聞やテレビで見ました」

花子が言った。うなずいて、浜中は口を開く。

「谷本圭一さん殺害事件に、上条康之さんが関与している可能性は捨てきれない。そう考えて、捜査しています」

続いて浜中は、康之の人となりを問う。かたくななところもあるが、他人思いで優しいと、花子は応えた。

愛おしそうに赤ちゃんに目を向けて、花子が話を継ぐ。

「この子を産んだ時も、上条君は病院に駆けつけてくれたのです。赤ちゃんを見て上条君、すごく感動して涙ぐんでいました」

由未が口を開いた。

「生まれたばかりの赤ちゃんって、もう、とにかく感動的ですよね」

「はい。上条君はそのあとも、何度か病院にきてくれました。上条君、子供がとても好きなのだと思います」

小さな沈黙が降りて、みなでなんとなく、布団の赤ちゃんを見つめた。

赤ちゃんに向ける夏木の双眸には、愛しさとともに仄かな哀しみがあった。夏木はかつて、身ごもった妻を肺癌で亡くしたのだ。胎児も助からなかったという。

そろそろ本題に、入らなくてはならない。浜中は口を開いた。

「十二月十四日の午前三時から五時、あなたはどこでなにをしていましたか？」

「えっ？　それってもしかして……」

「谷本圭一さんが、殺害された時刻です」

まっすぐに花子を見て、浜中は言った。かすかな怒りが花子の顔に浮かぶ。

「でも私、谷本さんって人と会ったことはなく、見たことさえありませんけど」

群馬県警は今のところ、供物を捧げた三十代の女性が目撃されたことを、発表する予定はない。供物の女性が谷本圭一殺害事件に、深く関与の可能性があるという見解も、マスコミには流さない。

仮にその女性が犯人だとして、誰にも見られずに供物を捧げた。つまり尻尾は摑まれていないと、思わせておきたいのだ。そうすれば犯人は油断し、行動に隙が生じるかも知れない。

花子が供物を捧げた女性でなければ、浜中の問いを唐突に感じ、気を悪くするのも無理からぬことなのだ。

「済みません、質問にお応えください」

浜中は訊いた。

「家族三人、この家で寝ていました」

素っ気なく、花子が応える。

「ご家族以外に、それを証明できる人はいますか？」

「いませんよ、時間が時間ですから」

「そうですか。ところであの、お車をお持ちですか？」

「車ですか？」

花子が小首をかしげた。

目撃者の男性によれば、ガードレールに供物を捧げた女性は、白かシルバーの、小型車もしくは軽自動車に乗っていたという。

「ホンダのシビック、持ってますけど」

花子が応えた。シビックは小型車の部類に入る。浜中は色を訊ねた。

「青です」

「今、ここにありますか？」

「いえ」

そう応えて、花子が話し始めた。

花子の夫はシビックで通勤する。だからシビックは日中、夫の会社の駐車場に停まっている。花子は免許証を持っているが、ほとんど車を運転しない。日常的な用事や買い物は、自転車か徒歩で済ませるという。

「そうですか。もしもなにか思い出されたら、ご連絡ください」

浜中はそう結んだ。夏木と由未に、花子への質問はなさそうだ。突然の訪問を詫び、浜中たちは花子の家を辞す。

14

「今度は私が、運転しましょうか？」

レオーネのところで足を止めて、由末が言った。

「でもこれ、自転車じゃなくて車だよ」

思わず浜中は言った。由末は童顔だから、中学生にさえ見えることがある。車を運転するイメージが、全く湧かないのだ。

「こう見えて私、免許持ってますよ」

「どうします？」

と、浜中は夏木に目を向けた。

「お手並み拝見といくか」

「やった！　それじゃ鍵、貸してください、浜中さん」

浜中は助手席に、夏木は後部座席にすわった。由末が運転席に収まり、座席を前に動かす。そのあとで視線を落として、由末は口を開いた。

「こっちがアクセルで、真ん中がブレーキ、左がクラッチ。そうですよね？」

「やっぱり僕が運転するよ」

「大丈夫ですって！　大船に乗ったつもりでいてください」

「あんまり乗りたくない船だけど……」

「なにか言いました?」

「いや、なんでも」

「そうですか。さて、由未行きまーす!」

アニメの台詞を真似てから、由未がハンドルを握った。思った以上に彼女の運転はスムーズで、安全確認もしっかりとやる。

浜中の道案内で、レオーネはやがて和菓子屋の前で停まった。道沿いに六台分の駐車場があり、その奥が店舗だ。上条康之の家から、八百メートルほどしか離れていない。

浜中たちは店に入った。和菓子の販売だけでなく、喫茶スペースもあって、明るい感じの店内だ。女性の従業員がショーケースの向こうにふたり、喫茶スペースにもふたり。

喫茶スペースに、夫妻らしき初老の男女がいて、ショーケースの前には、中年女性の姿がある。

浜中たちはショーケースを眺めながら、中年女性が買い物を済ませるのを待った。女性が店を出て行くと、従業員が声をかけてくる。

「よろしければ、ご試食もできますので」

浜中たちは警察手帳を掲げた。従業員の顔に困惑が浮かぶ。

「名高紗和子さん、いらっしゃいますか?」

浜中は訊いた。

「え、はい……」

と、従業員が喫茶スペースに目を向ける。そちらで働く紗和子を、浜中たちは呼んでもらった。

紗和子は三十代前半で、きりっとした顔立ちだ。化粧はごく薄く、逆にそれが美しさを醸す。けれど紗和子の相貌には、拭いがたい疲れがあった。

この和菓子屋は紗和子の両親が経営しており、店舗の裏に家がある。

先ほど訪ねたパン屋の高木によれば、紗和子はそこから康之と同じ小学校と中学校に、かよった。今、紗和子は夫や子供とともに、太田市内に住むという。紗和子の旧姓は波川《なみかわ》だ。

夏木が口を開いた。

「上条康之さんの件で、少し伺いたいことがあります」

「上条君……。では、自宅のほうで」

わずかに逡巡したあとで、紗和子が応える。浜中たちは紗和子に先導されて、店を出た。店舗裏の波川家にあがり、八畳の和室にとおされる。

浜中たちは、四人で座卓を囲んだ。

「太田市のどちらにお住まいなのですか？」

夏木が紗和子に問う。

「成塚町《なりづかちょう》です」

成塚町は太田市の北部にある。そこから六キロほど南下すれば、上田島マンションだ。

「成塚町からこの店へ、かよっているわけですね？」

うなずいて、紗和子が話し始めた。

紗和子はこの和菓子屋のパート社員で、午前八時から午後四時まで、仕込みや接客などの仕事をこなす。定休日の火曜日以外、原則として毎日出勤するという。

「そうですか。さて、あなたは上条康之さんと、同じ小中学校だった。そうですね？」

夏木が問う。

「はい」

「今も親交が？」

「上条君は和菓子を買いに、時々店にきてくれます。あとはそう、年に何度かお茶を飲むぐらいです」

「おふたりで？」

「ふたりの時もあれば、高木君という同級生が一緒の時もあります」

うなずいて、夏木が言う。

「昨年三月、上条作治さんが現金を強奪されたこと、知っていますか？」

「はい」

「そのあと作治さんが自殺し、妻の松子さんが病気で亡くなったことは？」

「知ってます。葬儀にも行きました」

「ところであなたは、三日前の午前三時から午前五時まで、どこでなにをしていました？」

出し抜けに夏木が訊いた。

「三日前？」

「その時間に太田市内で殺人事件があり、谷本圭一という人が殺されたのです」

「谷本さんが殺された……。ではそのアリバイの確認、ということでしょうか？」

困惑気味に紗和子が言った。

「ええ」

「どうして私に、そんなことを訊くのです？　私、谷本さんとは面識ありませんけど」

夏木が無言を守る。沈黙を恐れるように、紗和子が口を開いた。

「テレビや新聞で報じていましたから、太田市の殺人事件のことは知っています。でも、それだけです。谷本さんという被害者の名前さえ、覚えてなかったぐらいです。その私になぜ……」

「現金強奪事件の捜査の際、私たちは谷本圭一に、任意同行を求めて話を訊いたのです。また谷本はかつて、上条作治さんの経営する上条織物に勤めていた。

康之さんか作治さん、あるいは松子さんから、谷本についてなにか聞いたこと、ありませんか？」

「いいえ」

「あなたの前では、上条家の人たちの口から谷本の名は出なかった？」

夏木が問い、紗和子はうなずいた。

「そうですか。では先ほどの質問に、お応えください」

「三日前のその時間でしたら、新聞を配っていました」

「新聞を？」

夏木がわずかに眉根を寄せた。紗和子が話を継ぐ。

紗和子は太田市内の新聞販売店で、朝刊配達のアルバイトをしているという。年に何回かある新聞休刊日以外、毎朝午前三時前には、新聞販売店へ車で行く。そして原動機付き自転車に乗り、午前五時半頃まで朝刊を配達する。

「三日前もいつもどおり、午前三時前に店へ入りました」

と、紗和子は新聞販売店の名を告げた。

「そのあとは？」

「配達を終えて午前五時半過ぎに店を出て、帰宅しました。子供の面倒を見ながら朝食を作り、家を出て子供を保育所に預け、八時前にはここへ着いたと思います」

「ここへも車で、きているのですか？」

「はい」

「車種は？」

「セルボです」

スズキの軽自動車だ。夏木が色を訊ねる。

「白です」

紗和子が応えた。目撃情報と一致する。浜中は紗和子を見つめたが、彼女の表情に変化はない。

続いて康之の人柄などを訊き、浜中たちは紗和子の実家を辞した。由未がハンドルを握り、太田市内の、紗和子が勤務する新聞販売店へ向かう。

由未が口を開いた。

「午前三時から五時半頃まで、新聞配達。そのあと桐生市の和菓子屋で、午前八時から午後四時まで働く。それを毎日って、かなりたいへんですよね。仕事以外に、育児や家事もあるでしょうし」

浜中は黙ってうなずいた。借金でもあって、紗和子は働き詰めなのだろうか。

やがて浜中たちは、新聞販売店に到着した。紗和子の自宅からも、上田島マンションからも、四キロ半ほど離れた場所だ。

夕刊配達の準備で、従業員たちが忙《せわ》しげに立ち働く中、浜中たちは店主を摑まえて、話を訊く。

三日前、紗和子はいつもどおり出勤した。紗和子はひとりで新聞配達へ行ったが、彼女が受け持つ区域から、新聞不着の苦情は一切なかったという。

つまり朝刊は、きちんと配達された。ならば紗和子が配達中に上田島マンションへ行き、谷本を殺害する時間的余裕はない。

しかしこれだけではまだ、紗和子のアリバイは成立しない。

紗和子が受け持ち区域のどこかで、密かに誰かと会い、その誰かが紗和子の代わりに朝刊を配る。その間に紗和子は、上田島マンションへ行った。

そういう可能性があるのだ。

浜中たちは店主や従業員に、そのあたりを確認する。すると三日前、配達中の紗和子に会ったと複数の従業員が証言した。

彼らは紗和子と隣接する区域に、朝刊を配る。だから配達途中に紗和子と出会うことがあり、そんな時はバイクを停めて、少し言葉を交わして別れる。三日前も、そうだったという。

彼らに口裏を合わせた様子はなく、紗和子のアリバイは成立した。疲れを隠しきれない紗和子の顔を思い出し、浜中はなぜだかほっとする。

第三章

絞殺

1

浜中康平はレオーネの助手席にいた。希原由未が運転し、後部座席に夏木大介がいる。

浜中たちは昨日、森花子と名高紗和子に会った。今日も康之と親しい三十代女性を、次々訪ねている。

アリバイを確認する時間帯は、午前三時から午前五時。女性たちのほとんどは、自宅で寝ていたと応えた。

しかしそう応えた女性たちはみな、家族以外にアリバイの証明者はいない、あるいはひとり暮らしで証明者がいない、そのどちらかだった。

大学時代、康之は井原良美《いはらよしみ》という女性と交際していた。

谷本圭一が殺害された時、良美はふたりの友人と二泊三日で、沖縄旅行中だったという。

友人たちに会い、裏は取れた。念のために良美たちが泊まった沖縄の宿に電話し、彼女たちの特徴を伝え、間違いなくそういう三人が宿泊したという証言も得た。

今のところ、紗和子と良美だけにアリバイがある。

あとひとり訪ねれば、とりあえずリストアップした八人への、聞き込みが終わる。最後のひとりは、康之の高校時代の友人だ。すでに結婚し、今は埼玉県の蕨《わらび》市に住む。

後部座席から、かすかに振動音がした。内ポケットからポケベルを取り出して、夏木が言う。

「着信だ。悪いが公衆電話のところで停めてくれ」

「解りました」

由未が応えて、少し先のクリーニング店で車を停めた。夏木が降りて、店先の公衆電話に向かう。

「そろそろ運転代わるよ」

今日何度目かの台詞を、浜中は口にした。由未が運転を買って出て、朝からずっとハンドルを握っているのだ。

「いえ、私がやります。運転好きですから」

そう応える由未から、とにかく役に立ちたいという思いが伝わってきた。

「ずっと助手席で、そろそろ退屈してきたんだ」

浜中は言い、車を降りた。運転席にまわり、扉を開ける。

「ね、交代しよう」

「済みません」

と、由未が車から出てくる。浜中たちはそのまま、夏木を待った。ほどなく夏木が通話を終えて、戻ってくる。

「なにかありましたか？」

浜中は訊いた。

「志水さんからの連絡だ。現場付近で、面白い情報が取れたという」

「では」

「蕨市はあとまわしにしてして、現場へ行こう」

うなずいて、浜中は運転席に乗り込んだ。

谷本圭一は四日前、太田市内の上田島マンションで殺害された。

浜中の駆るレオーネがそこへ到着すると、マンションの前にはマスコミの姿がちらほらあった。

浜中は歩くほどの速度で、レオーネをマンション前の舗装路に入れた。ゆっくり走らせていく。昨日の午後、立ち入り禁止は解除された。しかし私有地だから、記者たちは追いかけてこない。

舗装路は弧を描いて、地下駐車場の入り口へと至る。その手前に、車が一台停まっていた。

レオーネに気づいたのだろう。車のドアが開き、二係の志水祐二と太田署の刑事が降りてきた。浜中は彼らの脇にレオーネを停める。

「面白い情報とは？」

挨拶のあとで、夏木が志水に問う。

「昨日の深夜、懐中電灯らしき光が、ちらちら見えたという」

「どこでです？」

「そこだ」

と、志水が顔をあげた。浜中たちは今、地下駐車場入り口の少し前に立つ。ここからだと、上田島マンション一号館のベランダ側と、二号館の側面が見えた。

志水が目を向けたのは、二号館の天辺の、色褪せた青い切り妻屋根だ。

「屋根ですか」

夏木の言葉にうなずき、志水が視線を転じた。

上田島マンションは、雑草の茂る空き地に囲まれている。二号館後方の広い空き地の先に道があり、その向こうに四階建てのマンションが見えた。

上田島マンション一号館、二号館、空き地、道、四階建てのマンション。そういう並びだ。

志水が言う。

「目撃者は四階建てマンションの四階に住む、三十三歳の独身男性だ。居酒屋で働いており、休みの日以外は午前一時半頃に帰宅。シャワーを浴びたあとで部屋を暗くして、窓から外を眺めながら、ビールを何本か飲むのが日課だという。

今日の午前二時前に、男性は日課を始めた。する三十分ほど経ってから、上田島マンション二号館の屋根のところで、ちらちらと小さな光が見えたという。

殺人事件が起きたマンションだから、警察がなにか調べているのだろう。遅くまで大変だ。男性はそう思い、やがて日課を終えたそうだ」

「懐中電灯の光は、ひとつだけでしたか？」

夏木が問う。

「ああ。念のために確認したが、鑑識課は上田島マンションの屋上までは、調べていない。そして捜査員の誰かが深夜、屋根に登ったとは思えない。簡単に登れる高さじゃないからな」

「となると、犯人が……」

由未が呟いた。

2

上田島マンション二号館の脇に、消防の梯子車《はしご》が停まっていた。浜中たちはそれを取り巻く。あれから志水が、捜査本部に連絡を取った。そして上田島マンション二号館の屋根を調べることになり、消防に梯子車を依頼し、捜査本部から鑑識課員が駆けつけたのだ。

たった今、鑑識による屋根の調べが終わった。消防隊員とふたりの鑑識課員を乗せた梯子車のゴンドラが、地上に降りてくる。

「特にこれという発見は、なかったです」

ゴンドラから出て、鑑識の鶴岡が志水に言った。浜中は口を開く。

「せっかく梯子車がきてくれたので、屋根の上に登ってみたいのですが」

犯人が昨夜屋根に登ったとすれば、その行動には必ず意味がある。それを確かめたいし、屋根の上から景色を眺めれば、新たな発見があるかも知れない。

夏木は高所恐怖症だし、由未は屋根の上で「ひゃっほう、高い！」などとはしゃぎ、うっかり転げ落ちてきそうな気がする。

遊撃班として自分がやるべきだと、浜中は思ったのだ。

「解った」

志水が言い、浜中はヘルメットを着用した。消防隊員とともに、ゴンドラに乗り込む。スムーズに上昇し、ゴンドラは屋根の上で静止した。

消防隊員は、ゴンドラに残るという。浜中はゴンドラの扉を開けて、屋根の上に降り立った。屋根の傾斜はきつくないから、腰を落としてゆっくり歩けば、落ちる心配はなさそうだ。

地上から八メートルほどの高さだろうか。思った以上に見晴らしがよい。

またこうして高所から眺めてみれば、道の突き当たりに建ち、三方を空き地に囲まれた上田島マンションの、寂しい立地条件がよりはっきり解る。殺人にうってつけの、場所なのだ。

上田島マンションの駐車場に寝泊まりするようになった時、すでに谷本は死ぬ運命にあったのではないか。

ふとそんなことを思い、浜中はかぶりを振った。そのあとで沈思する。

昨夜、犯人が屋根に登ったとすれば、どのような方法を取ったのか。まさか犯人が、梯子車を手配したはずはない。そうかといって、ホームセンターなどで入手できる梯子や脚立では、とても屋根まで届かない。

そろりと屋根の上を歩き、浜中はベランダ側の端まで行った。腰を完全に落とし、顔だけを屋根の端から出す。

すぐ下に三階のベランダが見えた。各戸独立式ではなく、長い一本のベランダを、仕切り板で区切るタイプだ。

そのベランダの柵に乗れば、小学生でも屋根の端に手が届く。そうやって屋根の端を摑み、懸垂の要領で体をせりあげて、屋根に登る。体を鍛えた人なら、可能だろう。

しかしもっと、容易な方法がある。各戸のベランダを区切る、仕切り板だ。

浜中は仕切り板に目を向けた。日の字形に鉄の枠組みがあり、上下に白い板が嵌まっている。「非常の際には、ここを破って隣戸へ避難してください」と、板に記してあった。

鉄の枠組みは板より少し出っ張っているから、かろうじて足がかりになる。

ベランダの柵の上に立ち、仕切り板に抱きつく格好でよじ登れば、あまり苦労せずに、屋根へ登れそうだ。

落下の危険はつきまとうけれど、三階だし、建物のすぐ先は雑草の茂る空き地だから、落ちても死や大怪我は免れるはず。事前にクッションでも敷いておけば、恐怖は和らぐだろう。

浜中は腰をあげた。建物の側面側に移動して、屋根の端の少し手前で足を止める。足下に舗装路があって、夏木や鑑識課員たちがいた。

今、検討した屋根にあがる方法を、浜中は彼らに伝えた。

「解った。各戸の仕切り板に、よじ登った痕跡がないか調べてみる」

鑑識の鶴岡が言う。

「あと少しだけ屋根を見てから、下へ降ります」

浜中は応えた。

「気をつけてくださいね」

両手をメガホンにして、由未が声をかけてくる。

「大丈夫だよ」

と、浜中は余裕の笑みを浮かべた。

だが――。

次の瞬間、右足が滑った。野球の滑り込みの格好で、浜中は屋根の端に向かって仰向けに倒れていく。

由未の悲鳴が聞こえた。浜中の右足首、そして右膝が屋根の端から出る。そこで体の滑りは止まった。どっと冷や汗が出て、浜中の顔から血の気が引く。

「落ち着け」

冷静で頼もしい、夏木の声だ。しかし浜中に、返事をする余裕はない。

浜中はゆっくり体をまわし、うつ伏せになった。屋根の中心に向かって、慎重に這っていく。

右足が屋根の上に乗った。浜中は安堵したが、右の靴が脱げてしまう。

「げっ」

思わず声をあげ、浜中は背後に顔を向ける。屋根の端に雨どいがあり、靴はその中に落ちた。

足を伸ばして指先で靴を引っかけ、そのまま下へ落とそうか。

そう考えて、浜中はかぶりを振った。靴を落とせば、そのあと右足は靴下だけになり、とても滑りやすくなる。

それに足の指先で靴を引っかけようとして、足が痙《つ》ったら目も当てられない。

回収しよう。そう決意して、浜中は体を水平に回転させた。ほどなく頭が屋根の端を向く。

その体勢で、浜中は少しずつ進む。屋根の端に向かって頭から進むのだから、かなり怖い。けれど幸い、傾斜はさほどでもない。落ち着いてさえいれば、滑り落ちないだろう。ほどなく端に近づいた。浜中は右手を伸ばして、靴を回収する。ほっと息をつき、そのあとで気がついた。

浜中は今、建物の側面側の屋根の上にいる。屋根の端にはほぼ水平の雨どいがあって、浜中の靴はそこに落ちたわけだが、この雨どいは建物側面の壁を伝う、垂直の雨どいと接続している。

垂直の雨どいは、屋根から一階の床下まで達する。一階の床下のところには、ほぼ水平の雨どいがあり、垂直の雨どいから落ちてくる雨水を、受け止める構造だ。

その、縦と横の雨どいが接する地点のちょうど真下で、谷本圭一は殺害された。

「うん？」

と、浜中は首をひねる。突然頭の中に、小さな閃光が走ったのだ。

浜中は思いを凝らし、懸命にその正体を突き止めようとした。けれど解らない。流れ星さながら、閃光はあっという間に消え去った。

3

梯子車で無事に地上へ降り立った浜中は、まずはみなに向かって、深く頭をさげた。心配をかけたことを、心から詫びる。

「とにかく無事だったんだ。もういいさ、顔をあげろよ、相棒」

夏木の言葉が胸に染みた。

浜中は顔をあげ、「済みません」と断ってから振り返る。少し先に上田島マンション二号館の側面が見えた。各階に出窓があって、出窓の脇に垂直の雨どいがある。

やはりそうだ。垂直の雨どいの真下に、谷本の死体はあった。

「屋根の上で気づいたのですが」

と、浜中は雨どいと死体の位置関係を、誰にともなく語った。話を訊く夏木の双眸に、鋭い光が宿り始める。

浜中が語り終えると、夏木は無言で歩き出した。浜中と由未、志水と太田署の刑事は、ぞろぞろと夏木のあとを行く。

夏木はなにかを摑んだ。そう浜中は確信した。夏木とつき合いの長い志水も、察したのだろう。場の空気が引き締まる。

谷本がうつ伏せで死んでいた場所の、すぐ手前で夏木は足を止めた。ゆっくりと顔をあげる。浜中も夏木の動きを真似た。

谷本の死体があったのは、地下駐車場の入り口だ。入り口の高さはおよそ、二メートル半。入り口のすぐ上が一階の床下で、そこにほぼ水平の雨どいがある。底部があちこち破損しており、雨が降ればその破れ目から、雨水がびしゃびしゃ落ちただろう。

住民から、雨どい交換の要望があったかも知れない。しかし上田島マンションは、建築基準法違反を指摘されたような建物だ。所有者は住環境の整備に熱心ではなく、放っておいたのではないか。

浜中がそんなことを思っていると、夏木が一歩、前に進んだ。谷本の死体があった場所にしゃがみ込み、真上を見あげる。

夏木が言い、横に退いた。浜中は夏木がいた場所にしゃがみ込み、上を向く。

「見てみろ、相棒」

「あっ」

浜中は思わず声をあげた。

浜中の真上で、三階から一階まで達する垂直の雨どいと、一階床下の雨どいが接続している。一階床下の雨どいの底部は破損しているから、垂直の雨どいの内部がすっかり見とおせた。彼方には、雨どいの形に切り取られたかのような、丸くて小さな青空まで望める。

「私もいいですか?」

うずうずした様子で、由未が言った。浜中は由未に場所を譲る。由未、志水、太田署の刑事の順で、みなしゃがみ込んで雨どいを見あげた。

その間に浜中は、頭をフル回転させる。屋根の上にいた時に走った閃光。模糊《もこ》としたそれが、ようやく形になり始めたのだ。

犯人は供物に見せかけ、睡眠薬入りのウイスキーを谷本に与えた。それを飲み、谷本はレビンの助手席で眠りこける。そして犯人は谷本を、この場所まで運んだ。

助手席は狭いから、刺殺しづらい。あるいは何らかの理由により、レビンの車内に谷本の血痕が残ることを嫌った。

だから犯人はここまで谷本を運んだと、浜中は思っていた。しかし違う。犯人は谷本の体を、垂直の雨どいの真下に置く必要があったのだ。

由未が口を開く。

「犯人は谷本さんを、この場所でうつ伏せにしました。そのあと屋根にあがり、凶器の包丁を垂直の雨どいの中に落とした。

包丁は雨どいの中を落下していき、一階床下の雨どいに達します。雨どいの底は壊れているから、包丁は雨どいを突き抜けて、谷本さんの背に刺さる」

浜中は言う。

「でもそれだとわざわざ、屋根にあがる意味がないよね。この場で刺せばいいんだから」

「そっか、そうですよね。それじゃ雨どいの真下で谷本さんが死んでいたのは、偶然？」

と、由未が小首をかしげた。

そういう仕草をすると、ますます中学生に見えてくる。浜中はそう思ったが、もちろん口に出さない。

夏木が言う。

「包丁は雨どいの中を落下、それは正解だと思う。三階から落下するうちに包丁は加速して、あれほど深く谷本の背に刺さったんだ。ではなぜ犯人は、そんなことをしたのか」

「ええと……、あっ！　もしかして」

由未が目を輝かせる。微笑んで、夏木がうなずいた。由未が言う。

「犯人は屋根に登り、雨どいの中に包丁を入れた。そしてたとえば数時間後に包丁が落下するよう、なにか策を講じる。

そのあと犯人は、ここを立ち去った。雨どいの真下で眠る谷本さんは、睡眠薬とアルコールによって、目を覚まさない。

やがて犯人の目論《もくろ》みどおり、包丁が落下して谷本さんの背に刺さる。その時間、犯人はここではないどこかにいて、アリバイを確保した。

こういう流れでしょうか」

「だろうな」

夏木が応えた。浜中に目を向けて、にんまり笑って由未が言う。

「どうです、私の名推理！　浜中さんはどこまで解ってました？」

「え？」

「どこまでです」

「凶器は雨どいの中を落下したんだろうなー、とは思ったけど……」

「それだけですか？」

浜中は応えない。

「それだけですね？　よし！　私の勝ち」

と、由未がガッツポーズを取る。

「勝ち負けじゃないと思うけど……」

浜中は言った。苦笑してから、夏木が口を開く。

「それじゃふたりで、ここまでの流れをおさらいしてみろ」

「はい」

浜中と由未は同時に応えた。

4

夏木たちから少し離れて、浜中と由未はひそひそ声で話し合った。元の場所へ戻り、浜中は誰にともなく語り始める。

谷本殺害を決めた犯人は、尾行などで谷本の暮らしぶりを調べあげ、ひとけのない上田島マンションで殺害することにした。

谷本がいない時に犯人はここへきて、殺害方法を考える。そして壊れた雨どいや垂直の雨どいの位置から、殺害トリックを考案。

この殺害方法を取る場合、谷本の体を雨どいの真下に持ってこなくてはならない。そして谷本を数時間、そのままにする必要がある。

谷本を縛る、あるいは昏倒させるなど、犯人は様々な方法を検討しただろう。

その結果、酒に混ぜた睡眠薬で、谷本を眠らせることにした。そこで供物を何度も捧げて、谷本に盗み癖をつけさせる。

「十二月十三日の夜。犯人はそっとここへきてレビンに近づき、谷本の状態を確認します。もしも谷本が車でここへきていなければ、きたとしてもウイスキーを飲んでいなければ、計画は延期するつもりだった。

しかし犯人の計画どおり、谷本は睡眠薬入りウイスキーを飲み、眠り込んでいた。谷本がコートを羽織っていたのであれば、犯人はそれを脱がせて、谷本の体を雨どいの真下に置く。それから屋根に登り、雨どいに包丁を入れて、数時間後に落下するよう細工した。そしてここから立ち去る」

「まあ、そんなところだろうな」

夏木が言った。由未が口を開く。

「数時間後に包丁が落ちるよう、犯人はどんな細工をしたのか。問題はそれですよね。夏木先輩はもう、解っているんですか？」

「さあな」

と、夏木がはぐらかした。由未が沈思し、そのあとで言う。

「たとえばボウルに水を入れ、そこに包丁の柄を立て、倒れないようなにかで固定、それを冷凍庫に入れます。そうすれば、大きな氷の塊が柄についた包丁、作れますよね。

そうやって作った氷つきの包丁を手に、犯人は屋根の上に登ります。そして包丁の刃先を雨どいの中に入れる。でも氷の塊は大きくて、雨どいの中に入らないから、包丁は落下しません。

やがて氷の塊がある程度溶けて、雨どいよりも小さくなる。その瞬間、包丁は雨どいの中を落下し、谷本さんの背に突き刺さった。どうです？」

「悪くない方法だな」

夏木が言った。

「ですよね！」

と、由未が笑む。

「しかし恐らく不正解だ」

「ですよね！」

浜中は言った。浜中を見て頬を膨らませてから、由未が夏木に問う。

「どうして不正解なんです？」

「その方法だと氷の塊は、やがて水になる。それらはすべて谷本の背に注ぐのだから、相当濡れたはずだ。ところが鑑識によれば、着衣に付着物や汚れ、濡れた形跡などはなかったという。

これが報告された捜査会議に、希原は出席していない。だから氷の塊という発想が出たのだろうな。鑑識からの報告がなければ、おれも氷だと思ったかも知れない」

「だったら私の勝ちですよね！」

と、由未が浜中のほうを向いた。

「だから勝ち負けじゃないと思うんだけど……」

浜中は応えた。なぜ由未は、勝ち負けにこだわるのか。というよりもなぜ由未は、浜中に対抗意識を燃やすのだろう。

もしかして、恋なのか。

「あれ、浜中さん。少し赤くなってますよ」

由未が言う。

「いや、なんでもないから。でも氷じゃないとすれば、なんだろうね」

「うーん」

真剣な面持ちで、由未が考え込んだ。浜中も黙考する。

ほどなく浜中は口を開いた。

「先輩も氷かも知れないと思ったのだから、包丁の柄になにかをつけて、雨どいの中か入り口に固定という発想は、間違っていないはずです」

「小さな機械に包丁の柄を摑ませる。その機械には時計が内蔵され、決められた時間になると、包丁の柄を放す。そういう感じですかね？」

「そんなに大げさじゃなくて、いいと思う。たとえば雨どいよりも少しだけ大きな、発泡スチロールを用意する。それに穴を空け、包丁の柄をさし込む。

そして包丁の刃先側から、雨どいに入れる。柄を包む発泡スチロールを、雨どいの中に押し込むようにするんだ。

こうすれば雨どいの入り口のすぐ下で、発泡スチロールのついた包丁は止まるよね」

「はい」

と、由末が瞳を輝かせる。こうして由末とやり取りしていると、次々発想が湧いてくるから不思議だ。

「包丁は刃先を下にして、雨どいの中にある」

浜中は言った。すかさず由末が口を開く。

「リンゴですよ、ニュートンの！」

「だね。引力によって、包丁は落ちようとし続けるから、やがて柄は発泡スチロールから抜ける」

「そして包丁だけが落下して、谷本さんの背に刺さった！」

「でもこの方法だと、雨どいの中に発泡スチロールが残ってしまう」

「それが気がかりだった犯人は、上田島マンションの立ち入り禁止が解除されるのを待って、雨どいの中の発泡スチロールを回収した」

「それが昨日の夜」

「やった！」

「正解だ！　ですよね？」

と、浜中は夏木に目を向けた。

「今のところ証拠はないから、正解だと断言はできない。だがまず、そんなところだろう。ひとつ修正するとすれば、発泡スチロールだ。

あれはすぐにぽろぽろと破片になるから、必ず現場に残る。しかし鑑識から、そういう報告はない。だから犯人は発泡スチロールより発泡倍率が低く、破片になりづらい緩衝材を、使ったのだろう」

「でもそう都合よく、犯人の予想どおりの時間に、包丁の柄が緩衝材から抜け落ちるでしょうか？」

由未が問う。

「その答えはこれだろうな」

と、夏木がコンクリートの床に目を落とした。刃物で一回だけ、床を刺した傷がある。

その瞬間に閃いた。浜中は口を開く。

「どのぐらいの大きさの緩衝材に、どこまで柄を刺せば、数時間後に包丁が落下するか。犯人は谷本がいない時を見計らい、実際にこの雨どいで試したんですね。だからここに傷が残った」

「なるほど！」

そう言って、由未が右手を握る。右手をハンマーのようにして、左の手のひらをポンと叩いた。

合点が行った時の仕草だが、浜中は由未以外に、この動作をする人を見たことがない。

由未が言う。

「床の傷は一回分だけです。たった一度試しただけで、うまくいったのでしょうか？」

考えてみろという表情で、夏木は無言だ。浜中は少考して、口を開いた。

「最初に試した時、犯人は床に傷がつくことまで、考えが至らなかった。だから床が傷ついてしまう。それを見て犯人は二回目以降、雨どいの真下の床にクッションを置いて、何度も試行した」

「それで床に、一回分だけの傷！」

喜色を浮かべて、由未が言った。

5

「緩衝材で、あとから包丁を落下させる。なるほどそういう策を弄せば、アリバイのある上条康之にも、犯行は可能になるわね」

美田園恵が言った。太田警察署大会議室の捜査本部だ。

浜中、美田園、夏木、由未、志水、それに太田署の刑事の六人で、三人用の長机を囲んでいる。午後六時を過ぎて、聞き込みなどから戻った刑事の姿がちらほらあった。

浜中たちはあれから、太田警察署に戻ったのだ。そして今、雨どいの件を美田園に話し終えた。

志水が言う。

「ガードレールに供物を捧げた三十代の女性は、上条康之の協力者でしょうか。主犯が上条、女性が従犯」

「その線はありそうね。いずれにしても、上条のアリバイは揺らぎ始めた。浜中君、希原さん、よくやったわ」

「いえ、夏木先輩のお陰です」

由未が応えた。

「珍しく殊勝だな」

夏木が言う。

「珍しくは余計ですよ。希原の希の字は殊勝の殊です！」

「字、合ってないよね」

浜中は突っ込んだ。

「へへっ」

由未が照れて笑い、そこへ住友と川久保が、大会議室に入ってきた。美田園を認めて、こちらにくる。

「お疲れ様」

美田園が言った。浜中たちの近くの椅子に、ふたりはすわる。川久保が口を開いた。

「事件当日の谷本の行動が、ようやく摑めてきましたよ」

「教えて頂戴」

「はい。群馬県に住む谷本の悪友たちに、片っ端から話を聞いたのですが、誰もがあの日、谷本と会っていないという。

そこで少し、網を広げようと思いましてね。高校時代に谷本と親しかった友人が、今は引っ越して埼玉県にいるので、その人物に会ってきました。彼の名は伊藤《いとう》といいます。

伊藤は両親とともに、東松山《ひがしまつやま》市内に居住。伊藤によれば十二月十三日の午後二時過ぎ、谷本が伊藤の家にきたそうです。事前に電話で約束したと言う。

谷本と伊藤は伊藤の部屋で駄弁《だべ》り、午後八時過ぎにふたりで家を出て、近くのラーメン屋に行った。そして谷本は午後九時頃、伊藤と別れて車で去る。

伊藤の母親や、ラーメン屋の店主に確認したところ、伊藤の証言どおりでした」

川久保の話の途中から、夏木や志水の表情が険しさを増した。遅まきながら、浜中も気づく。

「どうしたんです？」

浜中たちの重い気配を、察したのだろう。川久保が誰にともなく訊いた。

「浜中君、お願い」

美田園が言った。うなずいて、浜中は川久保と住友に、雨どいトリックを語る。

「それはつまり……」

聞き終えて、そう言いながら川久保は腕を組んだ。夏木が口を開く。

「谷本が午後九時過ぎに東松山市を出たとすれば、寄り道しなかったとして、午後十時前後には、太田市内に入ります。

ガードレールに供物を見つけた谷本は、ウイスキーと煙草を盗み、上田島マンションの地下駐車場に車を停めた。早速睡眠薬入りのウイスキーを飲み始める。

谷本がどのぐらいのペースで、ウイスキーを飲んだのか。それは解らないが、彼が眠り込んだのは、まず午後十時以降でしょう。

それから犯人は谷本を車から出して、地下駐車場の入り口まで運んだ。雨どいトリックを仕掛けて、上田島マンションを去る。

ところが上条康之はその日、午後八時から午前五時半ぐらいまで、仲間たちと飲んでいた」

川久保が言う。

「午後十時以降に、眠りこけた谷本を車から出して、入り口まで運ぶ。上条には、それができないってわけか」

浜中たちはうなずいた。谷本が午後九時頃まで、東松山市にいた。その証言が出たことにより、康之にはいわば、第二のアリバイが成立したのだ。

6

午後八時になり、捜査会議が始まった。浜中は夏木や由未とともに、うしろの席につく。

まずは浜中が雨どいの件を話し、続いて川久保が、殺害される前の谷本の行動を報告した。そのあとで鑑識の鶴岡が発言する。

「上田島マンション二号館の三〇四号室。そのベランダの仕切り板に､足をかけた痕跡がありました。足跡までは、採取できませんでしたが。

また二号館の垂直の雨どいを調べたところ、屋根のすぐ下、つまり雨どいの始まり部分ですね。この内部にすり傷がありました。雨どいの中になにかを詰め込んだ際に、生じたらしき傷です。足の痕跡とすり傷は、どちらもごく最近のものと思われます」

泊が言う。

「犯人は雨どいの中に、緩衝材つきの包丁を仕掛けた。そう見ていいだろう。浜中よ、よく雨どいの仕掛けに気づいたな。さすがはミスター刑事だ」

浜中はすごい勢いで、首を左右に振った。

「そう謙遜するもんじゃねえぜ」

と、泊が笑う。

これでまた一歩、駐在員という夢が遠ざかったのではないか。浜中は小さくため息をついた。

ほかの刑事たちが、報告を始めた。特にめぼしい情報はない。

泊が言う。

「この前も言ったが、谷本にひどい目に遭った人たち、谷本を恨む者たち、その中から三十代の女性を、優先的に調べてくれ。遊撃班は、上条康之の知り合いの三十代女性を当たれ。

そろそろ疲れも出てくるだろうが、お前さんたち、頼むぜ」

浜中たちが一斉にうなずき、捜査会議は終わった。幹部たちが去り、大会議室はざわつき始める。

「軽くどうだ、相棒」

そう言って、夏木がグラスを口へ運ぶ仕草をした。浜中はすぐに首肯する。浜中の左横にすわる由未が、口を開いた。

「私もいいですか？」

「もちろんさ」

夏木が応えた。すると由未が浜中を見て、夏木の口真似をする。

「行こうぜ、相棒」

微苦笑を浮かべて、夏木が腰をあげた。

浜中たちは太田警察署を出て、居酒屋に入った。広めの店内の、隅のテーブル席に着く。浜中と由未が並んですわり、向かいの席に夏木が陣取った。

隣のテーブルに客はいないから、少し声を潜めれば、事件の話をしても誰かに聞かれないだろう。

まずは中ジョッキのビールを頼み、運ばれてくると三人で乾杯した。仕事のあとのビールは、やっぱりうまい。

「ぷはーっ」

おどけ気味に由未が言い、浜中と夏木は微笑んだ。徐々にアルコールが、気持ちをほぐしていく。

つまみがいくつかテーブルに並び、二杯目のビールを手にしたあたりで、由未が言った。

「明日は蕨市に行きますか?」

訪ねそびれた康之の高校時代の友人が、埼玉県の蕨市に住む。

夏木がうなずいた。由未が言う。

「その人に会ったあとは、もう少し範囲を広げて、上条さんとさほど親しくなかった三十代の女性も、訪ねましょうか?」

「ああ、それも大切だ。しかしな、希原」

「はい」

「昨日今日とおれたちは、上条康之と親しい三十代の女性たちに会った」

と、夏木がビールを飲んだ。ジョッキをテーブルに置き、少し鋭い視線を浜中と由未に向けて、話を継ぐ。

「その中に谷本殺害の犯人がいると、おれは思う」

由末が目を見開いた。夏木が言う。

「犯人は雨どいトリックを弄した。それはなぜだ？」

「アリバイを得るためです」

由末が応えた。

「ならばアリバイを持つ人間が、逆に怪しいことになる」

夏木の言葉にうなずいて、考えながら由末が言う。

「アリバイがあったのは、小中学校が上条さんと一緒だった名高紗和子さん。大学時代に上条さんと交際していた、井原良美さん。今のところ、このふたりだけですよね」

夏木が応える。

「井原良美は沖縄にいたから、十三日の夜、眠り込んだ谷本を駐車場の入り口に運ぶことはできない」

「だったら紗和子さんが……」

「ああ。彼女が犯人である可能性は高いと、おれは見る」

由末が言う。

「アリバイのある三十代女性という、犯人の条件に当て嵌まるだけで、夏木先輩は紗和子さんが犯人だと思われたのですか。あ、あの済みません、生意気な質問で……」

「そんなこと、気にするな。相手が誰であれ、気になったら思いのままに問え」

「はい」

「紗和子さんが犯人だと思った理由、ほかにあるんですよね」

浜中は訊いた。犯人の条件に合致というだけで、夏木がこれほどの言い方をするはずはない。

浜中に向かって小さくうなずき、ビールで喉を湿らせてから、夏木が口を開く。

「希原。たとえばお前の知り合いの、加藤《かとう》という人が殺害されたとする。それを聞かされた時、お前はどう反応する？」

「え？」

「加藤が殺された。それを聞いた瞬間の気持ちを、そのまま表してみろ」

「はい」

と、由未が息を吸い込んだ。

「えっ！　加藤さんが殺されたの⁉」

小声ながらも鋭い声で、由未が言う。そして信じられないという表情で、首を左右に振った。

「まさか、そんな、加藤さんが……」

涙が混ざったような、由未の声だ。浜中は思わず口を開く。

「ちょっと演技が、大げさすぎるよ」

「突っ込まないでください」

「いや、だって」

夏木が苦笑を浮かべ、浜中たちを手で制した。そのあとで言う。

「では次だ。希原、お前と一切面識のない田中《たなか》さんが、殺害されたとする。それを聞かされた時、どう応える？」

　わずかに沈思し、普段どおりの様子で由未が言う。

「そうですか、田中さんって人が、殺されたのですか。あの、その人一体誰なんです？　私、存じあげないんですけど……。と、こんな感じでしょうか」

「ほかの反応は？」

「田中さんという方が、亡くなったのですね」

「そう、全く知らない人の死を聞けば、『って』や『という』をつけるのが、まあ自然だろう」

　浜中は記憶を手繰《たぐ》る。

　昨日浜中は、柔道部のマネージャーだった森花子に会った。

　谷本が殺害された時間に、なにをしていたか。浜中がそう訊ね、「でも私、谷本さんって人と会ったことはなく、見たことさえありませんけど」と花子は応えた。

　夏木が言う。

「しかしおれが紗和子にアリバイを訊いた時、『谷本さんが殺された……。ではそのアリバイの確認、ということでしょうか？』、彼女はそう応えた」

「なるほど」

　と、由未が右の拳で、左の手のひらを叩いた。

　ポン。

　変な沈黙がきそうなので、浜中は慌てて口を開く。

「本当に紗和子さんが、谷本と面識がないのであれば、『谷本さんという方が殺された……』と応えるほうが、確かに自然な気がします」

夏木が言う。

「ささやかな言葉の違和感だが、やはり気になる。だから紗和子を、少し探ってみたい」

7

太田市内のファミリーレストラン。その駐車場に、浜中はレオーネを停めた。夏木や由未とともに、店に入る。午後一時前だから、なかなかの賑わいだ。

浜中たちは、窓際の席に案内された。昼食を頼み、運ばれてくるまでの間に、浜中はこれまでのことを振り返る。

昨日と今日の午前中をかけて、浜中たちは紗和子について、できる限り調べた。

桐生市内で三代にわたって、和菓子屋を営む波川家。その長女として、紗和子は生まれた。三歳年上の兄がいる。

紗和子は桐生市内の小学校に入学し、上条康之と出会った。近所だから、学校の外でも時々、鬼ごっこやだるまさんが転んだなどで、ほかの子たちとともに遊んだという。

小学三年生の時、紗和子と康之は近所の友だちと一緒に、少し離れた川へ遊びに行った。そこで事件が起きる。康之が迷子になったのだ。

親や学校の先生など、大人たちが川へ駆けつけ、警察に通報する騒ぎになった。そんな中、ふと気がつくと紗和子がいない。

紗和子まで迷子になったのか。

大人たちがそう思って青くなった矢先、紗和子が康之を連れて、戻ってきた。康之はわんわんと泣き、涙を堪えていたらしき紗和子も、親たちを見て号泣する。

康之は虫が好きだから、河原のずっと向こうの森へ、行ったのかも知れない。紗和子はそう考えてひとりで森へ入り、康之を見つけたという。

こうして事なきを得て、やがて紗和子と康之は、同じ中学校に進む。

迷子事件以降、紗和子と康之はさらに親しくなったが、あくまでも友だちであり、交際したことはなかったようだ。

小中学校時代、紗和子が上条家に遊びに行ったのは、数えるほど。迷子事件をきっかけに、上条松子と紗和子の母は親しくなったが、よく行き来するほどの間柄ではなかったらしい。

紗和子は康之とは別の、桐生市内の高校に進学した。

高校卒業後、紗和子は前橋市内の洋食店に勤務。二十三歳の時に名高孝次郎《こうじろう》という男性と知り合い、五年越しの交際を経て結婚した。

それを機に紗和子は洋食店を辞めて、やがて男子を出産する。今から三年前のことだ。

以来紗和子は育児に専念、けれど昨年十月から、実家の和菓子屋と太田市内の新聞販売店で働き始めた。そして現在に至る。

紗和子が犯人だとすれば、彼女の人生のどこかに谷本が現れる。道で行き合い、目が合って口論になり、かっとなって殺した。この事件はそういう、瞬間的な殺意によるものではない。必ず動機があるはずなのだ。

浜中たちは三手に分かれ、谷本の写真を手に、紗和子の友人や知り合いを訪ね歩いた。ところがみな、谷本など知らないと口を揃える。

紗和子の口から谷本の名が出たことはなく、紗和子が谷本と一緒にいるのを、見たこともないという。

注文した料理を、ウエイトレスが持ってきた。浜中たちは昼食を取り始める。

やがて食べ終え、食後の飲み物が運ばれてきた。浜中と夏木は珈琲で、由未はレモンティーだ。店はようやく空き始め、浜中たちの両隣の席に客はいない。

珈琲を一口啜り、夏木が低い声で言う。

「徒労につき合わせてしまったかも知れない。済まなかったな」

浜中と由未は、揃って首を左右に振った。由未が言う。

「ひとりの女性のこれまでを追い、丁寧に聞き込みしていく。それがとても、勉強になりました。だから感謝しています」

「その言葉は嬉しいが、紗和子と谷本の接点は見つからなかった。ふたりが一面識もないとすれば、紗和子がトリックを弄してまで、谷本を殺すはずはない。

紗和子が上条家の人たちの恨みを晴らすため、いわば仇討ちで谷本を殺害したという線も、ないだろう」

夏木が言った。浜中は口を開く。

「でもまだいくつか、筋は残っています。たとえば紗和子さんの夫やご両親が、谷本となにかあったのかも知れません」

浜中たちはまだ、紗和子の夫に会っていないし、紗和子の両親と谷本の関係についても、調べていない。

紗和子の血族が谷本にひどい目に遭い、その報復として、紗和子が谷本を殺害した可能性もあるのだ。

「確かにそうだが」

夏木が言い、沈黙が降りた。前から気になっていたことを、浜中は口にする。

「どうして紗和子さんは、働き詰めなのでしょう」

紗和子は午前三時から五時半まで新聞配達し、午前八時から午後四時まで、実家の和菓子屋でパート社員として働く。家事や育児もあるだろうから、かなりきつい日々ではないか。

由未が言う。

「借金でもあるのでしょうか？　あっ、上条さんはそれを知り、谷本殺害を紗和子さんに持ちかけたとか」

浜中は問う。

「金で殺人を依頼したってこと？」

「はい」

「でも、ことは殺人だよ。百万円や二百万円で、紗和子さんが応じるとは思えない」

「報酬は数千万円とか……」

由末が呟いた。浜中は言う。

「上条作治さんは無一文になり、自殺した。康之さんは測量会社に勤務してるけれど、まだ三十代前半だからね。いくら持ち家があるといっても、数千万円も貯蓄できるとは思えない」

「殺人依頼の線も、なさそうですね」

由末の言葉にうなずき、浜中は珈琲カップを摑んだ。由末もティーカップに手を伸ばし、しかしその手を止めて言う。

「もしかして、交換殺人とか！」

刹那《せつな》、由末を見つめてから、浜中は口を開いた。

「紗和子さんは康之さんの依頼を受けて、谷本を殺害した。そして康之さんは紗和子さんのために誰かを殺す、あるいはすでに殺害している。そういうこと？」

「はい」

「それは……」

と、浜中は考え込んだ。

浜中と夏木は先日、上条家を訪ねて康之に会った。

浜中たちが谷本の死を告げると、康之は驚いて見せたが、どこかわざとらしい感じがした。またそのあとアリバイを訊くと、康之は余裕の表情を浮かべた。

あの時すでに、つまり警察が事件を公表するより先に、康之は谷本の死を知っていたのではないか。

だから浜中たちの前で、驚いたのではなく、驚いたふりをした。

また康之のために、紗和子が谷本を殺害したのであれば、真っ先に疑われるであろう康之に、完璧なアリバイがある日時を見計らって、犯行に及ぶだろう。

ガードレールに供物を捧げたのは、三十代の女性だ。そして夏木が気づいた、紗和子のささやかな言葉の違和感。ところが紗和子と谷本の接点は、見つからない。

なるほど交換殺人であれば、これまでの疑問のほとんどが氷解する。

浜中は口を開いた。

「交換殺人、ありそうだね」

「でしょ！　紗和子さんが殺意を抱くほど、恨んでいる人がいるかどうか、調べてみましょうよ。上条さんはその人を、狙っているかも知れません。あるいはすでに、犯行を終えたかも……」

「でも交換殺人だと、決めつけないほうがいい。交換殺人を念頭に置きながら、聞き込みの範囲を広げる。そういう感じで、動いてみましょうか？」

浜中は夏木に問う。

「そうだな……」

夏木が思案し、そこへジージーという振動音が、かすかに聞こえた。夏木が内ポケットからポケベルを出す。

「捜査本部から着信だ」

言って夏木が席を立った。

この店は入り口とレジの間に、菓子やおもちゃの陳列台と、公衆電話がある。夏木はそこへ行き、公衆電話を使ってから戻ってきた。心なしか表情が硬い。

椅子にすわり、夏木が口を開いた。

「名高紗和子の死体が見つかった」

「えっ⁉」

由未が目を見開き、浜中は絶句する。夏木がさらに言う。

「紗和子の死体を見つけたのは、上条康之だ」

8

浜中はレオーネのハンドルを握っていた。助手席に由未がすわり、後部座席に夏木がいる。車内には沈黙が、暗雲さながらに重く垂れ込め、しじまを破る者はいない。

やがてレオーネは、桐生市に入った。国道を逸れて静かな住宅街を行き、左折する。すると道の右手に、広い林が見えた。道の左側には家が建ち並ぶ。

右に林、左に家々。そんな風景の中を行くと、道は行き止まりになる。その手前に、警察車輛が何台もいた。

付近の住人たちだろう、野次馬がかなり出ている。浜中はぐっと速度を落とし、警察車輛の群れの前でレオーネを停めた。

浜中たちは車を降りた。野次馬たちのざわめき、かすかに聞こえる鑑識課員の、カメラのシャッター音、警察官たちの靴音、漏れ聞こえてくる警察無線。

事件現場に特有の音に包まれ、いやが上にも浜中の緊張は、高まっていく。

浜中たちは、道の行き止まりへ向かった。道の右には林が、左には家々があり、しかしそれらは間もなく終わり、資材置き場に突き当たる。道の行き止まりから先は、建設会社の広々とした資材置き場なのだ。

方角的に言えば、資材置き場が北、林が東、家々が西になる。

家の並びの端、つまり資材置き場に最も近い家のすぐ先に、立ち入り禁止のテープが張ってあった。

浜中はちらりと、家の表札に目を留めた。「上条」とある。名高紗和子の死体は、上条家の隣の資材置き場で見つかったのだ。

立哨する警察官に警察手帳を見せ、浜中たちはテープをくぐった。すぐ先に蛇腹式の、両開きの門扉があり、その脇に「群馬高梨建設《ぐんまたかなしけんせつ》資材置き場」という看板が立つ。

門扉は二メートルほど開いていたが、目一杯開ければ、大型トラックがとおれるほどの幅になる。

夏木や由未とともに、浜中は門扉を抜けた。一旦足を止め、まずは資材置き場の全景を眺める。

一辺が八十メートル弱の、ほぼ正方形の土地だ。高さ一メートルほどの鉄柵が、敷地をぐるりと囲む。

敷地内に屋根はない。地面は砂利で固められ、南以外の柵に沿って、資材が野積みされている。

門扉から敷地の中央にかけて、資材は一切置かれていない。俯瞰すれば、資材はコの字形に置いてあるわけだ。

群馬高梨建設の主業務は足場工事なのか、資材の大部分は鉄製の足場板や支柱、階段、手すりなどだ。右手の奥に車庫があり、その中にフォークリフトが一台あった。

門扉から入ってきたトラックが、敷地の中央に停まる。コの字形に置かれた資材を、フォークリフトでトラックに積み、あるいは下ろす。

そういう作業手順だろうと、推測できた。今日は土曜日で、群馬高梨建設は休みなのか、トラックは停まっておらず、社員らしき人の姿もない。

敷地の中央のやや向こう側に、県警本部の鑑識課員たちがいた。桐生警察署の鑑識係員たちとともに、なにかを取り囲んでいる。

浜中は強い既視感に襲われた。六日前に谷本の死体が見つかった時の情景が、ありありと脳裏に浮かぶ。

敷地内には制服姿の警察官や、桐生警察署の私服の刑事たちの姿もあった。

谷本圭一と名高紗和子に今のところ繋がりはなく、死体を発見したという上条康之は、谷本殺害事件の容疑者ではない。

だから谷本圭一殺害事件に携わる者たちは、この現場にきていない。紗和子と谷本の繋がりを洗う浜中たちだけが、とりあえず駆けつけたのだ。

浜中は夏木や由未とともに、なにかを取り囲む鑑識課員たちのところへ行った。彼らの背後に立ち、隙間から輪の中心を覗く。

紗和子が仰向けに倒れていた。着衣に乱れはなく、見る限り外傷もないが、紗和子の死体発見という連絡を、夏木が受けたのだ。紗和子は死んでいるのだろう。

浜中は思わず首をひねった。

両目を閉じた紗和子の表情が、とても安らかなのだ。肩の荷をすっかり下ろして、安心して眠る。そんなふうにさえ見える。

やや長めの薄茶のスカート、白いタートルネックのセーター、グレーのコート。それが紗和子の出で立ちだ。

服はどれも、着古した感じがあった。やはり紗和子は、金に困っていたのかと思い、なぜか浜中は哀しくなる。

紗和子の傍らに、検視官がしゃがみ込んでいた。谷本の時と同じ人物だ。鑑識課員たちとともに、県警本部からきたのであれば、浜中たちの少し前に到着したはずだ。

「ちょっとめくるぞ」

検視官が言った。

紗和子の首はすっかり、タートルネックのセーターに隠れている。検視官は両手でそっと、セーターの襟を摑んだ。

検視官が襟をめくった。浜中の横で由未が、小さく息を呑む。露わになった紗和子の首に、青黒い痣があったのだ。

鑑識課員に手伝わせて、検視官が紗和子の上体を少し起こす。禍々しい死の刻印さながら、痣は紐状に首を一周していた。

鋭いまなざしを痣に向け、紗和子の両目を開いて覗き込み、さらに色々と調べてから、検視官が口を開いた。

「紐状のなにかで首を絞められたことによる、窒息死だ。自殺ではなく、まず他殺だな」

目の中の小さな出血の有無や、首のまわりの痣の形状や濃淡により、首を吊っての自殺か絞殺か、その区別は割につきやすい。

「ただしこのホトケには、吉川線《よしかわ》がない」

検視官が言った。

たとえば誰かに、紐で首を絞められたとする。被害者はなんとか外そうとして、紐に手をかける。そして自らの首を引っ掻くことがあり、その引っ掻き傷を吉川線と呼ぶ。

検視官が言葉を継いだ。

「とっくりのセーターを着てたから、肌に引っ掻き傷が残らなかったのかも知れんな。セーターの首まわりに引っ掻き傷がないか、念入りに調べてくれ」

鑑識がうなずいた。

死体の調べは、まだ続くだろう。浜中は手を合わせて、紗和子の冥福を心から祈った。そのあとで夏木や由未とともに、そっと輪から離れる。

浜中たちは、あたりを見まわした。東の柵側に、足場用の手すりが積まれたパレットがあり、そこにふたりの鑑識課員がいる。

どちらも顔見知りだ。夏木に袖を引かれ、浜中と由未はそちらへ向かった。夏木が三十代の鑑識課員に声をかける。

「よう」

「ああ、夏木か」

「それは？」

と、夏木が地面の一点を指さした。パレットと手すりの間に、半透明のＰＰ紐が挟まっている。

鑑識課員は、ＰＰ紐に手を伸ばした。写真などはもう、撮り終えたのだろう。彼はＰＰ紐を摑み、立ちあがった。紐の長さは一メートル半ほどある。

「これが凶器かも知れない」

鑑識課員が言った。浜中は口を開く。

「犯人はあの場所で紗和子さんを殺害し、凶器の紐をここに捨てた。それともあの場所に凶器を置き去りにし、そのあとＰＰ紐は風に飛ばされ、ここへきてパレットと手すりの間に挟まった。そのどちらかでしょうか？」

「今日は西風があるから、多分後者だとおれは思う。とにかくこの紐、入念に調べてみるよ」

「お願いします」

浜中は言った。そこへ桐生署の刑事がとおりかかる。現金強奪事件の際に、捜査本部で一緒になった野口だ。

「久しぶりです」

夏木が声をかけた。

「ええと確か、夏木だったな」

足を止めて、野口が応える。相変わらず、どこか陰気な印象だ。夏木が問う。

「死体の発見者は、上条康之だと聞きましたが」

「ああ、そうだ」

「上条への聞き取りは？」

「もうすぐ終わるはずだ」

「そのあと私たちが、上条に話を訊いてもいいですか？」

「構わないだろう。上にはおれから言っとくよ」

「助かります」

気にするなというふうに手を振って、野口が去った。入れ替わりという格好で、見知った鑑識課員がくる。浜中と同年配だ。

誰にともなく彼が言う。

「今解ったんですけど、あのご遺体、少し引きずられた痕跡があります」

「引きずられた？」

と、夏木がわずかに首をひねる。

「はい。ご遺体は仰向けですよね。その状態で北に向かって、十センチぐらい引きずられています」

由未が口を開く。

「引きずられたのは、死ぬ前でしょうか。それとも殺されたあとでしょうか」

「さすがにそこまで、解りませんよ」

わずかに頬を赤らめて、鑑識課員が応えた。

9

浜中は上条家の客間にいた。長方形の座卓が置かれた、八畳の和室だ。浜中は由未と並んですわり、右手の短辺側に夏木が座す。

浜中と由未の向かいに、上条康之がいた。康之の隣には六十歳前後の、人の良さそうな男性の姿がある。その男性は、河合《かわい》と名乗った。

障子は開け放たれ、縁側の先の掃き出し窓から、冬の陽ざしが部屋に届く。まだ三時過ぎだけれど、冬至が近い。太陽はすでに、西にあった。

座卓の上に、茶などは載っていない。康之の表情は硬く、やや青ざめていた。河合はどこか呆然とした面持ちだ。

「死体発見の経緯をお聞かせください」

夏木が口火を切った。

「今し方、別の刑事さんたちに話したばかりだ」

仏頂面で、康之が応える。

「同じことを何度も訊くのが、警察です」

夏木が返した。大げさにため息をつき、康之は夏木を睨む。しかしその表情には、哀しみとつらさがあった。

ちらと河合に視線を移し、康之が口を開く。

「こちらの河合さんは、古くからの父の友人だ。父が生きていた頃は年に一、二度、わが家にきてくださった」

「上条作治とは、高校が一緒でしてね。妙に馬が合い、気がつけば長いつき合いになっていました」

と、河合が少し声を落とした。康之が言う。

「父が亡くなったあと、父の遺品が欲しいと河合さんに頼まれたんだ。ところがそのあと母が病死し、申し訳ないがそれどころではなくなった。

河合さんの依頼は心の片隅にあったが、父の遺品を整理する気力さえ、なかなか湧かない。だがもう少しで、父の一周忌だ。これを機に河合さんに遺品を渡すことにして、今日の午後一時に、きて欲しいと頼んだ」

夏木が河合に目を向ける。

「康之君の言うとおりです。午後一時前、私はこの家にきました」

「そうですか」

と、夏木が先をうながした。河合が言う。

「私はこの客間にとおされました。そしてまずは康之君と、在りし日の上条のことを色々話したのです。学生時代の上条のことを康之君が訊ねてくるから、私がそれに応える。そういう感じで、中々楽しいひとときでした」

「おふたりともその間、席を外したことは?」

「いえ、ありません」

「うん、それで?」

「三十分ほど話をしたあとで、そろそろ蔵に行こうと、康之君が言いましてね」

「蔵?」

夏木が河合に問う。

「上条の遺品は、蔵の中に多くあるということです。それで私たち、腰をあげました」

「一時半頃、この客間を出たのですね」

河合がうなずいた。

「その時と同じように、蔵に行きましょう」

夏木が言い、浜中たちは客間をあとにした。廊下をぞろぞろと行き、玄関に降りて外へ出る。浜中はあたりを眺めた。

浜中は今、家の玄関を背にしている。そこから見て右手に駐車場があり、正面が門扉だ。門扉と玄関の間には点々と踏み石があって、それを途中で左に折れれば、その先に蔵がある。

東に門扉、南に駐車場、西に家、北に蔵。大雑把にいえば、そういう位置関係になる。駐車場には車が二台、停まっていた。

康之を先頭に、浜中たちは歩き出した。踏み石を行き、途中で左に向きを変える。十メートルほど先に蔵が見えた。

壁の下半分が黒い板張りで、上半分は白い漆喰。壁の天辺と屋根の間に、通気口の役目を果たす十五センチほどの隙間があり、その分だけ屋根が浮いたように見える。置き屋根という工法だ。

浜中たちは蔵の前で、立ち止まった。頑丈そうな観音開きの扉があり、南京錠がかかっている。

浜中は蔵を見あげた。扉の真上に窓がある。観音開きの雨戸はすっかり開け放たれて、鉄の格子が見えた。

康之が口を開く。

「河合さんにはここで待っていてもらい、おれひとりで蔵の中に入った。蔵といっても、要は物置だからな。人様に見せるものではないし、多少カビ臭くもある」

「では河合さんは、その時と同じようにここにいてください。私たちは上条さんとともに、蔵の中に入ります。構いませんね？」

夏木が問い、仕方なさそうに康之がうなずいた。ポケットから鍵を取り出し、南京錠を解錠する。康之は少し力を込めて、観音開きの扉を開けた。

康之に続いて、浜中たちは蔵に入った。ほこりとカビが入り混じった臭いがする。けれどそれは、どこか懐かしい臭いだった。

蔵は長方形で、浜中たちは今、短辺側から中に入った。突き当たりの壁に鉄格子の嵌まった窓があり、こちらの雨戸も開いている。

ふたつの窓と、壁と屋根の間の通気口。それらによって、蔵の中はさほど暗くない。天井から裸電球がぶら下がっているが、日中ならば、灯す必要はなさそうだ。

浜中は蔵を見まわした。屋根裏はなく、左右と突き当たりの壁に、背の高い棚がずらりと並ぶ。蔵の中央には、腰ほどの高さの棚が、背中合わせに置いてあった。全ての棚は、木箱や段ボール箱でほぼ埋まっている。

「河合さんにさしあげる品は、事前に決めておいた。父が丹精を込めて作った、非売品の絹織物だ。その棚にあった」

と、康之が突き当たりの棚を指さした。左右の壁沿いの棚より少し低いが、それでも高さは二メートル近くあり、すぐ上が窓だ。

康之を先頭に、浜中たちは歩き出した。中央の棚を避けて、突き当たりの棚の前まで行く。脚立が置いてあった。

「絹織物の箱は棚の上段にあるから、おれは壁際にあった脚立をここに立てて、登ったんだ」

「実際に登ってみてください」

夏木が言った。康之は脚立を登り、浜中たちを見下ろして口を開く。

「ほら、登れば窓のところに顔がくるだろう。おれは何気なく、窓に目を向けた。すると資材置き場に、誰かが倒れている。

おれは凝視し、そのあとで目を疑った。倒れているのが紗和ちゃんだと、解ったからだ」

康之の声に哀しみが滲む。細く息を吐き出して、康之が言葉を継いだ。

「声をかけようと思ったが、紗和ちゃんがいる場所まで、かなり距離がある。おれはとにかく脚立を下りて、蔵を出た」

康之が脚立から下りた。

「失礼」

と、夏木が脚立にあがる。彼が下り、そのあとで浜中は脚立に足をかけた。あがって窓に顔を向ければ、先ほどまでいた資材置き場が望める。

蔵の窓には、見るからに頑丈そうな鉄格子が嵌まっている。けれど格子の隙間は拳ほどの大きさだから、視界はあまり遮られない。

四十メートルほど北に、紗和子の死体があった。鑑識課員たちが、ブルーシートを被せつつある。

上条家のブロック塀の高さは一メートル強。資材置き場の柵の高さは、およそ一メートル。

蔵の窓はそれらより高く、ここから死体まで、視界を遮るものは一切ない。死体のずっと向こうに置かれた足場資材の隙間から、北端の柵が見える。

続いて由未が脚立にあがって下り、浜中たちは扉に向かった。蔵を出て、康之が言う。

「おれは河合さんに状況を告げ、それからふたりで資材置き場へ向かった。それが恐らく一時三十五分ぐらいだ」

夏木が河合に問う。

「あなたがひとりで蔵の入り口にいたのは、およそ五分ですね？」

「ええ、そのぐらいです」

「そうですか」

夏木がうながし、一行は歩き出した。康之を先頭に、上条家の門扉を抜ける。道に出て北へ行き、「群馬高梨建設資材置き場」の看板の脇で、康之が足を止めた。

「おれはここから、紗和ちゃんに呼びかけた。だが紗和ちゃんは、全く反応しない。なにかが起きたのは、間違いない。おれは河合さんとそう話し、ふたりで家に戻って、消防と警察に連絡したんだ」

康之の言葉に、河合がうなずいた。夏木が問う。

「蔵にいた時、あるいはその前、争う声や女性の悲鳴など、聞こえましたか？」

わずかに沈思し、康之と河合は首を横に振った。

「消防と警察に連絡して、そのあとは？」

「河合さんとともに道端で、警察と救急車の到着を待った。十分もしないうちに救急車が到着し、直後にパトカーもきた」

康之が応えた。

「それにしても、驚きました」

河合が呟く。自分たちが死体の発見者になった。未だにそれが、信じられないという表情だ。

10

午後八時になり、太田警察署の大会議室で、捜査会議が始まった。浜中は夏木や由未とともに、うしろの席に着く。

大会議室には、昨日の倍近い人々がいた。

谷本圭一はかつて、上条作治の現金を強奪した犯人と目された。そして今日殺害された名高紗和子は、上条康之の友人だ。

つまり谷本圭一殺害事件と名高紗和子殺害事件は、「上条」によって繋がる。

谷本の死体が見つかった太田市と、紗和子が殺害された桐生市は隣接しており、ふたつの現場は直線距離で、十キロ強しか離れていない。

また紗和子について、浜中たちは聞き込みしていた。名高紗和子殺害事件の捜査本部が、桐生警察署に設置されれば、浜中たちはそちらへ出向いて、聞き込みの結果を報告することになるだろう。

そのあとも浜中たちが紗和子を追い続ければ、情報共有のために、ふたつの捜査本部を行ったり来たりだ。

泊捜査一課長も、ふたつの捜査本部の指揮を執ることになる。無関係の事件の掛け持ちならまだしも、どこかで繋がっているかも知れないふたつの事件だ。

ひとつの捜査本部で、両事件の捜査に当たったほうがいい。泊はそう判断したのだろう。

県警本部刑事部から、捜査一課五係の十名と八名の鑑識課員。桐生警察署の刑事課から刑事が八名。

泊は新たに彼らを呼び寄せ、捜査本部は一気に大所帯になった。

まずは谷本圭一殺害事件について、刑事たちが報告をする。谷本に恨みを抱く三十代の女性を洗っているが、任意同行で事情聴取するほどの人物は、浮かばないという。

「引き続き、頼むぜ」

泊が言い、名高紗和子殺害事件に話は移った。与田管理官の指名を受けて、鑑識課員が発言する。

「紗和子はアクリル製の、タートルネックのセーターを着用していました。セーターの首のまわりにぐるりと一周、こすれた跡があります。ただし引っ掻いた跡はありません。またセーターの首部分に、微量ながらＰＰ紐の繊維が付着していました」

別の鑑識課員が発言する。

「紗和子の死体が見つかった現場の、足場資材の手すりとパレットの間に、一メートル五十四センチのＰＰ紐が挟まっていました。調べたところ、そのＰＰ紐には強く引き伸ばされた痕跡があります」

「どうやらそいつが、凶器らしいな」

泊の言葉にうなずいて、鑑識課員が腰を下ろす。桐生警察署の野口が、与田の指名を受けて腰をあげた。

「群馬高梨建設の資材担当者に会って話を聞きましたが、あの資材置き場に、社員は常駐していないそうです。

社員たちはトラックなどで資材置き場へ行き、運転手や助手がフォークリフトで、資材を積み込み、あるいは下ろす。

主に平日、そういう作業を行っており、仕事が立て込まない限り、土日に資材置き場へ入る社員はいないとのことでした」

泊が言う。

「しかも道の突き当たりにあるんだろう。犯行には、もってこいの場所ってわけかい。で、殺された紗和子の足取りは？」

桐生署の刑事が発言する。

「今日の午前八時前、紗和子はパート先である実家の和菓子屋に、入りました。これは死体が見つかった資材置き場から、八百メートルほど離れています。

店の従業員たちによれば、紗和子はずっと店内にいた。そして午後一時十分頃、昼食を取るために、ひとりで店を出たそうです」

続いて別の桐生署の刑事が、上条康之が死体を見つけた時の様子を、詳しく語った。浜中たちが康之に訊いたのと、まったく同じ内容だ。

浜中は手帳にペンを走らせた。

午後一時前…河合、上条家を訪ねる。

午後一時十分頃…紗和子、店を出る。

午後一時半頃…康之、蔵に入る。河合は蔵の入り口前で待機。

午後一時三十五分頃…康之、蔵の窓から紗和子を見つけて蔵を出る。

午後一時四十分頃…康之と河合、資材置き場の入り口に到着。

午後一時四十四分……康之、一一九番に通報。

午後一時四十六分……康之、一一〇番に通報。

浜中は手帳を見つめて、思いを巡らせる。

由未の言うように、康之と紗和子が交換殺人を計画していたのであれば、康之は紗和子が恨んでいる誰かを殺害するはずだ。あるいはすでに殺害した。

だから康之が、紗和子を殺害したとは思えない。それに紗和子が殺されたのは、一時十分以降だ。一時から一時半頃まで、康之は河合とともに上条家の客間にいた。康之は席を外しておらず、資材置き場に行くことはできない。

そのあと康之と河合は、庭に出て蔵へ向かった。蔵の前で河合を待たせて、康之が蔵に入る。上条家の蔵には扉がひとつしかなく、ふたつの窓には鉄格子だ。扉の近くにいた河合の目をかわして、康之が蔵を出ることはできない。

なんらかの方法で蔵を脱出できたとしても、河合が蔵の入り口にひとりでいたのは、わずかに五分。資材置き場へ行って紗和子を殺害し、蔵に舞い戻るほどの時間はない。つまり康之が単独で、紗和子を殺害することはできない。

康之と河合が口裏を合わせた。あるいは共謀して、紗和子を殺害という可能性はどうだろうか。

康之はともかく河合は、死体発見という出来事に、心底驚いた様子だった。康之が紗和子を殺害する動機はなく、紗和子の身辺を洗った時に、河合という名は出なかった。恐らく河合と紗和子に、接点はない。

康之と河合が共謀して、紗和子を殺害したという線は、まずないだろうと浜中は思う。「上条」で繫がる谷本と紗和子の事件。けれど両事件とも、康之には完璧なアリバイがある。そして霧に包まれたかのように、事件の全体像がどうにもはっきり見えてこない。

もやもやした思いを吐き出すように、浜中は息をついた。

桐生署の別の刑事が起立して、口を開く。

「紗和子の夫の名高孝次郎に会ったのですが、茫然自失という状態でしてね。ほとんど話を、聞けませんでした」

「そうかい」

しんみりした声で、泊が応えた。

11

「交換殺人という私の閃き、思いっきり外れましたね」

レオーネのハンドルを握りながら、由未が言った。浜中は助手席にいて、後部座席に夏木がすわる。

冬の陽光が車内にさして、案外温かい。

昨日から捜査本部は大所帯になり、浜中たちは引き続き、遊撃班として動くことになった。

一晩経てば孝次郎も、多少落ち着くのではないか。遊撃班として、紗和子の家族に会ってみたい

──。

あれから捜査会議で夏木がそう発言し、許された。浜中たちは今、太田市内の名高宅に向かっている。

由未が言葉を継ぐ。

「紗和子さんが谷本さんを殺害したとして、その紗和子さんが今度は殺されました。なんか、追いかけっこの殺人みたい」

「追いかけっこか……」

浜中はそう呟く。

確かに交換殺人の線は消えた。そしてもしも、追いかけっこの殺人であれば、紗和子を殺害した人物が、次は殺されるのだろうか。

しかし現実に、追いかけっこの殺人など、起こり得るのか。浜中が昨日感じたもやもやが、ますます強まっていく。

しばらく無言のドライブが続き、やがて集合住宅が見えてきた。いつか訪ねた森花子の住まいのように、四世帯が入居できる二階建てだ。

紗和子が殺害されたことを、群馬県警は本日の午前十時に発表する。今は午前九時過ぎだから、マスコミなどの姿はない。

建物の前に、入居者用の駐車場が四台分あった。その脇のちょっとした空間に、由未がレオーネを停める。

浜中たちは車を降りて、建物の前に立った。一階の右手の玄関扉に「名高」とある。由未がインターフォンを鳴らした。

ほどなく扉が開き、三十代半ばの男性が姿を見せる。中々整った顔立ちだが、目は充血して隈《くま》ができ、憔悴しきった様子だ。

「名高孝次郎さんですね」

と、夏木が警察手帳を見せて、身分と名を告げる。浜中と由未もならった。

「とてもお辛いとは思いますが、少し伺いたいことがありまして」

夏木が言い、孝次郎が無言で扉を開ける。

質素な暮らしぶりが滲む居間に、浜中たちはとおされた。するとそこには、三歳ぐらいの男の子がいる。浜中たちを見て、その子は積み木で遊ぶ手を止めた。

「息子の歩《あゆむ》です」

ぼそりと孝次郎が言った。

「おはようございます！」

と、由未が大きな笑顔を歩に向けた。はにかみながら、歩が少しだけ笑う。

この子がどれぐらい、言葉や物事を理解できるのか、浜中には解らない。しかしその様子から、母である紗和子の死を、まだ知らないようだ。

知った時、歩が母の死をどこまで深く受け止めるのか。それも浜中には解らない。が、ともかくも歩を見て、浜中の胸は張り裂けそうになった。

「私、歩君と外で遊んできましょうか？」

由未が言った。

「いや、外はよくない」

慌て気味に孝次郎が応える。そのあとで孝次郎は、歩に向かって口を開いた。

「少しの間、向こうの部屋へ行っていなさい」

「うん」

素直にうなずき、けれど少し寂しそうな表情で、歩はとことこ居間を出ていった。

孝次郎が言う。

「今、お茶を」

「いえ、お構いなく」

夏木が応えた。

「そうですか。では、どうぞ」

孝次郎が言い、浜中たちは座卓を囲んだ。孝次郎も疲れた様子で、すわり込む。痛々しいばかりだが、なんとか話は訊けそうだ。

夏木が口火を切った。

「ここしばらく、紗和子さんに変わった様子など、ありましたか？」

座卓に視線を落として、孝次郎は黙考する。昨日までの紗和子との日々を、なぞるような面持ちだ。

「特に変わったことは、なかったと思います。多分……」

「多分？」

「私は太田市内の、菓子を製造する工場に勤務しています」

と、孝次郎が話を継ぐ。

工場は二十四時間稼働しており、孝次郎の出勤時刻は午前六時。退勤時刻は午後八時で、この勤務時間には無論、早出残業が含まれる。早出残業は会社からの押しつけではなく、孝次郎が希望した。月曜日から土曜日まで、孝次郎はこのように働き、さらに土曜の夜は夜勤に入る。仮眠を取りつつ日曜日の午前六時まで、働くのだ。それから月曜日の朝までは休む。

自宅から工場まで三キロ弱で、自転車通勤だという。

一方紗和子は、午前三時前から午前五時半過ぎまで新聞配達、午前八時から午後四時まで、和菓子屋で働いていた。

和菓子屋へ行く前に、紗和子は歩を保育園に預け、和菓子屋での仕事を終えて、迎えに行く。それから帰宅して夕食を作り、歩と食べる。

午後八時二十分頃、孝次郎帰宅。歩の世話をバトンタッチして、紗和子は就寝。

毎週土曜日は、孝次郎が夜勤だ。紗和子が新聞配達をする間、三歳の歩をひとりで、留守番させるわけにはいかない。土曜日の夕方から日曜日の朝まで、歩は紗和子の実家に預ける。

「そういう日々ですので、紗和子とゆっくり話す暇はありませんでした」

寂しそうに、孝次郎が話を結んだ。夏木が問う。

「紗和子さんとあなたは、働き詰めという印象です。失礼ですが、借金などあるのですか？」

「いえ」

「ではどうしてそこまで？」

「将来のためです」

きっぱりと、孝次郎が応えた。浜中は思いを巡らす。

今のうちにふたりで稼ぎ、将来はのんびり過ごしたいという、人生設計だろうか。だが孝次郎と紗和子からは、どこか悲愴な感じが漂ってくる。

「そうですか。ところであなたと紗和子さんの、なれ初めは？」

「それは……」

哀しげに孝次郎がうつむいた。

「紗和子さんを亡くされたばかりのあなたにとって、これが酷な質問だということは、重々承知です。しかし私たちは紗和子さんやあなたのことを、よく知りたいのです。それが必ず捜査の役に立つ」

真摯な夏木の声だ。

浜中は由未をちらと見た。なにかを学ぶような真剣な面持ちで、夏木と孝次郎のやり取りに、じっと耳を傾けている。

由未のように、浜中もかつて夏木から色々と学んだ。そしてそれは、今も続く。

「あれは私が、二十五歳の時です」

孝次郎が語り出した。

孝次郎は前橋市で生まれ育ち、中学生の頃から悪い仲間とつるむようになり、高校一年生の時、暴走族に入ったという。

高校卒業後、孝次郎は中古自動車の販売店に入社したが、素行を注意されて数ヶ月で退社、以来職を転々とする。

二十歳の時、孝次郎は暴走族を「卒業」した。そういう決まりなのだ。だがそれからも、悪い仲間たちとのつき合いは続く。

孝次郎が入っていた暴走族は、前橋市内に事務所を構える暴力団、上州横原組《じようしゆうよこはら》に上納金を納めていた。「卒業」した孝次郎は、上州横原組の違法な仕事を手伝うようになる。いわゆる準構成員になったのだ。

盃《さかずき》をもらい、極道になろうか。

そう思い、しかし決心できずに、流れる日々に身をゆだねる。そんな暮らしの中で、孝次郎は紗和子と出会った。

「上州横原組のシマにある飲食店に、貸しおしぼり業者を紹介する。私は当時、そういう仕事を手伝っていました」

孝次郎の言葉に、浜中はうなずいた。

暴力団が、おしぼりや観葉植物などの貸し出し業者を、なわばり内の飲食店に紹介して、契約を結ぶよう迫る。

それらの貸し出し業者はかなり割高なのだが、暴力団の脅しが怖いから、飲食店は契約せざるを得ない。そして暴力団は貸し出し業者から、上前を撥ねる。よくある手口だ。

孝次郎が言う。

「前橋市内に、とある洋食店があります。私は構成員の人と一緒にその店へ行き、貸し出し業者と契約するよう脅しました。しかし店の経営者は脅しに屈せず、私たちは足繁く、店にかようことになった。紗和子はその店で、働いていたのです。ある日私は道でばったり、紗和子に会いました。紗和子はくるりと背を向けて、私から逃げようとします。その背に私は、声をかけた。いつも店に押しかけて、済まないと」

「謝ったのですか」

浜中は問う。かすかに照れた様子で、孝次郎が話を継ぐ。

「実は私、初めて会った時から、紗和子に惹かれていて……」

「一目惚れ、ですか」

「はい。それで私が謝ると、紗和子は意外そうな顔で、振り返ったのです。私はさらに謝り、準構成員という自分の立場を打ち明けました。そして上からの命令に、決して逆らえないことなどを、言い訳のように話したのです。紗和子は逃げもせずに聞き、『まだ間に合うのなら、組と縁を切ればいいのに』とさえ、言ってくれました」

孝次郎の言葉が湿り気を帯びた。仄かに笑み、そのあとで切なそうに眉根を寄せて、話を継ぐ。

孝次郎は益々、紗和子に惹かれた。ふたりは時々会うようになり、つき合い始める。何らかの累が紗和子に及ばないよう、交際は組に隠した。

やがて孝次郎は、上州横原組ときっぱり縁を切り、それから紗和子に求婚しようと決意する。

だが、手足として都合よく使える準構成員を、ヤクザはそう簡単に手放さない。長い年月と紆余曲折を経て、孝次郎はなんとか上州横原組と手を切った。

かくして五年越しの交際を実らせて、孝次郎と紗和子は結婚する。

「歩が生まれた時、世界の全てが輝いて見えました。それは紗和子が見せてくれた、風景です。だから今は、彼女への感謝しかありません」

そう結び、孝次郎がうつむく。沈黙が降りた。少し間を置き、夏木がしじまを破る。

「紗和子さんを恨む、あるいは紗和子さんと揉めていた。そういう人に、心当たりはありますか？」

ほんの一瞬、孝次郎の視線が泳いだ。逡巡の表情を見せ、すぐにそれを消す。

「特に心当たりは、ありません……」

歯切れ悪く、孝次郎は応えた。

12

太田警察署は東武桐生線の、三枚橋駅《さんまいばし》が最寄りになる。

三枚橋駅近くの定食屋に、浜中はいた。由未とともにテーブル席を占める。夏木の姿はない。美田園とともに所用で、県警本部へ行った。

午後七時を過ぎて、定食屋は中々の賑わいだ。浜中たちは、すでに注文を終えた。グラスの水を一口飲んで、由未が言う。

「三枚橋駅って、聞いたことあります。以前にこの近くで、偽札事件が起きましたよね」

「ああ、あったね」

と、浜中は記憶を辿った。浜中はその事件に携わらなかったが、概要は知っている。

およそ二年前の昭和五十九年十二月。三枚橋駅近くの印刷工場の工場主が、数人の仲間とともに、偽札作りを画策した。それというのも工場主が、一万円札とほぼ同じ紙を、とあるルートから入手したのだ。

同年十一月に一万円札は、聖徳太子《しようとくたいし》から福沢諭吉《ふくざわゆきち》に変わった。

人々はまだそれほど、新札に慣れていないはず。工場主たちはそう考えて、印刷を試みる。しかしなかなかうまくいかない。

そんなある日、仲間のひとりがテスト段階の偽札を、一枚持ち出してしまう。彼は軽率にも近所の店でそれを使い、受け取った店主が怪しみ、警察に通報する。

太田警察署は極秘に捜査して、偽札を使った人物が、三枚橋駅近くの印刷工場に出入りしていることを突き止めた。工場を内偵し、家宅捜索に踏み切る。

結果、福沢諭吉の一万円札とほぼ同じ紙質、同じサイズの白紙を二万枚と、印刷済みの偽一万円札を三十数枚、押収した。

「逮捕された工場主が、面白いこと言いましたよね」

「ええと、『こんなものしか印刷できず、お恥ずかしい限りです』だったかな」

「そうです、そうです」

由末が笑い、そこへ料理が運ばれてくる。

「お待ちどおさま」

愛想のいい中年女性が、浜中の前に煮魚定食を置いた。由末の前にも、料理を置いて去る。

「いただきます！」

元気よく言って、由末が箸に手を伸ばした。

「炭水化物祭り……」

由末が頼んだ料理をしげしげと見て、浜中は思わず呟いた。丸皿に盛られた焼きそばに、ご飯と味噌汁がついた焼きそば定食だ。

微笑みながら、由末が言う。

「焼きそばご飯、父の大好物なんです。だから私もいつしか、大好きになりました」

「そうなんだ」

そう応えながら浜中は、由末の父に思いを馳せる。先日はあと少しで会えたのに、谷本の死体が見つかって、泣く泣くUターンした。一日も早くお目にかかって、駐在員の暮らしぶりを聞いてみたい。

「暮らしぶりといってもな」

浜中の向かいの席で、焼きそば定食に舌鼓を打ったあとで、由末の父が言った。箸を止めて、話を継ぐ。

「朝、鳥や虫の鳴き声で目を覚まし、採れ立ての野菜や卵でメシ食って、駐在所のいつもの席に着く。

そしてたいした事件も起きずに、日が暮れる。その繰り返しだよ」

「それがいいんです」

心から、浜中は応えた。

「若い警官は、刑事とか白バイ隊員に憧れると思っていたが」

「僕は断然、駐在員志望です！」

「そんなになりたいか、駐在員に」

「はい」

「だったら力になれないことも、ないがな」

「本当ですか？」

浜中は身を乗り出した。由未の父が言う。

「そのためにはまず、由未を幸せにすることだ。ひとりの女性を幸せにできずに、村人たちを幸せにすることなど、できないからな」

「ええと、それはつまり……」

「由未をもらってくれと、言っているんだ。頼む」

由未の父が頭をさげた。

「いやそんな。やめてくださいよ、お父さん」

「由未のこと、嫌いか？」

「嫌いじゃないですよ」

「では、どう思ってるんだ？」

「由未さんのこと、好きですけれど……」

「え!?」

由未の声が聞こえた。その瞬間、由未の父が消え失せる。

浜中の向かいの席には、由未がいた。焼きそばを挟んだ箸を持ったまま、口をあんぐり開けている。

「告白されちゃった」

由未が頬を赤らめる。

「いや、違う、違います」

浜中は慌てて応えた。

「そんな、全力で否定しなくても」

涙声で言い、由未は箸を持っていないほうの手を、目に当てた。

「ごめん」

「ふふふ」

目から手を離して、由未がにんまり笑った。

「泣き真似だったの？」

「ねえ、浜中さん」

由未が顔を近づけてくる。浜中はどきまぎした。

「なに？」

「浜中さんって時々、妄想しますよね？」

「あ、はい」

「今、浜中さんの妄想の中に、私が出てきたんですよね」

「はい」

「どんな妄想だったのです？」

「それは……」

「吐いちまえよ」

取調室の刑事の口調で、由未が言う。

「いや、あの」

「吐けばカツ丼、食べさせてやるぜ」

「いや、目の前に煮魚定食がありますし……」

途端に由未が吹き出した。にっこり笑って口を開く。

「早く食べましょう。捜査会議に遅刻しちゃいます」

13

太田警察署の大会議室で、捜査会議が始まった。幹部席には理事官と管理官の与田、泊悠三捜査一課長、太田警察署の署長と副署長がすわる。

浜中はいつものように、うしろの席だ。浜中の右に夏木、左に由未がいる。

まずは谷本圭一殺害事件について、刑事たちが報告した。谷本に恨みを抱く者を洗い出し、ひとりずつ訪ねてアリバイを訊きながら、様子を窺う。

そういう捜査を続けているが、特に進展はなかった。

続いて名高紗和子殺害事件に、話は移った。まずは鑑識課員が発言する。

「名高紗和子は、本日解剖されました。結果を報告します。

死因は首を絞められたことによる、窒息死。首のまわりの痣以外、目立つ外傷はなし。遺体からアルコールや睡眠薬は、検出されていません。乱暴された形跡もなし。

紗和子の死亡推定時刻は、十二月二十日の午後一時から二時です」

和菓子屋の従業員によれば、紗和子は午後一時十分頃に店を出たという。そして午後一時三十五分頃、蔵の窓から康之が紗和子を見つけた。紗和子が殺害されたのは、その間だ。

鑑識課員が言う。

「ちなみに紗和子は、一万円弱の現金が入った財布を、所持していました」

続いて桐生署の刑事が、立ちあがって口を開いた。

「殺害された紗和子は、生命保険に入っていました。紗和子死亡時に支払われる保険金は、一億円。受取人は夫の孝次郎です」

大会議室にどよめきが走った。浜中も思わず首をひねる。一億円の生命保険となれば、月々の掛け金もそれなりの額だろう。

孝次郎と紗和子は実によく働き、今日訪ねた名高宅は、とてもつましい感じだった。そんなふたりと高額の生命保険が、どうにもそぐわない。

桐生署の刑事が話を継ぐ。

「保険金目当ての殺人。その可能性がありますので、孝次郎のアリバイを調べました。

十二月二十日、すなわち昨日、孝次郎は午前六時に出勤し、警察から紗和子死亡の連絡を受けるまで、勤務先の工場にいました。

菓子を製造する機械に、原料を補充する。それが孝次郎の仕事であり、常に同僚らとともに行います。孝次郎は昼食も、ほかの社員とともに工場内の食堂で取り、休憩時間は同僚たちと一緒でした。

孝次郎がひとりになったのは、何度かトイレに行った数分間のみ。桐生まできて、紗和子を殺害するのは不可能です。

工場の人たちに、揃って口裏を合わせた様子はなく、孝次郎のアリバイは成立と見ていいでしょう」

泊が言う。

「夫婦仲はどうだったい？」

別の刑事が応える。

「同じ集合住宅の住人や、近所の人に聞いたところ、孝次郎と紗和子は、とても睦まじい夫婦だったとのことです」

管理官の与田が言う。

「孝次郎はシロと見て、よさそうですね」

うなずいて、泊が口を開いた。

「乱暴目的ではなく、恐らく物取りでもない。だとすれば、怨恨の線が濃くなるが……」

捜査一課二係の志水が、挙手した。与田の許しを得て発言する。

「昭和五十六年七月。紗和子は孝次郎と結婚し、そのあと実家の和菓子屋の、パート社員になりました。しかし妊娠して一年後に退職。昭和六十年十月、再び和菓子屋で働き始める。

こういう流れなのですが、和菓子屋のベテラン店員によれば、かつて柄の悪い男が店にきたそうです」

「かつて？　具体的には」

与田が問う。

「昭和五十六年の冬だそうです」

「店で暴れたりしたのか？」

「いえ、そこまでは。その男は普通に和菓子を買ったあとで、紗和子を睨みつけ『あんたのことは忘れねえ』などの捨て台詞を残して、店を出たといいます」

「その時の紗和子の様子は？」

「さほど取り乱すこともなく、普通に接客したそうです。でも男が店を出たあと、紗和子の顔色が優れなかったので、あの男は誰なのと、店員は紗和子に訊いた。

ところが紗和子は、なんでもないという。以降、その男は昭和五十七年の春にかけて、何度か店にきて、都度、紗和子に脅しとも取れる言葉を、投げかけたそうです」

「男の年格好や人相は？」

「鑑識の協力を仰ぎ、似顔絵を作成しました。これから配ります」

そう応えながら、なぜか志水は顔を曇らせた。

志水が幹部席や長机の前列に、似顔絵のカラーコピーを配付した。刑事たちが一枚ずつ取り、うしろの席にまわす。

浜中のところにも、まわってきた。浜中は似顔絵に目を落とす。

四十代らしき男性が、描かれていた。猪首で五分刈り、凶悪そうな表情で、蛇を思わせる冷たい目つきだ。武闘派のヤクザといった雰囲気がある。

大会議室のあちこちから、ひそひそ声が聞こえ始めた。浜中は顔をあげて、あたりを眺める。太田警察署の刑事たちが、なにやら囁き合っている。

「一体どうした？」

誰にともなく泊が問う。太田警察署の年かさの刑事が立ちあがり、口を開いた。

「この似顔絵の男なのですが、わが署の生活安全課に所属する、柿宮恒男《かきみやつねお》という巡査長にかなり似ています」

「なんだと⁉」

泊が目を見開いた。

第四章

真相

1

名高家が入る集合住宅の前には、マスコミの姿があった。浜中康平は夏木大介や希原由未とともに、記者やリポーターの間を縫って、玄関扉の前に立つ。

浜中がインターフォンを鳴らすと、ほどなく玄関扉が開いた。名高孝次郎が顔を覗かせる。

「連日押しかけてしまい、済みません」

浜中は言った。昨日訪ねた時と同じかそれ以上、孝次郎には憔悴の色がある。

「いえ……、どうぞ」

疲れ切った声で言い、孝次郎が玄関扉を開けた。夏木や由未とともに、浜中は名高家にあがる。居間にとおされると、名高歩が部屋の隅にちょこんとすわっていた。

「おはよう！」

由未が声をかけ、歩がこちらを向く。浜中は思わず目を見開いた。三歳の歩の顔に、深い哀しみの色があるのだ。いたいけな歩の姿に胸が締めつけられて、浜中は思わず泣きそうになる。

「昨日の夜、紗和子のことを歩に話しました」

ぽつりと孝次郎が言った。

「そうですか」

夏木が応えた。

由未が小さくかぶりを振る。歩に話しかけたいけれど、なんて言っていいか解らない。そんな表情だ。

「どうぞ」

孝次郎が言い、浜中たちは座卓を囲む。孝次郎の向かいに夏木がすわり、孝次郎の左手に由未、右手に浜中だ。

「ここにいていい？」

寂しそうな声で、歩が訊いた。

「ああ、いいよ」

とても優しい声で、孝次郎が応える。歩は少しだけ顔をほころばせ、こちらへきた。孝次郎と由未の間にすわる。

由未を仰ぎ見て、歩が口を開いた。

「ママ、死んじゃったんだって」

その瞬間、由未の瞳から大粒の涙がこぼれ落ちた。

「ごめんね」

由未を気遣うように、歩がそう言うから、由未の涙は止まらない。

由未は鞄の中から、慌ててハンカチを出した。それを目に当て、二、三度しゃくりあげる。

「済みません」

涙声で誰にともなく、由未が詫びた。切ない沈黙が降りる。やがて夏木がしじまを破った。

「柿宮恒男という男性、ご存じですね」

孝次郎の視線が一瞬泳ぐ。浜中は昨日も、この表情を見た。紗和子を恨む人物に心当たりはあるかと、夏木が訊いた時だ。

孝次郎は口を開こうとしない。夏木が話を継ぐ。

「私たちはすでに、柿宮恒男が紗和子さんの勤める和菓子屋にきたことを、摑んでいます。紗和子さん殺害に柿宮が関わっていなければ、ここでなにか話すと、柿宮に迷惑がかかる。あなたはそう思っているのかも知れないが、今、私たちが欲しいのは、紗和子さんにまつわる情報なのです。できる限り情報を集めて、ひとつひとつ追っていく。中々骨の折れる作業だが、その先に必ず犯人がいる。それを知っているから、警察官たちは今日も足を棒にするのです」

再び沈黙がきた。少しの間逡巡し、孝次郎が語り始める。

上州横原組の準構成員だった孝次郎は、紗和子と出会い、足を洗うことに決めた。しかしそう簡単に、ヤクザと縁を切ることはできない。

孝次郎は焦らずに少しずつ、上州横原組と距離を置き始めた。そういう孝次郎の動きを知り、声をかけてきたのが柿宮だという。

「柿宮さんは当時、県警本部の刑事でした」

孝次郎の言葉に、浜中たちはうなずいた。かつて柿宮は群馬県警本部刑事部の、捜査第四課に所属していた。捜査第四課は、暴力団の犯罪を主に扱う。いわゆるマル暴だ。

「見た目はヤクザそのものでしたが、柿宮さんは親身になって、私の話を聞いてくれました」

捜査第四課に配属された刑事たちは、ヤクザに舐められないようにと、次第に強面《こわもて》になっていくという。だから捜査第四課には、ヤクザと見まがう刑事もいる。

孝次郎が言う。

「やがて柿宮さんは、足を洗いたいのであれば、いい方法があると持ちかけてきました。そのためにはまず、上州横原組の情報を流せといいます。それはできないと、私は即座に断りました。スパイのような真似は嫌ですし、もしも組にばれたら、半殺しでは済みませんから。

するとと柿宮さんは言います。

お前が流してくれた情報は、おれ自身が摑んだことにする。そして上州横原組の痛いところを突き、しばらく大人しくさせておく。だからその間に、組と縁を切れ。おれの睨みが利いてるから、組はお前をしつこく繋ぎ止めないだろう、と。

私はこの言葉を嚙みしめて、やがてうなずきました」

孝次郎は組の内情を探り始めた。といっても準構成員だから、大した情報は得られない。

それでも暴力団担当刑事の柿宮にすれば、喉から手が出るほど、欲しい情報だったのだろう。柿宮が喜んでくれるから、孝次郎は密偵の後ろめたさを時に忘れた。

「でもこれは、柿宮さんの罠だったのです」

「罠？」

わずかに首をひねって、夏木が訊いた。うなずいて、孝次郎が言う。

「お前がおれのスパイだと知ったら、上州横原組の若頭は、どんな顔をするだろうな。ある日突然、柿宮はそう言いました。つまり柿宮は私をスパイに仕立てあげ、そのことをネタに脅してきたのです」

と、孝次郎は柿宮を呼び捨てにした。

浜中は歩に目を向ける。大人たちの深刻な雰囲気を察したらしく、不安げな面持ちだ。そんな歩の肩を優しく抱いて、孝次郎が話を継ぐ。

「私からすっかり情報を得て、もう用済みだと思ったのか。それとも組の、私より上の立場の誰かを、新しいスパイにしたのか。

そのあたりは解りませんが、とにかく柿宮は、スパイであることを組にばらされたくなかったら、金を持ってこいと言ったのです」

夏木が問う。

「あなたに足を洗わせる云々は、全て嘘だったと？」

悔しげに孝次郎が首肯する。

「ひどい」

と、由未が唇を嚙みしめた。

「どうしたの？」

由未を見あげて、歩が言う。

「ごめんね、大丈夫だから」

由未が微笑みながら応え、ふっと空気が和んだ。少し間を置き、夏木が孝次郎に先をうながす。

「チンピラだった私に、大した金などありません。当時の有り金は、二十万円程度。これを全て渡すから、勘弁してほしい。私は柿宮にそう言いました。

奴は嫌な笑いを浮かべて、お前の命はずいぶん安いなと、応えます。実際、柿宮がスパイの件を組に告げれば、私は消されるかも知れない。

しかし金がないのも事実です。私は正直にそう告げました。すると柿宮は、親戚や知り合いに金持ちのひとりぐらいいるだろうと、言います」

「金持ちから、金を借りろということですか？」

夏木の問いに、孝次郎はかぶりを振った。そして言う。

「金持ちの家に侵入して、二、三百万円ぐらい盗んでこい。柿宮はそう命じてきたのです」

すっと夏木が目を細めた。その双眸に、仄かな怒りが宿る。浜中は知らず拳を握り締めた。

浜中はこれまで、数多くの警察官と接してきた。頼れる先輩や信頼できる上司ばかりというわけではなく、癖のある人たちもいる。部下に威張り散らす人、とても短気な人、職務に熱心でない人など、様々だ。

浜中自身も端から見れば、かなり頼りなく、時に妄想を繰り広げる変人かも知れない。

しかし孝次郎の話に出てくる柿宮のように、性根の腐った警察官はいない。少なくとも浜中は、これまで会ったことがない。

2

孝次郎が言う。

「当時、私の親戚に会社の経営者がいて、とても羽振りがよかったのです。家に相当貯め込んでいると、仄聞《そくぶん》したこともあります。

私はそれらを、柿宮に告げました。柿宮の目が異常な光を帯び、その親戚の住所や立地条件などを、詳しく訊いてきます。

話しているうちに、私は怖くなってきました。するとねじくれた笑いを頬に浮かべて、柿宮がこう囁きます。

お前の親戚宅から金が盗まれて、警察がお前に目をつけたとする。しかし証拠がなく、顔を目撃されず、取調室で自供しなければ、警察はまずお前を送検しない。

万一送検されても、有罪に持ち込めないと判断し、検察庁はお前の身柄を戻してくる。つまり絶対に起訴はされない。

警察官のおれが言うんだから、間違いない。それにうまく盗めたら、分け前もやる」

「最悪」

憤りを隠そうともせず、由未が言った。ため息を落として、孝次郎が口を開く。

「柿宮の命令に従うか、私はとても悩みました。そんな私の様子が気になったのでしょう。なにかあったのと、紗和子が訊いてきます」

「では、紗和子さんは」

夏木が孝次郎に問う。

「それまで紗和子には、柿宮の件は一切話していません。でももう、ひとりで抱えるのは限界でした。柿宮にそそのかされてスパイになったこと、そして脅されたことなどを、私は紗和子に打ち明けたのです」

「それで紗和子さんは？」

「ふたりで逃げよう、なにもかも捨てて、どこかの街でひっそり暮らそう。彼女はそう言いました。そんな紗和子を見て、私は逆に決心したのです。紗和子に生涯、怯えた暮らしをさせてはいけないと。群馬県警に行って、洗いざらい話す。私は紗和子にそう告げました」

浜中は言う。

「でもそうなるとスパイの件が、組にばれてしまうかも知れませんよね」

「その時はその時と、私は腹をくくりました。紗和子との交際は組にばれていませんから、組が紗和子に危害を加えることはない。私の命だけで済みますから。

けれど紗和子は、一緒に群馬県警に行くと言う。私と同じ運命を、背負いたいとさえ言った。表だって、私と動くのはまずい。私は懸命に止めました。けれど紗和子は聞きません。一旦こうと決めたら、引かないところが彼女にはあって……」

小さく笑って、孝次郎が話を続ける。

「結局ふたりで、群馬県警本部へ赴いたのです。

受付で相談内容を少し告げると、私と紗和子は会議室にとおされました。少し待たされたあとで、警務部の課長と係長が現れて、それは熱心に、私の話に耳を傾けてくれます」

警察官の不祥事に目を光らせ、なにかあれば処罰を与えるのが警務部だ。警察官を監視、内偵する警務部は、警察の中の警察と呼ばれる。

「そのあとも私たちは警務部の課長に呼ばれて、何度も県警本部に足を運びました」

と、孝次郎が話を続ける。

気がつけば泥沼に嵌まったようなものだったから、たとえば柿宮との会話を密かに録音するなど、孝次郎はしていない。

またこの段階で振り返り、孝次郎は柿宮の、狡猾な用心深さを知った。

孝次郎をそそのかしてスパイにし、それを理由に脅したという証拠を、柿宮は一切残していないのだ。

孝次郎が言う。

「しかし事態は好転しました。やがて柿宮が、姿を見せなくなったのです。ふっつりと私の前から、消えたかのようでした。

またいつまで経っても、組からの呼び出しはない。どうやら柿宮は、スパイの件を組に告げなかったようです。奴の性格であれば、裏切り者の私を許さないはずなんですが……」

夏木が言う。

「あなたが勇を鼓して打ち明けたことにより、柿宮は警務部に目をつけられた。柿宮はそれを察知し、まずはあなたとの接触を避ける。そのあとで恐らく、こう考えた。

報復として、組にスパイの件を告げたい。しかしそうすれば、あなたを脅したという事実を、自ら他人に話すことになる。またそのあとで、組があなたに対して何らかの動きを見せれば、それこそが脅しの証拠になってしまう、と」

「なるほど」

孝次郎がうなずいた。

怒りに任せて、組にスパイの件を告げる。それを堪えた柿宮の悪賢さに、浜中の心は重くなった。

孝次郎が言う。

「しばらくして私は、構成員の人たちに土下座して、組を抜けたいと申し出ました。腹をくくった私の決意を、汲み取ってくれたのか。それは解りませんけれど、私は許されて、組と縁を切ったのです」

「無傷では、済まなかったでしょう」

夏木の問いにうなずいて、孝次郎が言う。

「私が救急搬送されて入院すれば、大ごとになる。組はそれを避けたのでしょう。そのぎりぎりのところまで、きっちり痛めつけられました。

でも殴られながら、私の心は晴れやかだったのです。これですべてクリアして、真人間に戻れるのですから。

私はそのあと今の会社に職を得て、紗和子と結婚しました。そしてこの子が生まれてくれた」

と、孝次郎は優しく歩を抱き寄せる。歩が甘える仕草で、ほっぺたを孝次郎の脇腹に押しつけた。それを見て、由未がにっこり微笑む。しかし浜中は、かすかに首をひねった。孝次郎の表情に、ほんの一瞬苦悩の色が浮いたのだ。

紗和子を亡くした苦しみも、無論あるだろう。だが浜中には、それだけではないように思えた。

「柿宮について、もう少し詳しくお願いします」

夏木が孝次郎に水を向けた。

「金も欲しかったのでしょうが、あの男は私を脅すことそのものを、楽しんでいたようでした。弱みにつけ込んで、人を屈服させる。柿宮はそういう行為が、好きなのだと思います。

今にして思えば、私をスパイに仕立てあげる際も、言葉巧みでした。だから私以外にも、柿宮に脅された人がいるかも知れません」

「そうですか。先ほども言いましたが、柿宮は紗和子さんの勤める和菓子屋にきました。そのこと、ご存じでしたか？」

夏木が問う。

「妻から聞きました」

「このお宅の近くにも、柿宮が現れたのでは？」

「どうしてそれを？」

「あなたが打ち明けてくれて、柿宮の人物像が、だいぶ見えてきました。柿宮がそういう男であれば、店だけではなく自宅近辺にもきたのではないかと、思いましてね」

「何度か家のまわりで見かけた。妻はそう言っていました。柿宮は妻を見て、ねじくれた笑いを浮かべて去って行く。

ただそれだけだったそうですが、念のためにと妻は一時期、防犯ブザーを携行していました。妻は気の強いところもありましたが、柿宮の陰湿さに、用心していたようです」

「そうですか。さて」

と、夏木が話題を転じた。

「紗和子さんは生命保険に入っていました。受取人はあなたです。あなたはそれをご存じでしたか？」

「はい。ですが事前に、相談はありませんでした。昨年の十一月、紗和子は保険会社と契約を結んだあとで、私にそれを打ち明けたのです」

「保険金は一億円。失礼ながら、ずいぶんと高額ですが」

「私も紗和子にそう言ったのですが、もう契約したからと、その一点張りで……」

そう応えてなぜか切なげに、孝次郎は歩に目を向けた。

3

名高宅を辞した浜中たちは、ただちに太田警察署へ戻った。捜査本部に入ると、幹部席に泊悠三捜査一課長の姿がある。管理官の与田と、太田警察署の署長もいた。

まだ午前中なのに、幹部たちが揃っているのは、警察官である柿宮が、容疑者になるかも知れないからだ。

幹部席と向かい合う長机に、美田園恵の姿があった。美田園は立ちあがって浜中たちを出迎え、幹部席の前にくるよううながす。

美田園とともに幹部席の前に立ち、浜中たちは孝次郎との会話を詳しく報告した。聞き終えて、泊が腕を組む。

「ちょっと電話、かけてくるぜ。時間かかるかも知れねえから、椅子にすわっててくれ」

泊はそう言って、大会議室をあとにした。電話はこの捜査本部にもある。人に聞かれたくない通話なのだろう。

三十分ほど経って、泊は戻ってきた。難しい表情を隠そうともせず、着席する。適当にすわっていた浜中たちは、腰をあげて幹部席の前に集まった。

泊が口を開く。

「名高孝次郎と紗和子が、県警本部へ相談に行ったのは、今からおよそ五年前だ。当時、対応に当たった警務課長に、連絡が取れた。

しかし奴さん、口が堅くてな。まあ無理もねえ話だが……。だからおれが根掘り葉掘り訊き、奴さんの反応から、推測した話だと思って聞いてくれ。

まず、孝次郎への脅しだが、これについての証拠は出なかったようだ。だが警務部は柿宮の身辺を洗ううち、よくない噂をいくつか耳にしたらしい。

孝次郎が言ったように、柿宮は複数の人間を、脅していたのかも知れない。こう言っちゃなんだが、マル暴にはそういうことができる」

マル暴と呼ばれる捜査四課の刑事たちは、普段から組事務所を訪ね、ヤクザと腹の探り合いをする。暴力団の犯罪を取り締まりつつ、暴力団が起こすかも知れない犯罪を、事前に察知する能力が、マル暴には必要なのだ。

暴力団の動向に注意を払うのが仕事だから、泊が言ったように、ヤクザの弱みを握ることもできるだろう。逆にヤクザに取り込まれて警察の情報を流し、発覚して職を辞した刑事もいる。

泊が言う。

「いずれにしても柿宮を、このまま捜査四課に置くのはよくない。警務部は上層部にそう具申したらしくてな。ほどなく柿宮は太田警察署の総務課へ異動、そこで証拠品係になった」

これまでに押収した証拠品を、管理するのが証拠品係だ。県警本部から所轄署へ。しかも閑職の証拠品係。完全な左遷だ。

泊が話を継いだ。

「柿宮は証拠品係を、二年間務めた。そのあとで太田警察署の生活安全課へ異動になるが、孝次郎と紗和子が県警本部に相談にきたことを、誰かに聞いたか、察知したのだろう。で、孝次郎や紗和子を逆恨みした。しかし表だって孝次郎や紗和子になにかすれば、処罰される。だから嫌がらせとして、紗和子の自宅や店に現れたんだろうよ」

首肯して、与田が口を開いた。

「それから数年経っても、柿宮の紗和子や孝次郎への恨みは消えなかった。それどころか、憎しみは益々募る。そして柿宮は紗和子を殺害」

「そう先を急ぐんじゃねえ」

「しかし柿宮には、動機があります」

「ああ、解ってる」

そう応えて泊は腕を組み、テーブルに視線を落とした。やがてしじまを破る。

「柿宮を取調室へ呼んでくれ」

「解りました」

太田警察署の署長が腰をあげ、大会議室をあとにした。美田園に目を向けて、泊が言う。

「太田警察署の人間に、柿宮の取り調べをさせるわけにはいかねえ。二係で頼む。柿宮はこっちの手の内を、知り尽くしているだろう。ひとりではなくふたり以上で、取り調べに当たってくれ」

「解りました」

そう応えて頭をさげ、美田園は壁際の長机に向かった。そこは連絡係の人たちの机で、電話やファックスが載っている。

美田園は受話器を取りあげ、ダイヤルした。無言で受話器を置き、連絡係に向かって言う。

「二係の志水のポケベルを鳴らしたので、彼から連絡が入ると思います。そうしたら、捜査本部へ戻るようにと伝えて頂けますか」

「解りました」

「お願いします」

そう言って美田園は、くるりとこちらを向いた。浜中たちをうながし、長机の列の最後方へ行く。浜中、夏木、美田園、由未で机を囲んだ。まわりに人の姿はないが、それでも少し声を潜めて、美田園が言う。

「昨夜の捜査会議のあとで、話があると志水君が言ってきた。だからふたりで、近くの酒場へ飲みに行ったの。そこでグラスを傾けながら、志水君が自らの過去を打ち明けてくれた。

隠すことではないし、知っている人もいるから、誰かに話しても構わない。

志水君はそう言った。だから彼に聞いたことを、あなたたちに話すわね。知っておいたほうが、いいと思うから」

浜中たちは無言でうなずいた。志水祐二の過去を、美田園が語り始める。

大学を卒業して警察官になった志水は、警察学校での研修を終えると、前橋警察署に配属された。志水は前橋署近くの独身寮に入り、そこに柿宮がいた。

柿宮は当時三十三歳。寮生の中ではもっとも年長で、寮の主《ぬし》という存在だった。寮長は別にいたが、彼も柿宮には逆らえない。警察の独身寮という狭い世界の中で、暴君さながら、柿宮は君臨していた。

志水の肉体はラグビーで鍛え抜かれており、身長も柿宮よりかなり高い。

柿宮はそういう、自分よりも優れたところのある者を、屈服させるのが大好きなのだろう。入寮した志水に、早速目をつけた。

柿宮は志水をこき使い、威張り散らし、時に無理難題を吹っかける。志水は体育会系の人間だから、先輩である柿宮に逆らわない。

しかし柿宮は、志水がこれまで接してきた、ラガーマンの先輩たちと違った。しごきながら後輩を育てる愛情などは微塵もなく、執拗に志水をいたぶり続けたのだ。

やがて志水は、結婚を機に独身寮を出る。だがそれまで、実に五年あまりも柿宮の仕打ちに耐えた。独身寮時代に志水が負った心の傷。それは未だに癒えず、じくじくと膿む。時に柿宮が出てくる悪夢さえ見て、うなされるという。

美田園が言う。

「鑑識が昨日、志水君の要請で和菓子屋へ行き、紗和子さんを脅した男性の似顔絵を描いた。できあがった似顔絵を見て、これは柿宮だと、志水君はすぐに気づいたそうよ」

浜中たちを見まわしてから、美田園が話を継ぐ。

「『柿宮を取り調べることになれば、自分にやらせて欲しい』。昨夜志水君は、私にそう言ったわ。この機会に、トラウマを克服したいと」

「志水さん、そんなことを……」

低い声で、夏木が呟く。美田園が夏木に向かって、うなずいた。美田園は夏木と志水に、柿宮の取り調べをさせるのだろう。夏木がいれば、志水も心強いはずだ。

美田園が言う。

「だから浜中君、志水君と一緒に取り調べをお願い」

「え？　僕がですか？」

「そう、よろしくね」

「でも僕、何の役にも立たないと思いますけど」

「それがいいのよ」

「はい？」

「ごめん、今の言葉は取り消します」

と、美田園がはにかむ。その表情を見て、浜中は悟った。思わず口を開く。

「役に立たない僕が一緒であれば、志水さんはひとりで柿宮さんに立ち向かおうと、意気込むはず。そしてそれが、トラウマの克服に繋がる。そういうことですか」

「まあ、その……。有り体《てい》に言えば、そうなるかも知れないわね」

美田園が応えた。笑みを開きながら、夏木が言う。

「適材適所というやつだ」

美田園と由未が吹き出した。

4

太田警察署の四階には、取調室が三つある。そのうちのひとつの扉を、浜中は廊下側からノックした。浜中の隣には志水がいる。

一拍置いて、浜中は扉を開けた。志水とともに入室する。室内には、三人の警察官がいた。浜中たちに黙礼してふたり出て行き、残りのひとりが、壁際の書記用の机につく。

部屋の中央に机があり、その向こうの椅子に柿宮が掛けていた。組事務所にいても違和感がないような、柄の悪い出で立ちだ。

制服姿のまま、取り調べを受けさせるわけにはいかない。上層部はそう判断し、私服に着替えるよう、柿宮に命じたのだろう。

また事前に用件を伝えれば、柿宮は色々と心構えができる。それを防ぐため、取調室に呼んだ理由を、誰も柿宮に話していないはずだ。

柿宮の顔には、不安の色があった。だが入ってきた志水に目を向け、柿宮の双眸に不敵な光が宿る。

「志水じゃねえか」

ドスの利いた声で、柿宮が言った。

「お久しぶりです」

志水が気をつけをして、頭をさげる。

両腕を机に載せていた柿宮は、体を開き、右肘を椅子の背もたれにかけた。足を組み、浜中たちに冷えた視線を投げてくる。昨夜目にした似顔絵よりも、実物はもっと凶暴な印象だ。

「失礼します」

そう言って志水が椅子にすわり、机越しに柿宮と向かい合った。浜中は志水から少し離れて、横に立つ。

「久しぶりだなあ」

猫なで声で言い、柿宮がにいっと笑った。その笑みを消さずに、平手で机を思いっきり叩く。そして怒鳴った。

「こんなところへ呼びつけやがって！　一体おれが、なにをしたってんだ？」

「今からお話しします」

そう応える志水の声が、かすかに震えた。表情も心なしか青ざめている。浜中は志水のこういう姿を、初めて見た。

常に直球。怯むことなくまっすぐで、力強い。

それが浜中の知る志水なのだ。浜中は驚きつつ、壁の鏡にちらと目をやった。

こちらからは見えないが、隣の小部屋には太田警察署の幹部や美田園、夏木、由未たちがいて、マジックミラー越しに、取調室の様子を見ているはずだ。

浜中は柿宮に、目を向けた。

およそ五年前。柿宮は太田警察署の総務課へ、異動になった。柿宮は独身だったが、太田警察署の独身寮には入らなかったという。

四十五歳という、自分の年齢を考慮したのか。あるいは左遷された身を恥じて、集団生活を避けたのか。

いずれにしても柿宮は、太田駅から少し離れた賃貸マンションに入居した。未だにひとりで、そのマンションに住む。

柿宮は舐めきった表情で、志水に冷たい視線を向けている。

「一昨日、すなわち十二月二十日の午後一時から二時の間、あなたはどこにいましたか？」

志水が柿宮に訊いた。

「あ？」

と、柿宮は目を虚空にさまよわせ、そのあとで呟いた。

「なるほど……。そういうことか」

「お応えください」

「志水よう」

「なんです？」

「名高紗和子の死に、このおれが関与してる。てめえはそう思ってるわけか？」

「いや、それは……」

志水が言い淀み、すかさず柿宮が怒鳴る。

「先輩の問いには、はいかいいえだろうが！」

「はい」

「そうか。てめえはおれを、疑ってるってことだな」

「いいえ」

「どっちなんだ、はっきりしやがれ！」

志水がうつむき、目を閉じた。細く息を吐き、顔をあげずに口を開く。

「柿宮先輩への疑惑を晴らすため、アリバイをお訊きしています。だから話してください」

「ほう……、おれのためにか。それより志水、久しぶりに会ったんだから、寮の時代の楽しい話をしようぜ」

柿宮が身を乗り出して、話を継ぐ。

「あれはいつの夜だったかな。素っ裸で寮内一周してこいと命じたら、お前泣きながら土下座して、勘弁してくださいって言ったよな。その志水君が、今では立派な捜査一課の刑事様か。出世したもんだ」

「質問にお応えください」

うつむいたまま、屈辱に震えた声で志水が言った。

柿宮に応える気配はない。浜中は思わず机に近づき、すると志水が目で浜中を制した。そのまま柿宮を見て、口を開く。

「十二月二十日の午後、どこでなにをしていましたか?」

「相変わらず、くそ真面目でつまんねえ男だな、お前は。せっかく昔話に、花を咲かせようってのによ。まあいい、こんな狭い部屋でてめえと向き合ってるのも、つまらねえからな。話してやるよ。十九日が非番で、二十日は公休だったからな。おれは一泊二日で、栃木県に行ってきた。これだよ」

柿宮は右手の人さし指を伸ばし、くいくいっと上下に動かす。

「釣りですか」

志水の問いにうなずき、柿宮が話し始めた。

柿宮は川釣りが趣味で、休みの日には日帰りで、連休の時には泊まりがけで、よく釣りに行く。群馬県全域と栃木県の西部が、テリトリーだ。

初夏から秋にかけての川釣りが最高だけれど、冬でも案外、釣れる魚は多い。だから柿宮は一年中、釣りに出かける。

十九日の午前七時頃。自宅マンションを出た柿宮は、ひとりで車に乗り込み、北東へ向かった。県境を越えて栃木県の足利《あしかが》市に入り、県道を北上する。

県道に沿うように、小俣《おまた》川が流れている。柿宮は道端に車を停めて、釣り糸を垂れた。その場所に飽きたり釣果《ちようか》がない時は、車に乗って場所を変える。

そんなふうにして小俣川沿いに転々と、夕方まで釣りを楽しんだという。

「そのあとは、どうしたのです？」

志水が柿宮に問う。

「川のほとりにテントを張って、泊まったよ」

「寒くなかったのですか？」

「テントの近くでたき火しながら、酒飲んだからな。そのあとテントに入って厚手の寝袋にくるまれば、寒さなんかそれほど感じねえよ。

お前は知らねえだろうけど、冬のテントはなかなか快適なんだぜ。夏のテントのほうが、むしろきつい。朝日に照らされた蒸し暑いテントの中で、じっとり汗かいて目覚めたりしてな」

趣味の話だからだろう、柿宮は中々饒舌だ。

「テントに泊まり、翌二十日はどうしたのです？」

「そのまま小俣川で、釣りを続けたよ。で、午後三時頃に切りあげて、太田市に戻ってきた」

紗和子は二十日の午後一時十分から一時三十五分の間に、桐生市内で殺害された。柿宮の証言が本当であれば、彼に紗和子を殺すことはできない。

「ずっとひとりだったのですか？」

「ああ」

「あなたが小俣川で釣りをしていた。それを証明してくれる人は？」

「その胸くそ悪い尋問口調、なんとかなんねえのか？」

柿宮が凄み、志水がわずかに怯みを見せた。浜中は両手を握り締め、心の中で懸命に、志水にエールを送る。そんなことしかできない自分を、歯がゆく思いながら。

「たとえばほかの釣り人と、話したことなどなかったですか？」

志水の口調が幾分和らいだ。それに満足したのか、にやりと笑って柿宮が言う。

「釣り人は何人か見かけたが、誰とも話さなかったな。だがおれが泊まった場所へ行けば、たき火のあとが残ってるはずだ」

「それだとアリバイは、成立しません」

「ああ、そうか。そいつは困ったな」

人ごとのように、柿宮が応えた。

「先輩のためなんですよ」

志水の声が大きくなった。うるさそうに手を振って、柿宮が言う。

「とにかくおれはやってねえ。てめえこのおれを、信じねえのか？」

「信じるとか信じないとか」

「うるせえぞ！」

柿宮が恫喝《どうかつ》した。志水の肩がびくりと震える。

「怒鳴ることないでしょう」

そんな言葉が、浜中の口を衝いた。途端に柿宮が目を剝く。

「あ？　おいこら。てめえごとき若造が、おれに意見しようってのか？」

「そういうわけではありません。けれど言い方というものが、あると思います」

「よせ、浜中」

志水が言った。柿宮に目を向けて、言葉を継ぐ。

「とにかく現時点では、先輩のアリバイは成立していません」

「何度も言うが、おれはやってねえ！」

嚙みつくように柿宮が言った。

5

「威張り散らして、何様のつもりですか！」

レオーネの助手席で、由未が言った。浜中がハンドルを握り、後部座席に夏木がすわる。柿宮の取り調べが終わり、浜中たち三人は、名高宅へ向かっていた。孝次郎からさらに詳しく、柿宮について訊くためだ。

車に乗った瞬間から、由未は柿宮への憤りを隠そうとせず、話し続けた。浜中はもっぱら相づち役で、夏木は無言を守っている。

由未が言う。

「ただ先輩ってだけで、あんな態度を取るなんて、許せません。柿宮さんをぎゃふんと言わせましょうよ、浜中さん」

「そう言われても……」

「柿宮さんは紗和子さんを、恨んでいた。動機はあるし、柿宮さんはあの性格です」

「それぐらいにしておけ、希原」

夏木がたしなめた。

「でも」

「愚痴なら今夜、聞いてやる」

「それって、飲みに行こうってことですか！」

由未が瞳を輝かせた。

「ああ、そうだ」

「もしかして、私と夏木先輩のふたりだけ？　ごめんね、浜中さん。妬かないで」

「妬かないけどさ」

浜中は応えた。夏木が言う。

「ふたりだけとは言ってない。浜中もどうだ？」

「はい、行きます」

「志水さんにも、声をかけるつもりだ」

夏木が言った。四人で賑やかに飲めば、志水の心も少しは軽くなる。夏木はそう考えたのだろう。

由未が口を開く。

「志水さんの前では、柿宮さんのこと、口にしないほうがいいですよね」

「そういう気遣いは、不自然さを呼ぶ。いつもどおりのお前でいいさ」

仄かに頬を染めて、由未がうなずく。

やがて前方に、集合住宅が見えてきた。相変わらず、マスコミの姿がある。しかし今朝と違って、やや遠巻きだ。遺族である孝次郎や歩に、配慮したのだろうか。

集合住宅の駐車場の脇に、浜中はレオーネを停めた。三人で降りて、一階右手の部屋に向かう。

お菓子の詰まった赤い靴を、由未は持っていた。くる途中で由未が、買い求めたのだ。

浜中がインターフォンを押すと、玄関扉が開いて、孝次郎が顔を覗かせた。相変わらず疲れ切った表情だ。

「一日に二度もきてしまい、済みません」

心から浜中は詫びた。

「いえ、それは構いませんが……。とにかくどうぞ」

孝次郎がそう応え、浜中たちは中に入った。玄関のすぐ先に、歩が立っている。

「少し早いけど、メリークリスマス！」

元気よく言って、由未が歩に赤い靴をさし出した。あと三日でクリスマスだ。

歩の顔に大きな笑みが咲く。それから歩は孝次郎を見あげた。

「いいんですか？」

孝次郎が由未に問う。

「もちろんです」

由未がそう応え、孝次郎が歩を見てうなずいた。嬉しそうに赤い靴を受け取り、歩が言う。

「ありがとー」

「どういたしまして」

由未が応えた。だが次の瞬間、異変が起きる。歩の表情が、見る間に曇ったのだ。

「うぅ」

と、歩が胸を押さえる。赤い靴が床に落ちた。あまりに突然すぎて、浜中はただ呆然と、立ち尽くす。

「歩！」

そう声をかけて、孝次郎がしゃがみ込んだ。歩は顔を歪めて、苦しそうだ。

「済みません、今日はお引き取りください」

切羽詰まった、孝次郎の声だ。

「解りました」

すかさず夏木が応えた。

浜中と由未に言い、夏木が出て行く。混乱を引きずったまま、浜中と由未も続いた。

「行くぞ」

「車に戻ろう」

夏木が言った。浜中たちは車に乗り込む。

「歩君、どうしたんでしょう?」

青い顔で由未が問う。

「それはおれにも解らない。だが気になる。このまま待機してみよう」

「解りました」

浜中は応えた。ほどなく名高家の玄関扉が開き、歩を抱いた孝次郎が出てくる。

孝次郎は血相を変えており、浜中たちの乗るレオーネに見向きもしない。

集合住宅の駐車場に、白いセルボが停まっていた。孝次郎はセルボの助手席を開け、歩をすわらせる。それから運転席に収まり、すぐに発進させた。

「あとを追ってくれ。孝次郎に気づかれても構わない」

後部座席で夏木が言った。うなずいて、浜中はレオーネのエンジンをかける。

念のために二、三台の車を挟み、浜中はセルボを追尾した。先ほどの、歩の苦しむ様子が繰り返し脳裏に浮かび、気が気ではない。由未はすでに、涙ぐんでいる。

孝次郎の車は十分もしないうちに、太田市内の総合病院の駐車場に、吸い込まれた。浜中はセルボから少し離れた場所に、車を停める。

セルボから降りた孝次郎が、助手席の歩を抱きかかえた。刹那、孝次郎がこちらを見る。それから彼は走り出した。

6

総合病院一階の、広々とした待合所。その隅のソファに、浜中はすわっていた。夏木と由未も一緒だ。孝次郎が病院に入ってから、一時間近く経つ。

孝次郎が歩をどの診療科に連れていったのか、解らない。いつ戻ってくるかも解らない。不安が膨らみ、浜中は居ても立ってもいられない。

「あっ」

浜中の横で由未が、小さく声をあげた。

左手奥のエレベーターの扉が開いて、孝次郎が姿を見せたのだ。歩を連れてはいない。

立ち止まり、孝次郎は待合所を見渡して、浜中たちに気づいた。やや沈痛な面持ちで、こちらへくる。浜中たちは腰をあげた。

「あとをつけてしまい、済みません。しかし気になりましてね」

夏木が詫びて、孝次郎が力なくかぶりを振った。遠慮がちに由未が問う。

「歩君、大丈夫ですか？」

「大事を取って、二、三日入院することになりました。でもまあ、大丈夫です」

浜中は少しだけ安堵した。けれど先ほどの、血相を変えた孝次郎を思い出して、胸中に暗雲が垂れ込める。由未の表情も暗い。

「ここの二階に、喫茶室があります。そこへ行きませんか？」

浜中たちの思いを察したのか、孝次郎がそう言った。

浜中たちは二階へあがり、喫茶室に入った。窓際の四人掛けを占める。孝次郎の隣に浜中がすわり、浜中の向かいに夏木、孝次郎の向かいに由未だ。

飲み物を注文し、無言で待つうち運ばれてきた。孝次郎が珈琲を啜り、ふっと息を落とす。そして彼は口を開いた。

「秋の気配が濃くなり始めた、昨年十月。近頃歩が疲れやすくなった気がすると、紗和子が言い出しました。

元気にはしゃぎすぎるからだろう。私はそう応え、しかし気になりましたので、病院に連れてってみようと言ったのです。見てもらって何もなければ、安心できますし。

翌日、紗和子は家の近くの個人病院に、歩を連れていきました。すると診察した医師が、大きな病院でしっかり検査を受けたほうがいいという。

歩はこの病院で、検査を受けました。その結果、肺動脈性肺高血圧症と診断されたのです」

「どんな病気なのです？」

感情を殺した声で、夏木が問う。

「疲れやすさ、息切れ、胸の痛み、動悸。それらから始まる、原因不明の難病だそうです。進行すればむくみが出て、少しの動作で息が切れ、やがて心臓に悪影響を及ぼし、予後不良」

予後不良。回復は望めず、場合によっては死に至るという意味だ。

恐ろしい孝次郎の言葉に、つらい沈黙が降りる。由末の瞳から涙が一粒、テーブルに落ちた。その雫に、哀しげな孝次郎の顔が映り込む。

孝次郎がしじまを破った。

「安静な生活を心がけつつ、まずは投薬治療を始めましょう。医師はそう言い、在宅での闘病生活が始まりました」

昨日浜中たちは、名高家を訪問した。居間に歩がいたから、由末が気を利かせて、外で遊んでこようかと提案する。すると孝次郎は慌て気味に、「外はよくない」と応えた。

闘病生活が始まってから、歩は外で駆けまわったりなど、していないのだろう。

遊びたい盛りの三歳児にとって、恐らくそれはとてもつらい。そういう暮らしを歩に強いる孝次郎は、もっとつらいだろう。

「歩の症状に、改善は見られません。それどころか、進行していく。このままでは、五歳の誕生日を迎えられないだろうと、医師は言います」

孝次郎の声が、涙に揺れた。

「投薬のほかに治療法は、ないのですか」

すがるように由未が問う。

「抜本的な治療法が、ひとつあります」

「それは？」

由未が孝次郎に問う。

「肺の移植手術を受けることです」

夏木が言う。

「そういえば三、四年前、外国のどこかで肺移植が行われたと、報道されたことがありましたね」

「はい。三年前の一九八三年に、カナダのトロント大学で、肺の移植手術が行われたそうです。それとは別に米国にも、肺移植の歴史がある」

「日本ではどうなのです？」

夏木が問う。

「まだ肺移植の成功例は、ないそうです」

「では」

「カナダかアメリカで、肺の移植手術を受ける。歩の病気を完全に治すには、それが唯一の方法です。適合する肺が見つかるか解りませんし、見つかっても手術が成功する保証は、どこにもない。たとえ成功しても、生涯薬を飲み続けなければならない。

しかしそれでも歩には、チャンスがある。暗闇の中にたった一筋だけ、光がある。それが肺移植なのです」

「渡航や手術の費用は？」

「およそ一億一千万円」

孝次郎の言葉に、由未と浜中は揃って息を呑む。それから浜中は気がついた。だから孝次郎と紗和子は、働き詰めだったのだ。

そういえば、昨日夏木がどうしてそこまで働くのかと訊いた。「将来のためです」と、孝次郎は応えたのだが、あれはまさしく、歩の将来のためという意味だったのだ。

けれどどれほど働いても、一億一千万円など、簡単に貯まるものではない。その間にもじわじわと、歩の病気は進行していく。

地獄の業火に焼かれるような、孝次郎と紗和子のつらさ。胸が締めつけられる思いを、浜中は抱く。

そのあとで浜中は、もうひとつのことに気がついた。一昨日死んだ紗和子は、一億円の生命保険に入っていたのだ。

夏木は無論、由未もそのことに気づいただろう。しかし誰も、保険金のことを口にしない。

7

孝次郎と別れ、浜中たちは一階の待合所に降りた。少しだけ迷ったあとで、浜中は足を止める。

さほど知識がない。

「どうした？」

「生命保険のこと、色々知りたいと思いまして」

「保険金絡みの殺人事件は時々起きるから、保険について詳しい刑事もいる。しかし浜中にはまだ、さほど知識がない。

「おれに解ることなら、応えるが」

夏木が言い、由未が口を開いた。

「あの、私の高校時代の友だちが、生命保険の会社に勤めていますけど」

「その友だちに、会えないか？　それほど時間は取らせない」

「ちょっと待っててくださいね」

由未は鞄から、アドレス帳を取り出した。

「その子の実家に電話して、勤務先の電話番号を訊いてみます」

そう言い置き、由未は壁際の公衆電話に向かった。ほどなく戻り、口を開く。

「連絡取れました。彼女今、高崎支店にいるそうです。近くまで行って電話すれば、会社を抜け出てくれます」

「助かるよ」

浜中は言った。

浜中たちは駐車場へ行き、レオーネに乗り込んだ。浜中がハンドルを握り、助手席に由未、後部座席に夏木がすわる。

一年でもっとも日の短い頃だから、すでに夕暮れが迫りつつあった。夏木は無言を守り、どこか難しい表情だ。由未も口を開こうとしない。

沈黙を乗せて車は走り、やがて高崎市内に入った。生命保険会社のビルが見えてくる。

「来客用の駐車場に、停めていいそうです」

由未が言い、浜中はそのとおりにした。由未が近くの公衆電話で電話をかけて、戻ってくる。

「そこの喫茶店に、入っててくださいって」

と、由未がすぐ先の店を指さした。

浜中たちはその店に入り、隅の四人掛けを占める。浜中と夏木が並んですわり、向かいの席に由未だ。

店はそれほど混んでいない。入り口近くにクリスマスツリーが飾られ、小さな灯りがいくつも点滅していた。スピーカーからオルゴールの、クリスマスソングが流れてくる。

ウエイトレスが、水を運んできた。彼女がテーブルを去ってほどなく、店の入り口扉が開いた。若い女性が入ってくる。

由未が手を振り、途端に女性は笑みを浮かべた。足早にこちらへきて、テーブルの脇に立つ。明るくて、社交的な印象だ。

「久しぶり！」

由未が言った。

「ほんと、いつ以来かな。相変わらず由未ってさ、ザ・中学生女子って感じだよね」

女性が応える。

「なんですとー！」

と、由未が頬を膨らませた。それからふたりは浜中たちに目を向け、揃って頭をさげた。そのあとで、由未が女性を紹介する。

「倉田景子《くらたけいこ》さんです」

景子は会釈し、由未の横にすわった。浜中と夏木も名乗る。

「本物の刑事さん、初めて見ました」

興味津々という表情で、景子が言った。

「私も本物だけどね」

由未が返す。

ウエイトレスを呼び、浜中たちは飲み物を注文した。そのあとで由未と景子は、近況を語り合う。

やがて飲み物がきて、ウエイトレスが去った。本題に入ることを察したのだろう、由未と景子が口をつぐむ。夏木にうながされ、浜中は口火を切った。

「たとえば一億円の生命保険に入り、そのあとで被保険者が自殺したとします。この場合、一億円は支払われますか？」

「免責期間を過ぎていれば、原則として支払われます」

きりっとした仕事の口調で、景子が応えた。

「免責期間は、どのぐらいですか？」

「一年という保険会社が多いです」

「それじゃ免責期間が一年だとして、今年の元日に生命保険に加入して、来年の一月二日に自殺すれば、保険金は支払われるんですね」

景子がうなずき、浜中は小さく首をひねった。そういう制度であれば、自殺するつもりの加入者が増えてしまい、保険会社は立ち行かなくなりそうだ。

夏木が言う。

「今し方あなたは、原則としてと言った。つまり支払われない場合もある」

「はい。たとえば借金に苦しむ方が生命保険に入り、免責期間後に自殺した。このように、自殺による保険金目的で、生命保険に加入したと思われる場合、保険金は支払われない可能性が高いです。

その一方で、借金のない方が生命保険に入り、四年後に莫大な借金を作ってしまい、自殺したとします。

これだと生命保険に加入した時点で、その方は自殺を考えていなかったと推測でき、保険金は支払われます。

もちろん実際には、自殺目的の加入かどうか、そう簡単に解りません。だから被保険者の方が自殺された場合、保険に加入した動機や、自殺の状況などを詳しく調査致します」

なるほどと、浜中はうなずいた。

自殺など考えずに保険に加入した人が、何らかの事情でやがて自殺したら、保険金は支払われる。

だが、免責期間を過ぎたら自殺しようと思って保険に入った場合、支払われない。

大雑把に言えば、そういうことだろう。だから生命保険という制度は、維持できるのだ。

「少し質問が続きましたね」

と、夏木が景子に飲み物を勧めた。ふっと面持ちを和らげて、景子がティーカップに手を伸ばす。

「こういうとこですよ、浜中さん」

浜中に顔を近づけて、由未が言った。

「こういうとこって、どういうとこ?」

「なんです、その早口言葉。ええとですね、今の夏木先輩の、さりげない優しさです。女性はこういう優しさに、弱いんだなー。解るかね、浜中君」

「なんか由未さん、中年親父みたいな口調だけど」

「失礼ですね。だから浜中さん、もてないんですよ」

景子が夏木に問う。

「由未と浜中さん、いつもこんな感じなんですか?」

「まあ大体、じゃれ合ってるな」

そう応えて、夏木が苦笑した。由未が言う。

「浜中さんのせいで、私の評価がさがったじゃないですか」

「僕のせいなの?」

浜中は目を丸くした。そのあとで少し間を取り、居住まいを正して口を開く。

「自殺については、大体解りました。ありがとうございます。あとは事故死や他殺など、自殺以外で被保険者が死亡し、しかし保険金が支払われない場合はありますか？」

「保険金を詐取する目的であると判明した場合、保険金は支払われません」

「詐取する目的……」

浜中は呟いた。

テスト用紙を前にした中学生のような表情で、由未が少考する。

「いいですか？」

浜中と夏木にそう断ってから、由未は景子に話しかけた。

「たとえば自分を受取人にして、夫が妻に生命保険をかけた。そのあと夫が妻を、事故に見せかけて殺害する。でも事故死じゃないことがばれたら、保険金は下りない。そういうことだよね」

「うん」

「ばれなければ、支払われる」

景子がうなずいた。由未が言う。

「夫が直接手を下さず、誰かに妻を殺させた場合は？」

「妻の死に、夫が関与していた。それが判明すれば、保険金は支払われない。逆に言えばね、由未」

「うん」

「事故死や殺人の場合、保険金の受取人が、被保険者の死に関わっていないことがはっきりするまで、保険金は下りない。そう思ってもらったほうが、いいかも知れない」

「なるほど」

と、由末が右の拳で、左の手のひらを叩く。ポンと音がして、すかさず景子が言う。

「その癖、まだ健在なのね」

「直らないんだな、これが」

由末が応えた。一拍置いて、浜中は口を開く。

「被保険者の死に、被保険者自らが関わっていたとすれば、どうなりますか？」

「被保険者自ら、ですか」

「今の由末さんの例で言えば、妻自らが何らかの策を弄して、自分の死を事故死に見せかけた場合です。ちなみに保険金の受取人である夫は、妻の死に一切関与していません」

少し考えてから、景子が言う。

「保険金を詐取するために、被保険者が策を弄したのであれば、たとえ受取人が関与していなくても、保険金は支払われません」

8

景子と別れて、浜中たちはレオーネに乗り込んだ。今度は由末がハンドルを握る。浜中は助手席だ。

「紗和子の殺害現場へ、向かってくれないか」

後部座席で夏木が言った。うなずいて、由末がレオーネを発進させた。街はすでに、夜の帳《とばり》に包まれつつある。

クリスマスの装いを施した街には、夜が似合う。浜中はふとそう思い、そのあとで今、病室にいるであろう歩を思った。

歩はその可愛い喉元に、ナイフを突きつけられているも同然だ。わずか三歳なのに、このままではいつまで生きられるか、解らない。

浜中はこれまで死を実感したことはなく、当たり前のように生きてきた。それがどれほど有り難いことなのか、痛烈に感じ始めている。

しかしその思いも、忙しい日々の中で消えていくかも知れない。

色々な思いを抱き、時にそれらをうまく忘れて、あるいは折り合いをつけて、生きていくのが人間なのだろう。それはつらいことではなく、むしろ楽しいのかも知れない。

だから歩には、ともかくも生きて欲しい。浜中は心から願い、すると景子との会話が、ありありと脳裏に浮かんだ。

浜中は口を開く。

「孝次郎さんが紗和子さんを殺害したとすれば、紗和子さんにかけられた一億円の保険金は、下りないんですよね」

「そうだな」

夏木が応えた。由未が言う。

「でも孝次郎さんには、完璧なアリバイがあります」

「ああ、孝次郎はシロだ」

夏木が断言した。浜中は夏木に問う。

「孝次郎さんが誰かに、紗和子さんの殺害を依頼したという線はどうです？」

「ことは殺人だ。そう簡単に請け負う人間はいない。それにもし、誰かに頼んだのであれば、報酬を支払わなければならない。

それは相当高額だろうし、そのあと殺人教唆《きょうさ》をネタに、脅されるかも知れない。歩の渡航と手術費用は、一億一千万。保険金は一億円。一千万円足りないのに、さらに金が減ってしまう」

由未が言う。

「逆に孝次郎さんが、誰かを脅して紗和子さんを殺させたとか。あくまでも、可能性の話ですけど」

「それはなくもない。だが紗和子の死に直面し、孝次郎は憔悴しきっていた。あの様子を見る限り、殺人を教唆したとは思えない。まあ、おれの勘だがな」

「僕もそう思います」

浜中は言い、由未もうなずいた。

降りてきた沈黙の中で、浜中は先日配られた捜査資料や、病院の喫茶室での、孝次郎との会話を思い出す。

浜中はしじまを破った。

「歩君が難病であり、抜本的な治療に一億一千万円かかる。それが判明したのは、昨年十月です。

一ヶ月後の昨年十一月、紗和子さんは一億円の生命保険に加入しました。捜査資料にはありませんでしたが、免責期間は恐らく一年。そして今年の十二月、紗和子さんは亡くなった。保険金目的での加入は明白だから、免責期間を過ぎての自殺でも、保険金は下りないはず。だったら自殺して、それを他殺に見せかければいい。紗和子さんはそう考えて、実行した。孝次郎さんには、一切話さずに。

たとえそうだとしても、首に紐を巻き、自分でそれを強く引いて死ぬって、かなり難しいですよね」

夏木が応える。

「意識を失った瞬間に両手の力は抜けて、もう首を絞めることはできない。だからそういう自殺方法は、不可能ではないが現実的ではない」

由未が言う。

「孝次郎さんは紗和子さんの死に関わってなくて、紗和子さんによる、他殺に見せかけた自殺でもない。だとすれば保険金は下りるから、歩君は海外に行けますよね。それはとても嬉しいけれど、同じぐらいに切ないです」

再び沈黙がきた。浜中はほんの少し、助手席の窓を開ける。冷たい風とともに、かすかにジングルベルの歌が、車内に流れ込んできた。

浜中は窓を閉めた。苦い声で夏木が言う。

「希原」

「はい」

「何日か前に、お前は交換殺人の可能性を口にした」

名高紗和子が上条康之のために谷本圭一を殺害し、紗和子のために康之が誰かを殺害するという推測だ。

「でもあれは、すっかり外れました」

「いや、希原。お前の読みは、当たっていたのかも知れない」

「どういうことです。え、まさか⁉」

由未が声をあげ、浜中も気がついた。思わず浜中は口を開く。

「まずは紗和子さんが、康之さんの依頼で谷本圭一を殺す。次に康之さんが、紗和子さんの依頼で紗和子さんを殺害した……」

夏木が言う。

「そう、これは変形の交換殺人かも知れない。

上田島マンション近くのガードレールに、女性が供物を捧げたのは午前二時半頃。上田島マンションの屋根で、懐中電灯の光が目撃されたのも、同時刻だ。

紗和子は新聞配達店に行く前に、つまり午前二時半頃、上田島マンション近くのガードレールに寄って、何度か供物を捧げた。そして犯行後、上田島マンションの屋根に登ったのではないか。

その際にはいつもより少し早く、家を出なければならないが、孝次郎と歩は寝ている。

たとえ孝次郎が起きて、普段より早いことを問われても、『今日は休みの人がいて、新聞配達が忙しい』とでも応えれば、孝次郎はさほど気に留めないだろう。

また紗和子は毎週土曜日、和菓子屋でのパートを終えた午後四時から、翌日の午前三時に新聞販売店へ行くまでの間、ひとりになる。孝次郎や歩に気づかれることなく、自由に動ける。

そして谷本が殺害されたのは、土曜日の夜だ」

由未が口を開く。

「変形の交換殺人だとすれば、保険金はどうなるんです？」

その答えを、由未はもう知っているはずだ。だから彼女の声は、切なそうに揺れている。

保険金を詐取するために、被保険者が策を弄したのであれば、たとえ受取人が関与していなくても、保険金は支払われません――。

先ほどの景子の言葉が、浜中の耳朶《じだ》に蘇った。紗和子が保険金詐取目的で、変形交換殺人を画策したのであれば、まさしくこのケースに当て嵌まる。

かぶりを振って、浜中は言う。

「でも康之さんは、紗和子さんを殺害できません」

「それを今から検証するんだ」

鋼のような、夏木の声だ。

9

星が輝きを増す冬の宵。群馬高梨建設の資材置き場には、ちらほらと鑑識課員の姿があった。サーチライトも幾筋か灯る。

明日の朝、立ち入り禁止は解除される。その前に見落としはないか、最後の確認作業だろう。

浜中は夏木や由未とともに、資材置き場中央のやや北寄りで足を止めた。紗和子の死体があった場所だ。

まず浜中は、周囲を見渡した。資材置き場は一辺が八十メートル弱の、ほぼ正方形だ。高さ一メートルほどの鉄柵が敷地を囲み、南側の真ん中に、蛇腹式の門扉がある。

門扉の左右も鉄柵だ。その鉄柵の向こう、浜中から見て門扉の右手に、上条家の蔵が建つ。蔵の右奥に、上条家の母屋が見えた。

浜中は思いを巡らす。

紗和子の死亡推定時刻は、午後一時から二時だ。康之は午後一時に河合という客人を迎え、ふたりで上条家の客間に入ったという。

午後一時半頃、ふたりは母屋を出る。康之がひとりで蔵に入り、窓越しにこの資材置き場を眺めて、倒れている紗和子を見つけた。これが恐らく一時三十五分。

蔵に入り口はひとつしかなく、その前には河合がいた。蔵には窓がふたつあり、しかしどちらも鉄格子がしっかり嵌まる。蔵は置き屋根式だから、屋根が浮いたような格好だが、壁の天辺と屋根の隙間は、十五センチしかない。

つまり上条康之が河合の目を盗み、蔵を抜け出して紗和子を殺害することは、絶対にできない。

浜中は夏木と由未に、それらを語った。

「やっぱり康之さんに、紗和子さんを殺害することはできません」

仄かにほっとした声で、由未が言った。少し沈んだ面持ちで、夏木が口を開く。

「これが変形交換殺人であれば、紗和子は康之に協力したはずだ」

「紗和子さんが協力……」

由未が呟いた。夏木が言う。

「彼女の協力があれば、康之に犯行は可能だ。そして思えばおれたちは、そのヒントをいくつか得ている」

浜中は確信した。変形交換殺人の可能性に気づいた時点で、夏木は康之による紗和子殺害の仕掛けを、見抜いたのだ。

その仕掛けを暴いてしまえば、紗和子が保険金詐取のために策を弄したことが明らかになり、一億円の保険金は下りない。

そうなると、歩は海外で手術を受けられない。いたいけな子供が、ただ死を待つだけになる。

浜中の裡にむなしさが込みあげた。今、こうして紗和子の事件を調べることが、歩の未来を閉ざすことになるのだ。

浜中の思いを見て取ったのか、夏木が厳しい声で言う。

「職務を全うする。おれたちには、それしかない」

「はい」

そう応えながら浜中は、夏木の過去に思いを馳せる。

六年前。夏木は間宮聡子《まみやさとこ》という婦警と結婚した。やがて聡子は身ごもり、しかしそのあと肺に癌が見つかる。

お腹の子を諦めて、肺癌治療に専念する。

子供を産んでから、肺癌の治療を開始する。

そのふたつしかなく、しかし後者の場合、出産の時まで聡子の命が持つか解らないと、医師は言ったという。

聡子は後者を選択し、子供を産む前に亡くなってしまう。お腹の子も、助からなかった。

だが聡子はそれを知ることなく、「赤ちゃんのことお願い」と夏木に言い残して、逝った。

この夏木の過去を、由未は恐らく知らない。浜中は由未に目を向けた。魂を置き忘れてきたような、どこか虚ろな面持ちだ。

由未に向かって、そして自分に言い聞かせるように、浜中は言った。

「今、やるべきことをやりましょう」

由未の瞳には涙が溜まり、今にも雫になりそうだ。けれど彼女は瞬《まばた》きをして、涙を散らした。それからうなずく。

浜中は口を開いた。

「まずは確定事項から、おさらいしよう。紗和子さんの死因は、首を絞められての窒息死。紗和子さんのセーターの首部分に、ＰＰ紐の繊維が付着」

東の柵のほうを指さして、浜中は言葉を継ぐ。

「あそこのパレットと、足場資材の手すりの間に、一メートル半ほどのＰＰ紐が挟まっていた。それが凶器」

「あの、浜中さん」

「うん？」

「一メートル半のＰＰ紐が凶器だと、断定してもいいのでしょうか」

「え？　でもそのＰＰ紐には、強く引き伸ばされた痕跡があったって」

「事前にＰＰ紐を両手で持って、強く引っ張る。そうすれば紐には、首を絞めた際に残るような、引き伸ばされた跡がつきます。

そのあとで紐が西風に流されて、東の柵まで飛んだように見せかけるため、紐をパレットと手すりの間に挟んだ。

たとえば紗和子さんが、そういう細工をしたかも知れません」

由未の言葉に、浜中は今更ながら気がついた。

これは普通の殺人事件ではない。被害者が犯人に協力した、あるいは犯人に指示した可能性さえある事件なのだ。

普段の捜査と同じ目線ではなく、由未のように違う角度から、事件を眺めなければならない。そしてそこに、きっと解決の糸口がある。

浜中は口を開いた。

「紗和子さんは絞殺された。確定事項はそれだけであり、一メートル半のＰＰ紐が凶器なのか、そもそもPP紐が凶器なのか、それは未確定。そういうことになるね」

「はい」

由未がうなずき、浜中は話を続けた。

「でも確定事項がそれひとつだと、心許《こころもと》ないというか、事件の謎は到底解けそうにない。ほかに確定事項、あっただろうか」

浜中は記憶を辿り、とある事柄を思い出す。そして思わず言葉を発した。

「そういえば」

「引きずられた痕跡！」

ほとんど同時に由未が言った。彼女も思い出したのだ。

紗和子の死体が見つかった時、現場にいた鑑識課員がこう話してくれた。

ご遺体は仰向けですよね。その状態で北に向かって、十センチぐらい引きずられています——。

浜中は口を開いた。

「事前にPP紐を引き伸ばして、凶器に見せかける。紗和子さんにそういう細工はできるけど、死後、自分の体を動かすことはできないよね」

由未が言う。

「死後に引きずられたとすれば、それは紗和子さんの策略ではなく、計算外のなにかが起きたのかも知れません」

「うん。あの時上条康之さんは、ここから見て南に位置する蔵にいた。で、紗和子さんはここから北に、少し引きずられた。逆方向ってことになるけど……」

浜中と由未は考え込んだ。沈黙がきて、だれもしじまを破らない。

康之と紗和子の仕掛けを解いたであろう夏木は、先ほどから無言を守り、助け船を出そうとしない。今回に限り、浜中は助言を求めるつもりはない。恐らく由未もそうだろう。

あどけない歩の顔が、脳裏に浮かんだ。紗和子殺害事件の真相を明らかにすることが、結果として歩を死の淵に、追いやることになる。

だからこそ、この謎は浜中たちが自力で解く必要があるのだ。夏木に教わってしまえば、浜中たちは重いなにかを背負えない。そんな気がした。

「行ってみましょうか」

と、由未が上条家の蔵を指さした。うなずいて、浜中たちは歩き出す。夏木もついてきた。

10

浜中たちは、資材置き場の南の端で足を止めた。柵の向こうに上条家のブロック塀があり、その先に蔵が建つ。

蔵の右手の奥には、上条家の母屋があった。屋内に明かりは灯っておらず、外灯もなく、ひっそりと闇に潜むかのようだ。

「康之さんはまだ、会社ですかね」

由末が呟き、浜中の脳裏に五日前の出来事が蘇った。

その日、浜中たちはうどん屋に入り、康之が勤務する測量会社を眺めながら、昼食を取った。すると会社の駐車場に、トラックが入ってくる。

三脚、ボビン巻きの長いワイヤーロープ、赤白のポール。それら測量用品を納品し、トラックは去った。

「あれ?」

浜中の口から、そんな言葉が出た。刹那、脳の中でなにかが、きらめいたのだ。

「ええと……」

そう呟きながら浜中は、ほとんど無意識にうしろを向いた。南端から資材置き場を眺める格好だ。

紗和子の死体は、およそ四十メートル先にあった。サーチライトのお陰で資材置き場は明るく、死体のずっと向こうに置かれた足場資材の隙間から、北端の柵がちらちら見える。

浜中は一昨日、蔵の窓から資材置き場を眺めた。その時にも感じたのだが、窓から死体まで、視界を遮るものは一切ない。

浜中の脳の中で、再びなにかがきらめいた。先ほどより強い。そしてすぐにきらめきは、ひとつの像を結び始めた。浜中は懸命に思いを凝らし、そのあとで口を開く。

「解ったかも知れない」

「え?」

由末が目を見開いた。浜中は言う。

「上条康之さんは測量会社に勤務しているから、ボビン巻きの長いワイヤーロープを日常的に使ってるはずだよね。

そこから着想を得たのだと思うけど、康之さんは紗和子さん殺害に、百六十メートル以上の長さの、ＰＰ紐を使ったのだと思う」

「ワイヤーロープから着想を得たけれど、実際に使ったのはＰＰ紐ですか」

「ワイヤーロープを使い、その成分が紗和子さんの衣類の首部分から見つかれば、真っ先に自分が疑われるからね。これを避けてＰＰ紐にしたんだ。

ホームセンター、雑貨屋、日用品を取り扱うスーパーなど、数百メートルのＰＰ紐であれば、入手はたやすい。また大量生産品だから、入手経路をそう簡単に特定されない。康之さんはきっとそう考えた」

「どうしてそんなに長い紐を、使ったのです？」

「殺害手順、今から話すね。紗和子さんが殺害された日の午前中、まず康之さんはＰＰ紐を持って蔵の中に入り、脚立に登って、ＰＰ紐の先端をその窓から垂らす」

浜中は蔵の窓を指さした。すぐに話を継ぐ。

「それから康之さんは蔵を出て、この資材置き場に侵入する。資材置き場は林と上条家に隣接するだけだから、とおりがかりの人などに見られる可能性は、ごく低い。

もし誰かに見られれば、計画を延期すればいいんだけど、そうなるとまた、誰かを家に招かなくてはならない。

ともかくも康之さんは誰にも見られず、資材置き場に入った。地面は砂利で固められ、足跡は残らない。

また土曜日だから、資材置き場は無人だった。もちろんそれは、織り込み済みだ。資材置き場が無人になる土日に、犯行に及ぶつもりで、康之さんはあの日、河合さんを家に招いた」

言葉が次の言葉を呼ぶ。そんな感じで淀みなく、浜中は話し続ける。

「資材置き場に入った康之さんは、ちょうどこのあたりに立った。蔵の窓から、ＰＰ紐の端が垂れさがっている。

それを摑んで持ち、康之さんは資材置き場の北の端まで行く。ＰＰ紐の束は毛糸玉ぐらいの大きさがあるだろうから、窓の格子に引っかかって、こちら側へ落ちてこない」

「蔵の窓からＰＰ紐が、するする出てくる感じですよね」

「そうだね。で、康之さんは北の端へ行き、資材置き場の柵にＰＰ紐をまわして引っかけた。紐の先端を持ったままここまで戻り、先端を窓から蔵の中に入れようとする。

でも、窓は二メートルの高さにあるから、そのままでは届かないよね。

柵を少しよじ登って、格子の隙間から蔵の中へＰＰ紐の先端を入れた。あるいは棒に紐の先端を結びつけ、それを窓に向かって伸ばして、棒ごと蔵の中へ投げ入れた。そのどちらかだと思う。

いずれにしても、事前の準備はこれで大体終わりだよ」

「それだけですか？」

由未が目をぱちくりさせた。うなずいて、浜中は口を開く。

「蔵の窓からPP紐が出て、資材置き場の北端の柵まで伸びる。紐はそこで柵に引っかかってUターンし、再び窓から蔵の中に入る。ただそれだけなんだ。

午後一時前。河合さんが上条家にきた。康之さんは河合さんを、客間に招じ入れる。そして河合さんに、学生時代の作治さんのことを、あれこれ訊ねた。

もちろん在りし日の、お父さんのことを聞きたかったのだろうけど、それだけじゃない」

「もしかして」

「うん。午後一時から一時半の間、河合さんと一緒にずっと客間にいた。そういうアリバイを、作るためでもあったんだよ。

一方紗和子さんは午後一時十分頃、昼食を取るために和菓子屋を出た。そしてこの資材置き場に向から。和菓子屋からここまでは、およそ八百メートル。紗和子さんがここへ着いたのは、一時二十分前後だろうね。

道の左手に住宅が並び、右手に林、突き当たりに資材置き場だからね。林の中をとおれば、人に見られる可能性は低い。

たとえ見られて目撃証言が出ても、紗和子は犯人に呼び出されて、資材置き場へ向かったのだと警察は思う。紗和子さんは、そう考えたのかも知れない」

「なるほど。それでそのあと、どうなるのです？」

引き込まれるように、由未が問う。

「資材置き場に入った紗和子さんは、あの場所に向かう」

と、浜中は四十メートルほど北を指さし、話を継ぐ。

「資材置き場を縦断する格好で、蔵の窓から伸びて北の柵へ到達し、Uターンして戻ってきたPP紐がある。空中に浮いていたのか、地面に落ちていたのか、それは解らないけれどね。紗和子さんはあの場所で足を止め、そのPP紐を手に取ったんだ」

「あっ！」

由未が目を見開いた。そのあとで呟く。

「私にも、解りました」

11

浜中は無言で由未をうながした。哀しそうに、由未が口を開く。

「手に取ったPP紐を、紗和子さんは自らの首に巻いたのですね」

「そう、ぐるりと一回巻いた。これが恐らく一時二十分過ぎで、そのまま紗和子さんは待つ。ここでまた康之さんに視線を戻すけれど、彼は一時半過ぎに、河合さんを誘って庭へ出た。ふたりで蔵の前に立つ。

物置だから人様に見せるものではないし、かび臭くもある。だからここで待っていて欲しい。家主の康之さんにそう言われれば、客人である河合さんは、その言葉に従うよね」

「実際そうなり、康之さんはひとりで蔵の中に入った。窓のところへ行き、脚立に登る。棚の上にはＰＰ紐の束があり、そこから出た紐は資材置き場の北端の柵まで達し、Ｕターンして戻ってきて、先端が窓のところにある。そして窓から資材置き場を眺めれば、そのＰＰ紐を首に巻いた紗和子さんがいる」

「はい」

浜中は言葉に詰まった。恐らくその時、康之と紗和子は目を合わせただろう。小中学校の時に同級生だったふたりは、目でなにを語り合ったのか。

一陣の風がきて、浜中の切ない思いを吹き払った。顔をあげて、浜中は言う。

「束から出ているＰＰ紐と、窓から垂れているＰＰ紐の先端。康之さんはそれらを掴み、引っ張った。四十メートル離れた資材置き場。そこに立つ紗和子さんの首に巻かれたＰＰ紐が、ぴんと張る。でもそのままだと体が捻《ねじ》れて、紐が首から外れるかも知れない。しかし紐を幾重にも首に巻けば、容易に外れなくなる。このあと話すけど、そうなると紐が回収できなくなってしまうんだ。

だから紗和子さんは首から外れないよう、ＰＰ紐を両手で持った。

康之さんが力を込めて、紐を引く。紗和子さんまで距離があるから、それなりの力が必要だと思うけど、康之さんは高校時代、柔道部だったからね。腕力は相当あると思う。

紗和子さんの首はぐいぐい絞まり、やがて絶命した」

浜中は言葉を継ぐ。

「康之さんはＰＰ紐の先端を離し、束から出ているＰＰ紐を両手で持って、手繰り寄せ始めた。資材置き場を縦断するＰＰ紐を、蔵の中にいながら、回収しようとしたんだ。

そうすれば、証拠品は残らないからね。ところがここで、予想外のことが起きる」

「予想外のこと、ですか」

由末が小首をかしげた。浜中は言う。

「紗和子さんと康之さんは何度も打ち合わせて、予行して修正しつつ、入念な計画を立てたはずなんだ。だからあの日、紗和子さんがアクリル製のセーターを着たのも、意味があると思う」

「セーターにも？」

「アクリルセーターの表面は、割となめらかだからね。手繰り寄せての回収時に、ＰＰ紐が首のまわりを滑りやすくなると、紗和子さんは考えたんじゃないかな。

でも予想以上にＰＰ紐が、紗和子さんの首に深く食い込んでしまった。窒息死するほど強くＰＰ紐で首を絞めるなんて、予行の時にはできない」

「もしかして……」

「蔵から柵まで伸びたＰＰ紐。これを往路と呼び、柵から蔵まで戻ってくるＰＰ紐を復路と呼ぶ。紗和子さんは復路のＰＰ紐を、首に巻いたんだ。一方康之さんは、蔵の中から往路のＰＰ紐を手繰る。あとはもう、解るよね」

「はい。康之さんが手繰り寄せようとした時、紐が首に巻きつき過ぎて、外れなくなった。

復路のＰＰ紐は、北側の柵に向かって引っ張られ、紗和子さんの遺体もそれと一緒に北へ動く。だから遺体には、北へ向かって引きずられた跡があった」

「そうだと思う。そのあと紐は少し緩み、首のところでまわり始めた。康之さんはするすると紐を回収し、ＰＰ紐の束を蔵の中のどこかに隠して、入り口扉に向かう」

「ＰＰ紐、まだ蔵の中にあるでしょうか？」

「とっくに処分済みだと思う」

「ですよね」

「この方法であれば、康之さんはアリバイを確保しつつ、紗和子さんを殺害できる」

「浜中さん、すごい。一気に謎を解いちゃった」

感嘆の面持ちで、由未が言った。慌てて顔の前で手を左右に振り、浜中は口を開く。

「いや、由未さんのお陰だよ」

「私の、ですか？」

「紗和子さんは引き伸ばした一メートル半のＰＰ紐を、現場に残して凶器に見せかけ、長いＰＰ紐を使ったという事実を、うまく隠した。

由未さんの『一メートル半のＰＰ紐が凶器だと、断定してもいいのでしょうか』という言葉がなければ、僕はそれが凶器だと思い込んだままだった。そうなると、この事件の真相には絶対気づけない。あの時の由未さんの言葉をきっかけに、僕は真相へのきざはしを、あがっただけなんだ」

そう結び、浜中はふっと息をついた。

小さな沈黙のあとで、由未がなにかに気づいて、哀しげに目を伏せた。それから由未が言う。

「そういえば、紗和子さんの首には引っ掻き傷がなく、セーターの首のまわりに、引っ掻いた跡もありませんでした」

「覚悟の死だったから、紗和子さんは一切抵抗しなかった。だから引っ掻いた痕跡が、なかったのだと思う。

他殺に見せかけるために、わざと引っ掻き傷を残すことも、考えたかも知れない。でもそんなことをして、万が一にでもＰＰ紐が切れたら、計画は無に帰する」

「だから無抵抗のまま……」

「そうだろうね」

切ない沈黙が降りた。やがて夏木がしじまを破る。

「康之が帰ってきたらしいな」

12

太田警察署の大会議室で、夜の捜査会議が始まった。浜中は夏木や由未とともに、うしろの席にいる。

まずは志水が取調室での、柿宮の様子を報告した。聞き終えて、泊が言う。

「紗和子が殺害された時、柿宮巡査長は足利市で釣りか。そのアリバイの裏は、取れたのかい？」

「まだ取れていません」

別の刑事が応えた。志水が着席し、二係の川久保が発言する。

「人当たりがよくて、優しい。それが紗和子の人物評でしてね。殺意を抱くほど紗和子を恨む人物は、柿宮巡査長以外に、全く浮かんできません」

川久保が着席し、管理官の与田の指名を受けて、浜中は由未とともに起立した。

歩の病気のこと、保険金のこと、紗和子が協力すれば康之に、紗和子殺害が可能なこと。由未とふたりで代わる代わる、報告する。

聞き終えて、泊が口を開いた。

「柿宮巡査長には動機があり、上条康之は紗和子殺害が可能。ほかに容疑者になりそうな人物は浮かんでいない。

紗和子を殺害したのは、このふたりのどちらかっていう可能性が高いわけだ。で、浜中よ」

「はい」

「柿宮巡査長がホシであれば、逆恨みで紗和子を殺したわけだから、保険金は下りる。

上条康之がホシの場合、紗和子は保険金目的で策を弄したことになり、保険金は下りない。そういうことだな」

浜中は首肯した。難しい顔つきで、泊が腕を組む。重い沈黙がきて、だれもしじまを破らない。

やがて泊が、大きく息を落とした。浜中に向かって口を開く。

「上条康之に会ってきたんだろう。奴さんはどうだった？」

浜中たちはあれから、帰宅したばかりの康之に会った。その時の様子を思い出しながら、浜中は報告を始める。

浜中たちは上条家の、客間にとおされた。まずは浜中が、紗和子の協力があれば、康之による遠隔絞殺が可能であることを告げる。

それから浜中は、犯行方法を詳しく語り始めた。康之の視線が小刻みに揺れ始め、落ち着きを欠いていく。

しかし浜中の話を聞き終えて、康之は一笑に付した。そして言う。

「おれと紗和ちゃんが協力しただと？　ふん、馬鹿馬鹿しい。そんなもの、あんたたちの推測に過ぎないだろう。

おれの親父が現金を奪われた時は、谷本を逮捕すらしなかったのに、今度はずいぶん張り切ってるな。そこまでして、おれを犯人に仕立てたいのか」

「そういうわけではありません」

「だったら証拠は？」

「ありません」

正直に浜中は応えた。あきれ顔でため息をつき、それから浜中を睨みつけて、康之が言う。

「言っておくが、おれは紗和ちゃんを殺していない。もう帰ってくれ」

取りつく島もない。思い切って浜中は言った。

「一度署で、話を聞かせてもらえないでしょうか？」

「任意同行ってやつか？」

「ちょっと事情を、お聞きしたいだけです」

死体発見時のことなどをもう一度、康之から詳しく訊く。その結果、先ほどの浜中たちの推理に齟齬が出て、康之に犯行は不可能だという結論に達する。

そういう可能性もゼロではない。浜中はまだ歩の未来に、一筋の光明を見出したいのだ。

「断る。そしてひとつ言っておく。たとえあんたたちが、おれを無理に取調室へ連れていって責め立てても、おれは犯行を認めない。やっていないんだから、絶対に認めない」

決意の漲《みなぎ》る、康之の声だ。

泊に向かって、浜中は言う。

「そのあと康之さんに、もう帰れと言われ、退散せざるを得ませんでした」

「そうか。ご苦労だったな」

少し重い声で、泊が言った。

第五章 共謀

1

寒いけれど、快晴の冬の朝。浜中康平はレオーネのハンドルを握っていた。助手席に希原由未がすわり、後部座席には男性がふたりいる。二係の志水祐二と、桐生警察署の野口だ。

夏木大介の姿はない。彼は美田園恵とともに、所用で県警本部へ行った。

小首をかしげて、由未が言う。

「何日か前にも夏木先輩、県警本部へ行きましたよね」

浜中はうなずいた。由未が話を継ぐ。

「所用ってなんでしょう」

「さあ、なんだろうね」

「もしかして、異動とか」

「え?」

浜中は思わず由未を凝視した。慌てて前方に視線を戻し、そのあとでやや呆然とする。

今の状態が、永遠に続くとは思っていない。だが夏木の異動など、全く頭の中になかった。

志水が口を開いた。

「夏木は仕事ができる。そろそろ部下を持っても、いい時期だ」

「それってつまり」

浜中は言った。志水が応える。

「本部か所轄の捜査一課の係長、そういう内示でも、出たのかも知れない。そういえば四係、今ちょっと大変だろう」

県警本部刑事部の捜査一課四係。そこの係長が先月、体調不良で入院した。心臓に疾患が見つかり、退院の目処《めど》は立っていないという。

「夏木先輩が、四係の係長……」

浜中は呟いた。浜中たち二係の机の島の、ふたつ隣に四係はある。異動といっても、夏木は近くの机に移るだけだ。しかし係が違えばもう、浜中が夏木と捜査本部で顔を合わせることはあっても、組むことはないだろう。

志水が言う。

「一匹狼のように見えるが、夏木はいいリーダーになる」

浜中はうなずいた。夏木はいつもさりげなく、人を気遣う。そして一緒にいるだけで、絶大な安心感を抱かせてくれる。そういう夏木だから、必ずいいチームを作るはずだ。

「でも、正直言って寂しいです」

浜中は心から、そう言った。いや、寂しいというよりも、夏木との別れがまるで想像できない。

いつまでも、夏木と一緒にいたい。

浜中は改めて、その想いに気がついた。しかし一方で浜中は、駐在員を夢見ている。

自分の夢が叶って夏木と別れるのはよくて、夏木が離れていくのはだめなのか。わがままな自分が嫌で、浜中の裡に苦い思いが込みあげた。

志水が口を開く。

「済まん、推測を喋りすぎた。異動とは全く別の用件で、県警本部へ行ったのかも知れない」

浜中は小さくうなずいた。口を開く者はなく、沈黙が訪れる。

やがて浜中は、ウインカーを出して左折した。道の右手に林が広がり、左手には家が建ち並ぶ。道はやがて行き止まりになって、そこに群馬高梨建設の資材置き場がある。

浜中は速度を落とし、資材置き場の入り口前にレオーネを停めた。ちらほらとマスコミの姿がある。

左手の上条家に目をやり、由未が言う。

「康之さんはまだ、出勤してないみたいですね」

上条家の駐車場に、車が一台停まっていた。

今日は十二月二十三日の火曜日だ。上条康之が勤める会社はまだ、年末年始の休業に入っていないだろう。

昨夜康之にぶつけた推理が、やはり当たっていたのか。だから康之は動揺し、警察の動きが気になって、会社を休んだのかも知れない。それともまだ八時過ぎだから、これから出勤するのだろうか。

そんなことを思いながら、浜中はレオーネを降りる。

資材置き場の立ち入り禁止は、今日解除されるはずだった。しかし昨夜の捜査会議での、浜中たちの発言により、解除は一日延期された。

門扉は開け放たれ、その手前に立ち入り禁止のテープが、張り巡らせてある。

浜中たちはそれをくぐって、資材置き場に入った。鑑識課の車輌が二台、少し先に停まっている。一旦テープを外して、敷地内に乗り入れたのだろう。

資材置き場の北端に、鑑識課員たちの姿があった。浜中たちは資材置き場をまっすぐ突っ切る格好で、北に向かう。

三十代の鑑識課員がこちらに気づき、手招きした。浜中たちは歩度を速める。北の鉄柵のところまで行き、浜中たちは足を止めた。まずは柵を眺める。

地面から五センチぐらいと、一メートルぐらいのところに横棒があり、その二本の横棒の間に、十センチ間隔で縦棒が嵌まる。

柵はそういう構造で、棒は全て鉄製だ。横棒にも縦棒にも、青いペンキが塗ってある。ペンキは古く、風などで剝がれることはなさそうだが、なにかで柵をこすれば、破片になって落ちるだろう。

「ちょっとここ、見てください」

鑑識課員が柵の一点、高いほうの横棒と縦棒が、交わるあたりを指さした。紐でこすったような感じで、ペンキが剝がれている。

「ペンキが剝がれた部分の鉄は、錆びていません。つまりこの剝がれた跡は新しい。そしてここです」

そう言って、鑑識課員が地面を示した。浜中たちは腰を折って、目を凝らす。青いペンキ片が、微量ながら地に散っていた。

鑑識課員が言う。

「初動の現場検証で柵の棒を、一本一本丁寧に確認していれば、気づいたかも知れません」

志水が応える。

「この資材置き場は広い。そこまでは手がまわらないだろう。いずれにしても康之は、ここにＰＰ紐を引っかけて、Ｕターンさせた。浜中たちの推理を裏づける、これは状況証拠になる」

「はい」

歯切れ悪く、浜中は応えた。由未も沈んだ面持ちだ。こうして証拠がひとつ出るたびに、歩の未来が消えていく。

「夏木に昨日、なにか言われなかったか？」

志水が問い、浜中は思い出す。そして応えた。

「職務を全うする。おれたちには、それしかない、と……」

「だったらそうしろ」

うなずいて、浜中は志水に目を向けた。志水と野口は、どこか哀しげな面持ちだ。

つらいのは自分たちだけではない。

遅まきながら浜中は、気がついた。感傷を胸の奥に押し込めて、口を開く。

「この状況証拠だけでは、あまりにも弱いと思います」

「そうだな。しかしほかには」

と、志水が腕を組んだ。少考してのち、口を開く。

「紗和子殺害後、康之は蔵の中からＰＰ紐を手繰って回収した。その際こすれて、この部分のペンキが剝がれた。だからペンキ片が、地面に落ちた。だったらＰＰ紐にも、ペンキ片が付着していなかっただろうか？」

「え？」

と、浜中は目を見開いた。一瞬遅れて、頭が回転する。

「ありますよ、それ！」

「きっと付着したはずです」

浜中と由未は同時に言った。鑑識課員が口を開く。

「こすれて多少、ＰＰ紐は静電気を帯びたでしょうから、ペンキ片の付着は大いに考えられます」

志水が言う。

「ペンキ片が付着したＰＰ紐を、康之は手繰り寄せた。その際ＰＰ紐に付着したであろうペンキ片が、蔵の中に落ちた可能性があるな」

2

上条家の蔵の中。浜中は由未、志水、野口とともに、その入り口に立っていた。康之もいる。

あれから浜中たちは、上条家に行った。康之は在宅していたので、蔵の中を調べたいと申し出る。

康之は難色を示したが、その場合には「捜索差押許可状」、いわゆる捜査令状を取って、強制的に蔵を調べると志水が告げた。康之はそこでようやく折れたのだ。

浜中たちは先ほどから、沈黙の中にいた。康之は腕を組み、無表情を装っている。だが、動揺がかすかに伝わってくる。

仄明るい蔵の中には、鑑識課員たちの姿があった。やがてそのうちのひとりが、こちらへくる。鑑識課員はなにも言わず、浜中たちに目配せした。蔵の床から、ペンキ片が採取できたという合図だ。

志水がかすかにうなずいた。康之を見て口を開く。

「あなたは隣の、群馬高梨建設の資材置き場に入ったこと、ありますか?」

「いや、ない」

ぶっきらぼうに康之が応える。

「では、資材置き場にいた誰かを、蔵の中に入れたことはありますか?」

「ない」

浜中と由未に向かって、志水が言う。

「今の康之さんの言葉、確かに聞いたな」

浜中たちは、揃ってうなずいた。志水が康之に言う。

「この蔵の中から、資材置き場の柵に塗ってあったペンキ片が、見つかりました。紗和子さん殺害後、あなたは蔵の中からＰＰ紐を手繰り寄せた。その際紐にペンキ片が付着して、蔵の中に入って落ちた。そうとしか考えられません」

「ただの推測だろう」

志水を睨みつけて、康之が応えた。ふたりの応酬が始まる。

「では、ペンキ片が蔵の中にあった理由、ほかにありますか？」

「風で飛ばされ、窓から入ってきたのだろう」

「風で剝がれるほど、ペンキはぼろぼろになっていません」

「絶対に風で飛ばされないと、言い切れるのか？」

「断言はできない。しかし資材置き場の北端の柵にあった、まだ新しいペンキの剝がれ跡と、蔵に落ちていたペンキ片。

このふたつは、あなたの犯行を示す大きな証拠になる。いい加減、白状したらどうです？」

「やってもいない罪を、白状する気はない」

「そうですか」

志水がため息を落とした。

「失礼」

康之に言い、志水が浜中たちに目配せして歩き出す。浜中は由未や野口とともに、ついて行った。

小声であれば、話し声が聞こえない。そのぐらいの距離だけ康之から離れ、志水が足を止めた。潜めた声で言う。

「蔵から出たペンキ片と、資材置き場のペンキ片。それらが同じものだと鑑定されれば、逮捕状が取れると思う。

おれはこれから鑑識の誰かとともに、捜査本部に戻る。ペンキ片を鑑識に大至急鑑定してもらいつつ、逮捕状請求資料を作成することになるだろう。浜中、希原、それに野口さんはここに残って、とりあえず康之を監視してくれないか」

浜中たちはうなずいた。そして四人で、康之のところへ戻る。

まずは志水が、ひとりの鑑識課員とともに去った。残りの鑑識課員たちも、蔵から出てくる。

「お邪魔しました」

野口が康之に言った。不快さを隠そうともせず、康之がわずかにあごを引く。鑑識課員らとともに、浜中たちは上条家を辞した。

資材置き場の入り口まで戻り、野口が口を開く。

「おれは資材置き場に入り、裏手から上条家を見張る。お前たちは上条家の、門扉を見張れ。持久戦になるだろうから、お前たちは車の中で見張っていろ」

「野口さんは？」

「おれは外で平気だ」

野口が応えた。由未を気遣ったのだろう。そのことに気づいて由未が、野口に頭をさげる。野口は素っ気なく、顔の前で手を左右に振った。

わずかに逡巡してから、浜中は口を開く。

「あの、野口さん」

「なんだ？」

「康之さんと、話してみたいのですが」

「話を？」

「逮捕状が出る前に、康之さんが罪を認めてくれれば、少しは刑が軽くなります」

陰気な顔で、野口が少考した。そのあとで口を開く。

「構わないだろう。だが油断して隙を見せ、康之に逃亡されることのないよう、気をつけてくれ」

「はい」

そう応えて浜中と由未は、野口を見送った。それからふたりで、踵を返す。

「一緒に行く？」

「もちろんです」

由未が即答した。

3

浜中と由未は上条家の門扉の前で足を止め、インターフォンを鳴らした。ほどなく康之の声が聞こえてくる。

「どちら様です？」

「群馬県警の浜中です」

「またあんたか」

うんざりとした、康之の声だ。

「少し話をさせてください」

「断る」

「お願いします。話したいんです」

懸命に、浜中は言った。数秒ののち、ぶつりとインターフォンが切れる。

「門前払いかな」

浜中はそう呟き、そこへ上条家の玄関扉が開いた。仏頂面の康之が出てくる。つかつかとこちらへきて、康之は口を開いた。

「話とはなんだ?」

「昨夜、話しそびれたことがあります」

「だから、それはなんだと聞いている」

「名高歩君のことです」

瞬間、康之の顔色が変わった。じっと浜中を睨みつけ、なにも言わない。北風が吹き、浜中たちのうしろの林で、木々の梢がざわざわと鳴る。

「入ってくれ」

ぼそりと康之が言った。浜中と由未は、上条家の客間にとおされる。浜中たちは並んですわり、座卓の向かいに康之が腰を下ろした。康之は腕を組み、浜中たちを睥睨《へいげい》する。

その視線をしっかり受け止め、浜中は口を開いた。

「歩君に手術を受けさせたい。紗和子さんはその一心で、自ら命を投げ出して、保険金を得ようとしました。

彼女はまず、事故死あるいは他殺に見せかけての自殺を、考えたと思います。そうすれば、あなたを巻き込まずに済みます。

けれどそれだと、殺人事件の捜査のプロである警察に、自殺と見抜かれる恐れがある。紗和子さんはそう考えたのでしょう。

保険金を得るには、完璧な他殺か事故死でなければならない。紗和子さんは思い詰め、やがて変形交換殺人という手段に気がついた。そしてあなたに持ちかける。

あるいはあなたと紗和子さんが、谷本や歩君のことを語り合ううち、変形交換殺人という案が、自然に浮上したのかも知れません」

康之は身じろぎさえしない。浜中は話を続けた。

「その時あなたと紗和子さんが、どう思ったか。私にはとても解りません。でも、苦しみ抜いたであろうことや、その上での苦渋の決断だったのだろうと、察することはできます。

そして紗和子さんはあなたのために谷本を殺し、あなたは紗和子さんのために、紗和子さんを殺害した」

康之は表情を消したままだ。小さく決意し、浜中は口を開く。

「康之さん」

「なんだ？」

「あなたの逮捕状を取るために、警察は動き始めました」

由未がちらと浜中を見た。浜中はかすかにうなずく。

ここは正直に、こちらの手の内を晒したほうがいい。そう考えての独断だ。上層部に叱責されたら、浜中ひとりが責任を取ればいい。

浜中は言う。

「だからもう、保険金を得るという紗和子さんの計画は、頓挫しつつあるのです」

「それがどういう意味か、解ってるのか？」

険しい声で康之が応えた。

「孝次郎さんには決して、紗和子さんの保険金は下りないということです。では、歩君はどうなるのか。ほかに救う手立てはあるのか」

昨夜、捜査会議が終わったあとで、飲むつもりだった。しかしそれをやめ、浜中は夏木や由未とともに、名高家を訪ねたのだ。

急遽入院した歩の面会時間はとうに終わり、孝次郎は自宅にいた。浜中たちは孝次郎と、色々話し合った。

その時の会話を思い出して、浜中は話を継ぐ。

「たとえば有志で『歩君を救う会』を作り、街頭で募金を呼びかける。しかし渡航と手術の費用は、一億一千万円です。

人々の善意にどれほどすがっても、まず集まらない。いや、時間をかければ集まるかも知れませんが、歩君にはその時間がない。

孝次郎さんには、会社を経営する親戚がいて、以前は羽振りがよかったようです。しかし多角化に乗り出して失敗、今から二年前に会社は倒産、その親戚は今、細々とアルバイトで食いつなぐ日々だといいます。

孝次郎さんと紗和子さんの実家は、それほど裕福ではなく、資産家の親戚もいません。銀行は無論、サラ金からさえも、一億一千万円を借りることはできないでしょう。

孝次郎さんが勤務する菓子製造工場は、あまり大きな会社ではなく、退職金は恐らく一千万円前後。前借り制度などはないそうです」

感傷を押し殺して、浜中は言う。

「紗和子さんの生命保険が下りなければ、歩君は渡航しての肺移植を、受けることはできません」

「だったらおれは、自白しない」

きっぱりとした康之の声だ。その言葉を聞いて、浜中は確信する。

まっすぐに康之を見て、浜中は口を開いた。

「やはりそうだったのですね」

「やはりとは？」

「あなたは谷本を恨んでいた。でも、だから変形交換殺人を、実行したのではない。あなたは恐らく歩君のために、そして紗和子さんのために、紗和子さんを殺害したのですね」

康之の双眸がわずかに揺れた。やはりそうなのだ。

浜中は話を継ぐ。

「紗和子さんの死に顔は、とても安らかでした。肩の荷をすっかり下ろして、安眠するかのようだったのです。

これであの子は海外へ行ける。

紗和子さんはそう安堵して、輝き始めた歩君の未来を思い描きながら、亡くなったのかも知れません。

私たちは今、紗和子さんのそういう思いを、打ち砕こうとしています。正直に言えば、そんなことはしたくありません。

でも、逃げるわけにはいかない。理由はどうあれ、あなたは殺人という罪を犯した。警察官として、見過ごすことはできないのです」

「それはあんたの論理であり、あんたの正義だ。おれには関係ない」

「ですが」

「殺人犯として服役するなど、まっぴらごめんだ。おれは絶対に罪を認めない」

康之が言った。断固たる決意が漲る面持ちだ。

夏木だったら、康之を説得できたかも知れない——。

自分の力不足を痛感し、浜中は唇を噛みしめた。康之が言う。

「ところで刑事さん。逮捕状が出たら、おれは警察へ連行されるんだよな」

「はい、そうなります」

「その状況でこの家を、売ることはできるだろうか？」

「え？」

突飛すぎる康之の問いに、浜中は戸惑った。

「警察に捕まっても、土地家屋の売却はできるのか？」

「スムーズにはいかないかも知れませんが、できるはずです」

「そうか」

4

上条家を辞した浜中は、由未とともにレオーネに乗り込んだ。上条家を見張り始める。

一時間過ぎ、二時間経ち、買ってきたパンと飲み物で昼食を取りながら、浜中たちは見張りを続けた。

ちらほらいた記者たちが、そういう浜中たちを見て、何か動きがありそうだと、社に連絡を取ったのだろう。じわじわと、報道陣の数が増えていく。

やがて数台のパトカーとワゴン車が、行き止まりの道に入ってきた。そして上条家の前に停まる。

浜中と由未はレオーネを降りた。野口と合流し、上条家の前まで行く。すでにあたりは、騒然としつつあった。

制服姿の警察官たちが、上条家に入っていく。

ほどなく彼らは、康之とともに出てきた。みなで康之を取り囲み、ふたりの警察官が左右から、康之の腕を取る。

康之は手錠を嵌められており、なにかで顔を隠してはいない。やや硬い面持ちで、まっすぐ前を向く。報道陣が一斉にカメラを構え、フラッシュの光が康之に集中した。浜中の目にはしばし、康之の顔がコマ送りのように映る。

フラッシュの光を浴び続けながら、康之はワゴン車に乗り込んだ。警察官たちが報道陣や野次馬を制し、ワゴン車はゆっくり走り出す。

浜中は涙を堪えた。

歩の未来へとかかる、鮮やかな虹の架け橋。それが消えていく気がして、ワゴン車を見送りながら、浜中は涙を堪えた。

資材置き場の手前でUターンして、ワゴン車とパトカーが走り去る。

すぐ近くで待機していたのだろう。入れ違いに、鑑識課の車輌が何台か、道に入ってきた。これから上条家の家宅捜索を行うはずだ。

鑑識車輌の一台から、夏木が降りてきた。

「夏木さん！」

由未が言い、浜中と由未は夏木に駆け寄る。

「お前たちに合流しようと思ってな。乗せてもらったんだ」

いつもの表情、いつもの声で夏木が言った。

異動の話を聞きたかったが、康之逮捕という状況下だ。もう少し落ち着いてから、訊ねてみようと浜中は思った。本音をいえば夏木の口から、「異動が決まった」という言葉を聞くのが怖い。

　上条家の前は騒がしく、上条家の中はこれからしばらく、鑑識課員の領域になる。浜中は夏木、由未、野口とともに資材置き場へ入った。まずは夏木に、北側の柵のこすれた跡を見せる。

　それから浜中と由未は、上条家の蔵を調べたことや、康之の説得に失敗したことなどを、詳しく語った。

「土地家屋の売却はできるのかと、最後に康之は訊いてきたのか」

　浜中の話を聞き終えて、夏木が言った。

「はい、あまりに唐突な質問だったので、面食らっちゃいました。あの質問の意図は、なんだったのでしょう？」

「うん」

　そう呟く夏木の双眸に、刹那、鋭い光が宿る。そのあと夏木は、野口に声をかけた。

「野口さんは、桐生市にお住まいですか？」

「ああ、ずっとな」

「上条さんの土地と家屋、売るとしたらどのぐらいの値段が、つくでしょう？」

「このあたりは桐生市街から離れているし、桐生駅や小俣《おまた》駅からも遠い。おまけに上条宅の建物は古いだろう。

　詳しいことは解らんが、精々二千万円ってところじゃないか。それでも高くて、買い手はつかないかも知れない。古い家屋を買ってしまえば、修繕だのなんだので、金がかかるからな。しかも殺人罪で逮捕された男の住まいという、訳あり物件だ」

「そうですか」

と、夏木が沈思する。

「なにか、気づいたのですか」

由未が訊いた。

「いや」

夏木がはぐらかす。そして言った。

「さて、捜査本部に戻るか」

浜中たちはうなずいた。みなで資材置き場を出て、レオーネに乗り込む。

太田警察署に着くと、玄関前に報道陣の姿があった。浜中たちは裏から署に入り、五階へ向かう。

浜中たちは大会議室に入った。管理官の与田と太田警察署の副署長が幹部席にいて、その近くに美田園と志水の姿がある。

浜中たちが幹部席の前まで行くと、美田園が口を開いた。

「ご苦労さま。上条康之の取り調べ、少し前に第一取調室で始まったわ」

「隣の部屋から様子を見ても？」

夏木が問い、美田園がうなずいた。

「おれはここで資料を作る」

野口が言う。浜中は夏木や由未とともに、大会議室をあとにした。志水もついてくる。

浜中たちは階段で、四階に下りた。ぞろぞろと廊下を行き、第一取調室の隣の小部屋に入ろうとする。

そこで志水が口を開いた。

「おれはこっちじゃなくて、小会議室に用がある」

「小会議室、ですか？」

浜中は訊いた。わずかに苦い顔で、志水がうなずく。

「もしかして」

「容疑が晴れたことを、あの人に伝えないとな」

「あの人って、柿宮さんのことですよね。それなら僕も一緒に行きます」

思わず浜中は、そう言った。志水が問う。

「お前が一緒に？」

「昨日、僕と志水さんで、柿宮さんを取り調べました。だったら今日も、一緒に行かないと」

懸命に浜中は応えた。自分など、まるで頼りにならないが、天敵のような柿宮恒男のところへ、志水ひとりで行かせたくはない。

夏木が口を開く。

「そうだな。志水さん、こいつを頼みます」

「解った」

と、志水が廊下を歩き出す。浜中は夏木と由未に目を向けた。「ファイト！」というように、由未が胸の前で両手を握り締める。

夏木と由未にうなずいて、浜中は志水を追った。取調室は第一から第三まであり、その先に小会議室がある。

浜中と志水は足を止め、ノックしてから小会議室の扉を開けた。長方形のテーブルと、そのまわりに椅子が八脚。そういう部屋に、柿宮だけがいる。

柿宮は割と姿勢よく、椅子に腰掛けていた。だが浜中たちを見て、上体を背もたれに預けて、足を組む。

入ってきたのが志水と浜中だけだと知って、途端に態度を変えたのだ。

「おう、志水。上条ってのが捕まったらしいな」

柿宮が訊いた。

紗和子殺害事件の情報や捜査状況は、絶対に他部署へ漏らすな——。

紗和子を恨む者として柿宮が浮上した段階で、泊悠三捜査一課長が、捜査本部に集う者たちに厳命した。容疑者かも知れない柿宮に、こちらの動きを知られないためだ。

柿宮は捜査の進展について、知らないはずだ。康之逮捕は、テレビの速報かなにかで知ったのだろう。

「はい」

そう応えて志水は、柿宮の向かいの席に着く。浜中は志水の隣にすわった。

「詳しく話してみろや」

威圧的に柿宮が言う。

「それはできません」

志水が応えた。箝口令《かんこうれい》はまだ、解かれていない。

「できねえ、だと？」

「済みません。ですが柿宮さんへの」

言いづらそうに、志水が口ごもる。

「なんだ？」

「容疑は完全に晴れました」

「逆に言えば、おれをすっかり容疑者扱いしてたってことだよな」

「それは……」

次の瞬間、柿宮は両手で机をバシンと叩いた。びくりと志水が肩を震わせる。

「だったらしっかり、詫びを入れろや、こら！」

「済みませんでした」

志水が言った。

「あ？　聞こえねえなあ」

「済みませんでした」

「すわったままで、謝ろうってのか？」

志水が起立し、頭をさげた。

「おい、小僧。てめえは謝らねえのか？」

と、蛇を思わせる冷たい目で、柿宮が浜中を睨みつける。浜中は怯み、そのあとで悔しさが込みあげた。しかし犯人ではなかった柿宮に、疑いの目を向けたのは事実だ。

謝らなければならない。浜中はそう思い、腰をあげようとした。すると志水が浜中を制して、口を開く。

「今、私が謝罪しました。それでもう、充分だと思います」

「お前、おれに口ごたえしようってのか？」

柿宮の声が凄みを帯びた。

「そういうわけでありませんが……」

「そういうわけだろうが！」

柿宮の怒鳴り声が、部屋に響いた。志水の顔が屈辱に染まり、それを見た柿宮の顔に、嗜虐《しぎゃく》の笑みが浮く。浜中は起立した。

「済みませんでした」

深く頭をさげる。浜中には謝らせたくない。そういう志水の思いを無にした格好だが、それをしなければ、柿宮の志水への攻撃は、激しくなる一方だろう。

「浜中……、済まん」

わずかに震えた志水の声だ。満足げに息を落として、柿宮が言う。

「名高紗和子が谷本圭一を殺し、上条康之が名高紗和子を殺した。で、おれの容疑は晴れたわけだ。それにしてもまさか、仇を恩で返してくれるとはな」

ねじくれた笑みを浮かべる柿宮を見て、浜中は言葉の意味を悟った。

かつて志水は独身寮で、柿宮に散々いびられた。その志水が上条家の蔵の中に、ペンキ片があるかも知れないと気づき、それが康之逮捕という展開を呼び、柿宮の容疑は晴れた。

柿宮の言うように、志水は仇を恩で返したのだ。

柿宮が口を開いた。

「さて、捜査一課の優秀な刑事さんたちよ。おれはもう、無罪放免ってことでいいんだな」

「はい」

志水が応えた。柿宮が腰をあげ、テーブルをまわり込んで、志水の横に立つ。

「おれは寛大だからよ、てめえらの非礼は許してやる。しかし二度とおれに、嚙みつくなよ。今度はもう、容赦しねえからな」

そう恫喝し、柿宮は高笑いを残して、小会議室を出て行った。

5

浜中と志水は小会議室を出て、第一取調室の隣の小部屋に入った。壁にマジックミラーがあり、そこに夏木と由未がいる。

浜中は夏木の横に立った。マジックミラー越しに、第一取調室を覗き込む。二係の川久保が、机を挟んで康之と向かい合っていた。川久保の斜めうしろには、二係の住友が立つ。

「康之の様子は？」

志水が夏木に訊いた。

「見事なものですよ」

「見事？」

「世間話には興じるが、川久保さんが事件のことに水を向けると、ぴたりと口を閉ざしてしまう」

「そうか」

浜中は康之を見つめた。少し疲れた様子だが、双眸には強い意志の光がある。

「そっちはどうでした？」

夏木が志水に問う。志水にうながされ、浜中は柿宮とのやり取りを、包み隠さず話した。

浜中の話が終わりにさしかかり、そこで夏木が首をひねる。

「どうしたのです？」

由未が夏木に訊いた。

「仇を恩で返したと、柿宮は言ったんだな。浜中、お前はそれを聞いてどう思った？」

「志水さんが上条家の蔵のペンキ片に思い至り、それが柿宮さんにとって『恩』になった。そう、思いましたけど」

「しかし柿宮は、捜査状況を知らない」

「え？　ああ、そうですね」

浜中は思いを巡らす。

確かに夏木の言葉どおりだ。志水の手柄によって康之を逮捕でき、柿宮の容疑は晴れた。しかしそのことを、柿宮は知らないはずだ。

志水が言う。

「では柿宮先輩は、なんのことを『恩』と言ったんだ？」

わずかに沈思してから、夏木が言う。

「『仇』と『恩』は、全く別の意味だったのかも知れない」

「別の意味、ですか？」

由未が訊いた。うなずいて、夏木が口を開く。

「名高孝次郎さんは柿宮のことを、こう評した。

金も欲しかったのだろうが、柿宮は脅しそのものを楽しんでいた。弱みにつけ込んで、人を屈服させる。そういう行為が好きなのだろう、と」

「確かにそう言ってましたけど」

由未が小首をひねった。浜中にもまだ、夏木の言わんとすることがよく解らない。

夏木が話を継ぐ。

「私以外にも、柿宮に脅された人がいるかも知れない。孝次郎さんはそうも言った。

もしも柿宮に脅し癖があるとすれば、太田警察署へ異動になってからも、誰かを脅したのではないか。そして谷本圭一は、太田市在住だった」

思いがけない名前が、夏木の口から出た。浜中に目を向けて、夏木が言葉を続ける。

「谷本圭一の父親に話を訊いた時のこと、まだ覚えてるか？」

「はい」

八日ほど前、浜中と夏木は谷本宅を訪問した。夏木が言う。

「思い出してみろ」

浜中は記憶を手繰り、息を呑んだ。まじまじと夏木を見つめる。夏木がうなずき、浜中は口を開く。

「谷本圭一のお父さん、言ってました。『圭一は警察に、目をつけられていたのでしょう。太田警察署の生活安全課の方が、一度わが家にきて、相談に乗りますと言ってくださった』」

「まさかそれが、柿宮さん⁉」

由未が驚愕の声をあげた。手で軽く制して、夏木が言う。

「柿宮本人かどうか、解らない。だが生活安全課の課員が谷本家を訪れたのは、谷本が上条織物を辞めたあとだ。その頃すでに柿宮は、太田警察署の生活安全課にいた。

谷本宅を訪問したのが、柿宮とは別の課員だったとしても、仲間とバイクを乗りまわし、喧嘩に明け暮れ、怪しげな仕事に手を染める。そんな谷本のことを、柿宮が知っていてもおかしくはない」

志水が言う。

「生活安全課は地域密着だからな。パトロールして、とっぽい奴らの顔や名前を覚えるのも、重要な仕事だ。谷本がそれなりの悪党だったのであれば、むしろ知っていて当然だろう」

うなずいて、夏木が口を開いた。

「柿宮は谷本に目をつけ、うまく近づいて距離を縮めた。そのあとで頃合いを見て、柿宮は警察の捜査方法などを、密かに谷本に教えたのではないか」

「どうしてそんなことを？」

由未が問う。

「ある程度信頼させて、谷本の心を開かせる。そうやって油断を誘い、恐喝の材料を見つけるつもりだったのだろう」

「ひどい」

「ともかくも谷本は警察の捜査情報を、ある程度摑んでいたはずだ」

夏木が断言した。とある場面を思い出し、浜中は口を開く。

「上条作治さんの現金が強奪された際、夏木先輩と一緒に、太田警察署の生活安全課に行ったんです。それで居合わせた課員に、もちろん柿宮さんとは別の人ですけれど、谷本のことを色々聞きました。谷本は法に触れる行為をしているはずだが、中々尻尾を出さない。特に昭和五十九年の秋以降、うまく警察の目を逃れている印象だと、その人は教えてくれました。

夏木先輩の言うように、その頃にはもう谷本と柿宮さんは、しっかり繫がっていたのだと思います」

6

ひとつ息を落として、夏木が口を開いた。

「ここからは、かなりの部分が推測になる。そう思って聞いてくれ。

谷本は柿宮に心を開き、これまでの悪事の数々を話した。あるいは柿宮がうまく誘導して、聞き出した。それをネタに柿宮は、谷本を脅し始めた。そのやり口は、孝次郎さんの時と同様だ」

由未が言う。

「金持ちの親戚や知り合いから、金を盗んでこいと命じたのですね」

うなずいて、夏木が応える。

「名高孝次郎さんは、柿宮の命令に従わなかった。だが、谷本はどうか。むしろ柿宮の命令を、好機到来だと思ったのではないか」

「どういう意味です？」

由未が問う。夏木の目配せを受けて、浜中は口を開いた。

「谷本は職場で暴力を振るって、上条織物を辞めました。その際、覚えてろなどと捨て台詞を残して、去ったそうです。

上条作治さんは年に二回、多額の現金を持って、葉山絹糸へ支払いに行く。そのことは工場の人ならば、誰でも知っていた。この誰でもには、もちろん谷本も含まれます」

夏木が言う。

「金を盗んでこいと命じられ、それならばと谷本は柿宮に、上条作治が年に二回、多額の現金を支払うことを話した。

聞き終えて、柿宮は驚いただろう。谷本を脅して怯える様を楽しんでから、二、三百万円を盗んでこさせる。そう思っていたら、谷本の口から、桁違いの額が飛び出したのだからな。

柿宮は警察の動きをよく知っているから、しっかり計画すれば、現金強奪は成功する。柿宮と谷本は夢中になって、現金強奪計画を練り始めたことだろう。この段階ではもう、脅し脅されというより、共犯関係だったのではないか。

柿宮は恐らく谷本に、たんまり分け前をやると約束した。あるいはそう、強奪金は山分けにしようと、それぐらいは言ったかも知れない」

浜中は口を開いた。

「そういえば昨日、名高孝次郎さんは打ち明けてくれました。親戚から金を盗んでこい、分け前はやる、かつて柿宮はそう言ったと」

うなずいて、夏木が言う。

「現金が強奪されれば、警察はまず谷本を疑う。しかし柿宮は、裏で糸を引く存在だ。谷本が自供しない限り、捜査線上に浮かばない。

谷本にとってリスクが大きく、柿宮は安全地帯にいる。そういう犯罪だから、柿宮は谷本にそれなりの報酬を、約束したはずだ」

由未が訊く。

「強奪する予定の現金は、紙幣番号の揃った新札。柿宮さんと谷本さんは、それを知っていたのでしょうか？」

「谷本はともかく、警察官である柿宮は、そのぐらい推測できただろう。つまり強奪金は、時効が成立するまで使えない。強盗罪の公訴時効は？」

「十年です」

「そう、十年だ。柿宮は待てるだろうが、まだ若い谷本はどうか。事件から一年も経てば、もうほとぼりは冷めただろうと高をくくり、金を使ってしまうかも知れない。だから柿宮は十年間、金は自分が保管すると、谷本に言ったはずだ」

「谷本さんは素直に、承諾したのでしょうか？」

「承知せざるを得なかっただろう。ただし柿宮と違い、谷本はその日暮らしだ。分け前の前払い金を月々渡すと、柿宮は谷本に約束したかも知れない。この前払い金はもちろん強奪金ではなく、普通の金だ」

志水が言う。

「毎月小遣いをやるから、十年間、強奪金を使うのを我慢しろ。そんな感じか？」

「ええ、多分」

「しかし柿宮は十年間、沼の祠に強奪金を、隠し続けるつもりだったとは思えないが」

「でしょうね。祠はあくまでも、一時保管場所。現金強奪事件の捜査は、自分に及ばない。つまり家宅捜索されないだろうと思った時点で、柿宮は強奪金を自宅に移すつもりだったと思います」

虚空に視線を留め、誰にともなく夏木が言う。

「上条作治の現金が強奪されて、志水さんと野口さんが、谷本を取り調べた。その時の谷本の言動に、いくつか引っかかるものを、覚えてはいたんだ」

浜中は桐生署の若い刑事たちとともに、志水と野口が谷本に事情聴取する様子を、隣の小部屋から見た。そしてそれを丁寧に、夏木に語った。

夏木が話を続ける。

「『いいから吐け』と、野口さんが谷本に迫る。すると谷本は、無理やりおれを犯人にしようというのか、やっぱり警察は腐ってると、そんなふうに応えた。なぜ、『やっぱり』なのか」

そういえば浜中もあの時、「やっぱり」という言葉がやや唐突に、谷本の口から出たような気がした。

「現金を盗んでこいと脅してくる柿宮。やや強引に自供を迫る刑事。谷本はあきれた思いを込めて、『やっぱり』と言ったのではないか」

夏木が言った。そのあとで浜中を見て、口を開く。

「取調室の様子をマジックミラー越しに見て、逮捕されない自信のようなものを、谷本から感じたと、おれに話してくれたな」

「はい」

「かつて柿宮は孝次郎さんに、金を盗んでこいと命じた。孝次郎さんによれば、そのあと柿宮はこう言った。

『お前の親戚宅から金が盗まれて、警察がお前に目をつけたとする。しかし証拠がなく、顔を目撃されず、取調室で自供しなければ、警察はまずお前を送検しない。

万一送検されても、有罪に持ち込めないと判断し、検察庁はお前の身柄を戻してくる。つまり絶対に起訴はされない』。

柿宮は谷本にも、同じようなことを告げたのだと思う。だから谷本には、逮捕されない自信が少なからずあった」

谷本の態度の理由が解り、浜中は大きくうなずいた。夏木が言う。

「先ほど小会議室で柿宮が口走った、『仇を恩で返してくれるとはな』という言葉。その本当の意味、もう解っただろう」

と、夏木が浜中と由未を順々に見た。

異動になる前に、夏木は浜中と由未を、鍛えようとしているのかも知れない。そう思い、浜中の胸が小さく疼く。

浜中は由未に目をやった。先生に指された中学生のように、真剣な表情で考え込んでいる。浜中も思いを巡らせた。しかし夏木の異動に気を取られ、考えがまとまらない。

由未が口を開いた。

「かつて柿宮さんと谷本さんは、共謀して上条作治さんから現金を奪いました。その結果、作治さんは自殺して奥様も亡くなり、康之さんはひとり残された。

その康之さんが、紗和子さんを殺害した。

紗和子さんを相当恨んでいたはずの柿宮さんからすれば、かつて自分が仇をなした康之さんが、紗和子さんを殺してくれたことになる」

「まさに、仇を恩で返した……」

浜中は呟いた。うなずいて、小首をかしげながら由未が言う。

「でも柿宮さん、どうして『仇を恩で返してくれる』なんて、無防備な発言をしたのでしょう」

少し苦い表情で、夏木が応える。

「紗和子が自分の共犯者である谷本を殺し、いわば口封じをしてくれた。さらに康之が、紗和子を殺した。

柿宮にとって今回の事件は、いいことずくめだ。奴は有頂天になり、思わず仇云々と口走ったのだろう」

由未が言う。

「紗和子さんは散々悩み、やむを得ない思いで罪を犯したのだと思います。紗和子さんを殺した康之さんも、とってもつらかったはずです。

それが結果として、柿宮さんを喜ばせた。なんかすごく悔しいです」

断固とした面持ちで、夏木が口を開く。

「しかし柿宮の罪は発覚した。これからみなで、奴の罪を暴くんだ」

「はい」

浜中と由未は同時に応えた。

7

浜中たち四人は小部屋を出て、五階の大会議室に入った。管理官の与田と太田警察署の副署長が幹部席にいて、それと向かい合う長机の最前列に美田園がいる。

浜中たちは幹部席の前に立った。美田園が隣にくるのを待って、夏木が口を開く。

上条作治の現金強奪事件に、柿宮が関与している可能性が高いこと。夏木がその詳細を語り、与田と副署長の顔が次第に青ざめた。

「これは大変な不祥事になるな。すぐ泊課長に連絡を取る」

聞き終えて、与田が言った。

太田警察署の署長に報告するのだろう、副署長が慌て気味に大会議室を出て行く。

「夏木君たちは、これからどう動くつもり？」

いつもと変わらぬ口調と表情で、美田園が言った。こういう時の彼女は心強い。

「柿宮と谷本が奪ったであろう現金は、祠の中で焼失しました。その現場へ行こうと思います」

夏木が応えた。わずかに沈思し、美田園が夏木を見つめる。そして美田園は、鮮やかに微笑んだ。

「そうか、その可能性は高いわね」

「確信を得られたら、すぐ連絡します」

「解った、準備万端にしておくわ」

「可能性とか準備とか、なんのことです？」

どちらにともなく、浜中は問う。

「とにかく祠へ行こうぜ、相棒」

美田園が言う。

「祠の調べは、遊撃班に任せるわ」

「独断はやめてください」

与田が言った。腕時計に目を落として、美田園が応える。

「今は日没が早い。一刻を争うの」

「どういう意味です？」

「それはこれから話します。今はとにかく、夏木君たちを行かせてあげて。責任は私が取るから」

「あなたにだけ、責任は取らせませんよ」

ため息混じりに与田が言い、そのあとで夏木に向かってうなずいた。許可したのだ。

夏木にうながされ、浜中と由未は大会議室をあとにした。建物を出て、レオーネに乗り込む。浜中がハンドルを握った。

「現場に着くまでに、もう一度全体の流れを考えてみたい。済まないが、話しかけないでくれ」

後部座席で夏木が言った。

なぜ、祠へ向かうのか。それはよく解らないが、事態は切迫しつつある。そう思いながら浜中は、レオーネを発進させた。

三人とも無言を守り、レオーネはやがて桐生市の菱町に入った。しばらく北上してから、右折する。

そこから林道になり、センターラインが消えて、道がぐっと狭まった。左手に沢を見ながらしばらく行くと、左に路肩がある。

浜中は路肩に車を停めて、夏木たちとともに降りた。腕時計に目をやれば、午後三時四十分。あと一時間もすれば日は没し、街灯のないこのあたりは、相当暗くなる。

浜中は自然と足を速めた。ほどなく左手に、空き地が見えてくる。

浜中たちは空き地に踏み込み、突っ切るように進んだ。空き地の奥に沼があり、その汀で足を止める。沼の底からせり出すようにして、二メートルほど先の水面に、四角柱の石の台座があった。台座の上には、もうなにもない。

夏木が口を開いた。

「まずは希原にもう一度、現金強奪事件のことを話そう。そうしながらおれたちも、事件のことをよく思い出すんだ」

「じゃあ僕が話します」

「頼む」

うなずいて、浜中は由未に向かって話し始めた。

昨年の三月十二日、上条作治が現金九千七百万円を、アタッシェケースごと強奪された。犯人が強奪に使ったサニーは盗難車と判明、関係者の証言や目撃情報などから、谷本圭一が犯人として浮上する。

三月十四日、警察は谷本に任意同行を求めた。谷本は応じ、取り調べが始まる。そのさなか、この沼で現金が見つかったという報が入り、浜中と夏木はここへ急行した。

「当時はこの石の上に、祠が建っていたんだよ。中型犬用の犬小屋ぐらいの、大きさだと思う。僕らはここへきて、ちょうどこのあたりに立った。祠はほぼ全焼し、無残な有様だったよ。祠の中には鞄があって、鞄と中身はあらかた燃えていたけれど、中身の一部が燃え残った。それは一万円札で、確認したところ、上条作治さんが銀行から下ろした金と、紙幣番号が一致したんだ。そのあと鑑識の人たちや、消防の火災調査員の人がきて、入念に調べた。その結果」

と、浜中は説明を続ける。

現金九千七百万円の入った黒い鞄を、誰かが祠の中に隠した。その重みで祠の床が陥没し、祀られていた凹面鏡のご神体が、倒れてしまう。

ご神体は鞄の上に載って転がり、祠の扉の少し手前で止まった。そのご神体に、朝日が当たる。ご神体は凹面鏡だから、太陽光を一点に集中して反射、そこにあった黒い鞄にやがて火がつく。

この収れん火災によって、現金のほとんどと鞄、それに祠が燃えてしまう。沼の中での火災だから延焼はせず、火は自然に消えた。

「太陽光だけで、そこまで燃えてしまうものでしょうか？」

由未が問う。

「僕もあの時ここで、同じような質問を火災調査員の人に、ぶつけたんだ。そんなに簡単に火がついて燃えるんなら、あちこちでしょっちゅう、火災が起きてしまう気がしてさ」

「ですよね。それで火災調査員の人は、なんて応えたのです？」

「悪い条件が、揃いすぎたって」

「悪い条件？」

由未が小首をかしげた。

「この景色を見て」

火災調査員の名は、宗田といった。宗田との会話をありありと思い出しつつ、浜中は由未に問う。

「沼のまわりには、どういう木が植わってる？」

「ええと、唐松が多いです。そういえば唐松って、針葉樹だけれど落葉樹でもあるんですよね。だから落葉松と呼ばれることもあったはずです」

「それ、先に言ったらだめだよ」

「え？　どうしてです」

「ここはほら、僕が先生、由未さんが生徒という感じで行かないと」

「また私のことを、中学生女子とか言うんでしょ」

「そうじゃないけど……。まあいいや、唐松に話を戻すね。松の葉は松脂を含み、とても燃えやすいんだって。あと、僕は知らなかったんだけど、松ぼっくりには葉以上に、松脂が含まれている。

松ぼっくりは油の入った小さな容器と言ってさえよく、キャンプやバーベキューで火を起こす時、焚きつけに使えるらしい。

そして火災調査員の人いわく、祠の屋根には以前から、穴が空いていた」

「穴、ですか」

「相当古い祠だったのだろうね。それで枝を離れた松の葉や、松ぼっくりが相当量、屋根の穴から祠の内部に入った。その状態で収れん火災が起き、だからあれほど燃えたらしい。

さらに松ぼっくりは、燃えると爆ぜることがある。火がついて祠が燃え出し、内部でぽんぽん、松ぼっくりが爆ぜた。その衝撃で鞄の中の札束はばらけ、なおさら燃えてしまった」

「燃えやすい松ぼっくりや松の葉を祠の中に集めて、火をつけたようなものだったのですね」

「え？」

浜中は思わず由未を見つめた。わずかに頬を染めて、由未が口を開く。

「私なにか、変なこと言いました？」

「いや、そうじゃない」

由未の言葉が呼び水になり、とてつもない考えが、浜中の脳裏に舞い降りたのだ。

「まさか！」

浜中は夏木に目を向けた。夏木が言う。

「こうして再び現場に立ち、浜中と希原のやり取りを耳にして、ようやくおれも確信した。係長に連絡してくる。車の鍵を貸してくれ」

浜中がレオーネの鍵を渡すと、夏木は駆け出した。

8

夏木はやがて、戻ってきた。浜中に鍵を返しながら、口を開く。

「お前もおおよそ、解ったんだろう。話してみろ」

うなずいて、浜中は言う。

「悪い条件が揃いすぎたのではなくて、誰かが悪い条件を揃えたのかも知れない」

「どういうことです？」

由未が問う。少考し、浜中は語り出す。

「祠が燃えたのは去年の三月。柿宮さん、いや、柿宮は恐らくその三、四ヶ月前に、祠の屋根に穴を空けた」

「穴は自然に空いたんじゃないんですか」

「うん。祠が燃える直前に穴を空けると、そこから作為に気づかれる。柿宮はそう考えて、何ヶ月も前に穴を空けた。逆にいえばこの時点で、柿宮は二重計画を練り終えていたことになる」

「二重計画って？」

「順を追って話してみるね」

「お願いします」

由未が言った。浜中は話を継ぐ。

「三月十二日。上条作治さんからアタッシェケースを奪った谷本は、強奪金を黒い鞄に移した。これはきっと、柿宮の指示だ。

アタッシェケースを持ったままだと、それが見つかった時、動かぬ証拠になる。強奪金は黒い鞄に詰め替え、アタッシェケースは盗んだ車の中に、置き去りにしろ。柿宮はそういうふうに、谷本に言ったんだと思う。

谷本はそのとおりにして、大間々駅近くのホームセンターに車を乗り捨てた。そのあとどこかで柿宮と合流し、強奪金の入った黒い鞄を柿宮に渡す。

柿宮は強奪金を受け取り、真夜中になるのを待って、車でここへきた」

「私はなんとなく、谷本がここまで運んだと思ってました」

「僕もさっきまで、そう思っていた。でも違う。運んだのは柿宮だ。そしてここを強奪金の隠し場所に選んだのも、柿宮だよ」

「そういえば柿宮は、川釣りが趣味って言ってましたよね」

「この林道は沢に沿ってるからね。きっと柿宮は、以前に釣りできたことがあるんだ。それでおあつらえ向きの祠を思い出し、ここに決めた。

真夜中、車でここへきた柿宮は、まずは祠の床を壊す」

「床は強奪金の重みで、陥没したんじゃないんですか！」

由末が声をあげた。

「さっき言ったけど、祠が燃えやすい条件は自然に揃ったのではなく、そのほとんどを、柿宮が揃えたんだよ。

床を壊した柿宮は、黒い鞄を祠に入れた。続いて祠の中のご神体に手を伸ばし、さも転がったように見せかけて、祠の扉の手前に置く。

柿宮は事前にここへきて、朝、実際に太陽光を当てながら、ご神体を置く場所を決めていたはずだ。鞄を置き、ご神体を動かした柿宮は、そのあたりから松の葉や松ぼっくりを拾う。特に松ぼっくりを多く集めて、祠の中に入れた。そして火をつける」

「火を？」

「由未さんが言ったとおりなんだ。柿宮は燃えやすい松ぼっくりや松の葉を祠の中に集めて、火をつけたんだよ。あれは収れん火災ではなく、収れん火災に見せかけた、人為的な火災だったんだ」

由未が大きく息を吸い込み、固まった。

「僕の名推理に驚くのは解るけど、そのままだと過呼吸起こすよ」

由未が息をついた。そして言う。

「確かにすごいです、浜中さん。でも推理のヒントは、私の言葉ですよね」

「いや、まあそうだけどね」

浜中は頭を掻いた。

「では、名推理とやらを続けてくれないか。相棒」

と、由未が夏木の口調を真似る。夏木が苦笑いを浮かべ、座の雰囲気が少し和らいだ。ふっと息をつき、そのあとで表情を引き締めて、浜中は口を開く。

「泊まりがけで釣りに行く時、柿宮はたき火をして、テントで寝ることもあるみたいだ。

彼には少なからずアウトドアの知識があり、松の葉が燃えやすく、松ぼっくりが焚きつけになり、さらに時々爆ぜることを知っていた。

松の葉や松ぼっくりにより、柿宮のつけた火は勢いを増し、祠は炎に包まれていく。

登山者やハイキングの人たちは、この林道にほとんど入らないらしい。でも、誰かが祠の火や立ち昇る煙に、気づくかも知れない。そして通報を受けて、消防車がくる可能性は、ゼロではない。

そうなれば、この作戦は失敗するかも知れないけれど、犯罪に賭けはつきものだよね。柿宮は誰もこないほうに、賭けたんだ。

その一方で柿宮は、消防がきた時に備えもした。きっと柿宮は火をつけたあと、車で一旦ここを離れ、近くのどこかで待機したはずだ。そうすれば消防がきても、自分の姿を目撃されずに済むからね」

一拍置いて、浜中は言葉を継ぐ。

「それから数時間経過し、柿宮はこの場所に戻る。祠はほぼ焼け落ち、黒い鞄はほとんど燃えて、鞄の中身はすっかり灰だ。その灰は、松ぼっくりを多く入れたことにより、崩れている」

「あの、浜中さん」

由未が言った。

「うん？」

「今更なんですけれど、どうして柿宮はせっかく盗んだ強奪金に、火をつけたのですか？」

「いや、火はつけていない」

「でも祠に火を……」

「実はね、由未さん。柿宮は同じ形の黒い鞄をふたつ、用意したんだ」

「ふたつも、ですか？」

「便宜上ひとつを鞄A、もうひとつを鞄Bと呼ぶね。柿宮は強奪金の詰め替え用に、鞄Aを谷本に渡し、鞄Bは谷本に内緒で持っていた」

「鞄がふたつあることは、谷本に話さなかったのですね」

「うん。そして柿宮は鞄Bに、偽札を入れておいた」

「偽札⁉」

由未が目を丸くする。

「柿宮と谷本は、作治さんから強奪する現金の正確な額まで、事前に解らなかったはずだ。作治さんによればここ四、五年、九千万円から一億円を現金で支払っていたという。上条織物に勤務経験のある谷本は、それは摑んでいたと思う。だから柿宮は一万円札と同じ大きさ、同じような紙質の白紙を一万枚用意して、鞄Bに入れておいたんだ」

「同じ大きさはともかく、同じような紙質の白い紙を、そう簡単に用意できますか？」

「かつて太田署管内で、偽札事件があったよね」

「三枚橋駅近くの印刷工場！」

「うん。太田警察署は印刷工場から、一万円札とほぼ同じ紙質、同じサイズの白紙を、二万枚押収した。以降、証拠品として保管する。

かつて証拠品係だった柿宮は、証拠品の管理状況を、よく知っていたはずだ」

「柿宮は太田警察署の保管庫から、証拠品の白紙を盗み出したのですか？」

うなずいて、浜中は言う。

「精妙な偽札であれば、太田警察署もしっかり管理するだろうけど、ただの白い紙だからね。柿宮が盗み出しても、誰も気づかなかったんだと思う。

県警本部でもそうだけど、証拠品は事件ごとに段ボール箱へ入れ、棚に並べていく。証拠品の一部がなくなっても、そもそも段ボールを開けることは滅多にないから、気づかない」

「確かにそうですね」

「あの日、強奪金の入った鞄Aを、谷本から受け取った柿宮は、谷本と別れたあとで鞄Aの中身を確認し、強奪金が九千七百万円であることを知った。

柿宮は鞄Bから、白紙をおよそ四百枚抜く。柿宮が祠の中に入れて燃やしたのは、この白紙が九千六百枚程度入った鞄Bなんだ」

由未が真剣な面持ちで、考え込む。やがて彼女は口を開いた。

「柿宮は強奪金を、独り占めしようと考えた。だから収れん火災に見せかけて、偽札を燃やしたんですね」

「現金強奪事件発生後の取り調べの時、強奪金が燃えたことを僕が告げると、谷本は心底驚いた。

その様子から考えて、偽札を燃やして、強奪金のほとんどが焼失したように見せかけたのは、柿宮ひとりだけの計画だよ。谷本は一切知らなかったはずだ」

「ひどい男ですね。柿宮って」

憤りを、そのまま言葉にした。そんなふうに、由未が言う。一陣の風が、小さな沈黙を運んできた。

やがて浜中は、しじまを破る。

「鞄Bを祠に入れて火をつけた柿宮が、祠に戻ってきた。その場面に話を戻すね」

「はい」

「柿宮の計画どおり、鞄の中身の灰は、松ぼっくりの爆ぜにより崩れていた。灰がきれいにそのまま残れば、日銀職員や科捜研の鑑定により、白紙であることに気づかれる恐れがある。

柿宮はそう考えて、灰を崩そうとした。でも手などで崩せば、作為の痕跡が残る。そこで松ぼっくりの爆ぜを利用して、自然に灰を崩したんだ。

柿宮の策は功を奏し、のちに灰を鑑定した科捜研は、白紙だと気づかなかった」

浜中は話を継ぐ。

「祠は燃え落ち、鞄も燃えて、白紙は灰になった。あとは最後の仕あげだ。

紙幣番号がぎりぎり読み取れるよう、意図的に燃やした本物の強奪金。それを八十七枚、柿宮は燃えた鞄の中に入れた。その理由はもちろん、鞄の中の灰を強奪金だと思わせるためだ」

9

太田駅から少し北寄りの住宅街。三階建てのマンションがあり、そこに警察車輛が何台も停まり、刑事や鑑識課員が忙しげに、建物と車を行き来していた。

マンションの前には、立ち入り禁止のテープが張り巡らされ、野次馬たちがそれを取り巻く。報道陣も集まりつつあった。

浜中はレオーネを停め、夏木や由未とともに降りた。あれから祠をあとにして、まっすぐここへきたのだ。

すでに陽は落ち、冷たい風が吹きすさぶ。浜中たちは立ち入り禁止のテープをくぐり、マンションの中に踏み込んだ。

瀟洒《しょうしゃ》な玄関ホールで足を止め、見知った刑事に夏木が声をかける。

「美田園係長は？」

「柿宮の部屋は二〇三号室。そこにいる」

刑事が応えた。美田園が陣頭指揮を執り、今、柿宮宅の家宅捜索の真っ最中なのだ。

沼へ行く前に、美田園が発した「準備万端にしておくわ」という言葉。あれはいつでも家宅捜索できるよう、準備を整えておくという意味だった。

「今は日没が早い。一刻を争うの」あの時美田園は、そうも言った。特別な事情がなければ、日没後に家宅捜索はできないからだ。ただし日没前に家宅捜索を始めてしまえば、日没後も継続できる。

浜中たちは階段で、二階にあがった。外廊下を行き、二〇三号室の前で足を止める。浜中が玄関扉を開けると、三和土《たたき》の先に短い廊下があった。鑑識課員が数名いる。

彼らの脇を抜け、浜中たちは突き当たりの、開け放たれた扉を抜けた。十六畳ほどありそうな、LDKだ。十数名の刑事や鑑識課員がいて、彼らの熱気と、雑然とした空気の乱れが伝わってくる。

部屋の奥、窓を背にして美田園の姿があった。腕を組み、その美しい顔には気迫が漲る。

「格好いい」

思わずというふうに、由未が呟いた。美田園は浜中たちに一瞥も投げず、ただ一点を見つめている。

美田園の視線を追えば、そこに柿宮がいた。部屋の左手の、ふたり掛けソファにだらしなくすわり、ふて腐れた表情だ。

ソファの近くにテレビがあり、壁際には飾り棚。部屋の右手には食卓テーブルが置かれ、その右側に台所がある。

浜中たちは美田園のところへ行き、軽く頭をさげた。

「ご苦労様」

柿宮から視線を逸らさず、美田園が言った。柿宮がこちらを見て、ねじくれた笑みを浮かべる。しかし柿宮は、落ち着かない様子だ。

浜中たちが入ってきた扉の少し横に、開いた扉がある。

美田園に断って、浜中たちはそちらへ行った。ベッドやタンスの置かれた寝室だ。ほかに部屋はなさそうだから、柿宮の住まいは一ＬＤＫなのだろう。

寝室には刑事や鑑識課員がいて、脇目も振らずに調べている。志水がいたので、浜中たちは彼のところへ行った。

「まだ、見つかってないようですね」

夏木が囁く。

「ああ、あらかた調べ終えたんだが」

焦りの滲む志水の声だ。

刑事や鑑識課員たちの動きは、ばらばらに見えるが、家宅捜索には手順がある。見逃しのないよう端からきっちり、しかも根こそぎ調べていくのだ。

あとからきた浜中たちは、下手に手出しできない。浜中は夏木や由未とともにＬＤＫに戻り、美田園の近くに立った。柿宮は落ち着きを欠いた様子で、ちらちらとソファに目を落とす。

だが——。

「見つかりました！」という捷報《しょうほう》が届かないまま、時が流れていく。

やがて寝室から、志水たちが出てきた。志水が美田園に目を向けて、かすかに首を左右に振る。リビングと台所の捜索も終わり、みなが美田園のところに集った。

「なにも出なかったらしいな」

柿宮が美田園に言い放つ。

「確かにそうね。隅々まで探したけれど、見つからなかった」

悔しげに、美田園が応えた。浜中はがく然とする。

昨年三月、柿宮は祠で白紙を燃やした。そしてそのあと柿宮は、強奪金を自宅に隠したのではないか。あるいは当初、具体的にいえば谷本が取り調べを受けている間、万が一谷本が自白した場合に備え、どこか別の場所に隠したかも知れない。

だが、谷本は自白しなかった。その谷本が死に、柿宮が現金強奪事件の共犯だったことを知っているのは、もはや柿宮本人しかいない。

少なくともこの段階で、柿宮は強奪金を自宅に置いたはずだ。外のどこかに隠せばいつ見つかるか解らず、気が気ではない。自宅が一番安全なのだ。

現金強奪事件に柿宮が関与したことを、夏木が今日突き止めた。しかし柿宮はまだ、それを知らない。だから柿宮が自宅に隠したであろう強奪金を、別の場所に移したとは考えられない。

そう踏んでの家宅捜索なのだが、それが空振りに終わったというのか。

浜中はさらに思いを巡らす。もしかして柿宮は、紗和子殺害に関して家宅捜索を受けるかも知れないと、考えたのではないか。そして強奪金を一時的に、自宅から別の場所に移した。

だとすれば谷本と紗和子の死はことごとく、柿宮にとってよい結果を呼び寄せたことになる。一方で、名高歩の未来は絶たれた。

「部屋中荒らしやがって！　この落とし前、どうつけてくれるんだ？」

柿宮の怒鳴り声が、リビングに響き渡った。

「ごめんなさい、心からお詫びする」

美田園が応えた。鼻で笑って柿宮が言う。

「ごめんで済めば、警察はいらねえぜ」

「そうね、警察はいらない。私たちは退散するしかなさそうね」

「さっさと失せろ」

「そうするわ。でもその前に、あなたがすわっているソファを、調べさせて頂戴」

と、美田園が笑みをきらめかせた。柿宮の顔から血の気が引く。

「係長も人が悪い。とっくに解っていたんでしょう」

苦笑混じりに夏木が言った。美田園が口を開く。

「柿宮さん、あなたは何度もソファに視線を送った。金はここに隠してあると、教えるようなものだったわ」

遅まきながら、浜中は気づく。

美田園はずっと柿宮を、凝視していた。あれは対決の意思表示ではなく、もちろんそれもあったのだろうが、柿宮の目線を掴むためだったのだ。

「さあ、そこをどいて」

強く厳しい美田園の声だ。

憤怒の表情で柿宮が立ちあがり、一歩、こちらへくる。騎士のように、夏木が美田園の前に出た。

夏木の鋭い眼光に、気圧《けお》されたのだろう。わなわなと唇を震わせながら、柿宮は動きを止めた。両手を握り締めて、悔しげにうつむく。

「みんな、お願い」

美田園の言葉に、刑事や鑑識課員がうなずいた。志水ともうひとりの刑事、さらにふたりの鑑識課員が、ソファに向かう。

彼らはソファを持ちあげて、ひっくり返した。ソファの底部は、黒い布張りだ。そこに顔を近づけて、鑑識課員が言う。

「縫合し直した痕跡があります」

「そう。剝がしてみて」

「器物損壊だぞ」

柿宮が吐き捨てた。取り合わず、美田園が目で指示をする。

鑑識課員が黒い布を剝がした。ソファの中に手を突っ込み、黒い鞄を重そうに取り出す。

彼は鞄を床に置き、ファスナーを開けた。一万円の札束がぎっしりだ。

「クリスマスプレゼントをありがとう」

美田園が微笑んだ。

「ちくしょう」

吐き出すように、柿宮が言った。

10

浜中は夏木や由未とともに、太田警察署の大会議室にいた。窓に降りたブラインドが少し開き、そこから朝の陽ざしがさし込んでくる。

柿宮宅の家宅捜索から、一夜明けた。ソファの中から見つかった一万円札は、九千六百十三枚。かつて上条作治が強奪された金と、紙幣番号が全て一致した。

浜中たちは深夜まで、柿宮の逮捕状を請求するための書類を作り、今朝、逮捕状が下りた。

柿宮の取り調べは、これから始まる。取り調べを担当するのは、美田園と志水だ。今し方、ふたりは第一取調室へ向かった。

「おれたちも行くか」

夏木が言った。うなずいて、浜中は由未や夏木と歩き出す。

浜中たちは四階に下り、第二取調室の前で足を止めた。扉を開けて中に入ると、机の向こうの椅子に、上条康之の姿がある。

浜中たちに気づき、康之は伏せ気味の顔をあげた。やや疲れた表情で、頬に憔悴の色もあるが、目は死んでいない。強い意志を宿したままだ。

取調室には三人の警察官がいて、そのうちのふたりが退室した。残るひとりは書記係だ。

康之と向かい合う格好で夏木がすわり、浜中はその脇に立つ。由未はやや遠慮を見せて、扉の脇の壁際に佇んだ。

夏木がまっすぐ康之を見た。康之は目をそらさない。夏木を睨んではいないが、怯んでもいない。

夏木が口火を切った。現金強奪事件を起こした谷本の背後に、柿宮がいたことなどを語る。

「昨日、柿宮宅の家宅捜索をしたところ、現金九千六百十三万円が見つかりました」

「そうか」

感情を殺した声で、康之が言った。だが、康之の裡では様々な思いが揺れているだろう。現金が奪われて、父の作治が経営する会社は倒産、作治は自殺し、松子も病死したのだ。

夏木が言う。

「九千六百十三万円は、作治さんが奪われた金と、紙幣番号が全て一致しました。つまり所有者がはっきりしている金です。

当然、作治さんに返還されます。残念ながら、作治さんは亡くなっていますので、受取人はあなたになる」

その瞬間、康之がふっと表情を和らげた。深く安堵の息をつく。

「桐生市内のご自宅を、お売りになるのですか?」

夏木が話題を転じた。

「ああ、そのつもりだ」

「売ってどうするのです?」

「おれは紗和ちゃん、いや名高紗和子を殺した」

浜中はそっと息を呑む。突然康之が自供したのだ。だが予期していたのか、夏木に驚いた様子はない。

夏木に先をうながされ、康之が口を開いた。

「せめてもの償いとして、家を売って得た金を、夫の孝次郎さんにさしあげるつもりだ」

「しかしあなたは家を失う」

「どうせおれは、刑務所暮らしさ」

浜中は思わず口を開いた。

「どうしてそこまで、するのです？」

小さな沈黙のあとで、康之が応える。

「歩君のためだ」

その瞬間、浜中は思い出す。

康之は高校時代柔道部に所属しており、浜中たちはマネージャーだった森花子を訪ね、康之の人となりを訊いた。

「上条君、子供がとても好きなのだと思います」

花子はそう応えたのだ。

浜中は言う。

「絶対に罪を認めないというあなたの決意は、やはり歩君のためだったのですね。罪を認めてしまえば、保険金は下りなくなるから……」

「そのとおりだ」

素直に康之が応える。

しかしその康之が、今し方あっさり自供した。なぜか？　その答えを浜中はもう知っている。

浜中は口を開いた。

「いずれ返還される九千六百十三万円。あなたはそれを全額、孝次郎さんにさしあげるつもりなのですね」

康之が言う。

「家を一千二、三百万円で叩き売れば、合わせておよそ一億一千万円。これで歩君は渡航できる。孝次郎さんが、受け取ってくれればの話だが」

「きっと受け取ってくれます」

浜中は応えた。歩を救う、それがたったひとつの道なのだ。

浜中は問う。

「今回の交換殺人は、紗和子さんが言い出したのですね」

「ああ、そうだ」

「あなたはその話に乗り、殺人という大罪を犯した。歩君を救いたい気持ちは解りますが、どうしてそこまでしたのです？」

「紗和ちゃんと、約束したんだ」

「約束？」

「小学三年生の時、少し離れた川へ遊びに行き、おれは迷子になった。森の中をひたすら彷徨《さまよ》い、日が暮れて怖くなり、大きな木の陰で怯えて泣いた。

心細くて、どうしようもなくてな。このまま森に、呑み込まれるような気持ちにさえなった。もう誰にも会えない。ここでひとり、死ぬかも知れない。

そこへ紗和ちゃんの、おれの名を呼ぶ声が聞こえたんだ。あの時の紗和ちゃんの声、生涯忘れない。その時おれは、紗和ちゃんに約束した。紗和ちゃんはおれを助けてくれたから、紗和ちゃんが困った時は、必ずおれが助けると」

「しかし、だからといって……」

「『歩のために私を殺して』。紗和ちゃんは何度もそう言い、おれに頭をさげ続けた。

交換殺人など、あまりに愚かな方法だ。それはおれも解っていたし、おれ以上に紗和ちゃんも、解っていただろう。

しかしほかに方法はなかったんだ。必死に懇願する紗和ちゃんを見て、だからおれは決断した」

終章

太田警察署から少し離れた居酒屋。その奥の個室に、浜中康平はいた。夏木大介、希原由未、美田園恵、志水祐二が一緒だ。みなで座卓を囲んでいる。

ふすまが開いて、女性の店員が入ってきた。生ビールの中ジョッキと突き出しを置いて去る。

「さあ、乾杯しましょう」

美田園が言った。浜中たちはジョッキを合わせ、それから口に運ぶ。

昨日あれから上条康之は、名高紗和子殺害について、詳細を自供した。ほぼ、浜中たちの推理どおりだった。一方、柿宮恒男も現金強奪事件への関与を認め、警察は両名を送検した。

また康之は、交換殺人であることも認めている。そこで昨日の午後、名高家の家宅捜索が行われた。

しかし紗和子が谷本圭一を殺害した証拠は、見つからない。

谷本圭一殺害事件の捜査は今後、太田警察署が単独で行う。紗和子が犯人という物証か目撃証言が新たに出れば、被疑者死亡のまま書類送検という流れになるが、死者が起訴されることはない。

かくして本日、捜査本部は解散した。

ビールがうまい。浜中は喉を鳴らして、一気に半分ほど飲んだ。ジョッキを置いて息をつく。同時に由未も、ジョッキを置いた。

「ぷはーっ」

と、由未が表情を思いきり緩める。

「中年みたいだね、見た目は中学生なのに」

思わず浜中は言った。

「なんですとー！」

由未がそう応え、美田園が微笑みながら、口を開く。

「とにかくお疲れ様でした。それにしても歩君の件、ほっとしたわね」

浜中たちはうなずいた。

今日、浜中たちは名高孝次郎を訪ね、康之の申し出を伝えた。九千六百十三万円は有り難く頂戴するが、家は売らないで欲しいと孝次郎は言う。

孝次郎と紗和子が、働き詰めで貯めた金がある。さらに孝次郎と紗和子の実家から多少融通してもらえば、なんとか千三百万円に手が届くとのことだ。

合わせておよそ一億一千万円。名高歩は渡航できる。消えかけた未来への虹の架け橋が、鮮やかに復活したのだ。

「素直に喜ぼう」

夏木が言った。

疲れと安堵のためだろう、早くも酔いがまわり始め、浜中は事件の終わりを実感する。

先ほどの店員が、料理をいくつか持ってきた。浜中たちは生ビールのお代わりを注文し、ほどなくそれらも運ばれてくる。

ジョッキに手を伸ばしながら、由未がしきりに目配せしてきた。ああ、あのことかと、浜中は気づく。

ビールを一口飲み、浜中は意を決して夏木に声をかけた。

「あの、先輩。何日か前と一昨日、県警本部へ行きましたよね」

「ああ、行った。それがどうかしたのか？」

「いえ、行ったかどうかの確認だけです」

浜中は思わずそう応えた。これ以上、訊く勇気がない。由未の目配せが激しさを増した。目をそらして、浜中は唐揚げに箸を伸ばす。

「唐揚げはあとにしましょうよ、浜中さん」

由未が言った。

「いや、でもほら、揚げたてのほうがうまいし」

「確かに熱々のほうがおいしいですけど、今は唐揚げじゃないですよね」

「それじゃこっちの、ホッケにしようかな……」

「もういいです、私が訊きます」

由未が夏木を見た。そして言う。

「もしかして異動の話で、県警本部に行かれたのですか？」

夏木が美田園に目を向けた。美田園が口を開く。

「やがて辞令が下りる。もう打ち明けてもいいでしょう。でも当分は、ここだけの話にしておいて」

真剣な面持ちで、浜中と由未はうなずいた。

やはり夏木は異動になるのだ。浜中の裡に寂しさが込みあげた。それと同じぐらい、夏木への感謝の思いが満ちていく。

夏木が言う。

「希原」

「はい」

「お前は安中警察署の刑事課から、県警本部捜査一課二係へ異動になる」

「へ？」

ぽかんと由未が口を開けた。浜中は思わず問う。

「夏木先輩が異動になり、その補充として由未さんが、二係にくるのですか？」

「いや、おれに異動の話はきていないが」

「へ？」

浜中はぽかんと口を開けた。

「お前たち、似てきたな」

夏木が苦笑し、美田園が言う。

「元々二係は十名だったでしょう。それが今、九名しかいない。一名増員の話がきて、それならと夏木君が、希原さんを推薦したの。私ももちろん異存なし」

「つまり二係から誰もいなくはならず、由未さんがきて十名になるわけですね」

浜中の言葉に、美田園がうなずいた。

一瞬の間のあとで——。

「やったあ！」

顔中に笑みを咲かせて、由未が右手を突きあげた。

浜中刑事の過去と未来

横井　司

群馬県警本部刑事部捜査一課二係刑事・浜中康平が主役を務めるシリーズも、本書『愚者の決断――浜中刑事の杞憂』で四冊目、五作品を数えることとなった。シリーズ一冊目の『浜中刑事の妄想と檄運』（二〇一五）が、いずれも書き下ろしの「浜中刑事の強運」および「浜中刑事の悲運」の二中編で構成されているため、四冊で五作品となるわけである。

よく知られている通り、『浜中刑事の妄想と檄運』が上梓される以前に、すでに浜中刑事は小島正樹の作品に登場していた。本格ミステリー・ワールド・スペシャルに書き下ろされた『龍の寺の晒し首』（二〇一一）が、それである。同作品は、群馬県の水上温泉郷の北東に位置する首ノ原村で起きた奇怪な連続殺人事件に、小島作品のレギュラー探偵・海老原《えびはら》浩一《こういち》が名探偵として解決に乗り出す一編で、第一の被害者は浜中刑事のまたいとこ（はとこ）神月彩《こうづきあや》であった。続いて彼女の友人の娘たちが次々と首を切られた死体となって発見されていくのだが、それはともかく、当初から浜中刑事は作中においてコミック・リリーフとしての立ち位置を占めていた。海老原浩一シリーズでは事件の真相の陰惨さを和らげるため、海老原自身にコミカルな言動をさせることが多いようだが、『龍の寺の晒し首』では海老原と、浜中の大伯母である神月一乃《いちの》、そして浜中との掛け合いで、コミカルな場面が描かれることも多かった。また、田舎の駐在所勤務を望み、「地域の人々とふれあいながら、田舎町でささやかに暮らす自分」を脳裏に思い描き、妄想を展開するという、浜中シリーズではお馴染みの描写もすでに書き込まれていた。警察学校を出て派出所勤務の時に、老婆の道案内を買って出た際に挙動不審の男と遭遇して逮捕し、覚醒剤密売組織の摘発に一役買うという「不運」の第一番エピソードも見られるし、それ以来手柄を立て続けて「高崎署のエース」となり、県警本部に異動することになった経緯も、もちろん説明されている。刑事養成講習試験の顚末など、のちのシリーズでは省略されたエピソードも書かれているので、キャラクターに対しシャーロキアン的な興味を向ける嗜好のある方は、必読である。

ちなみに浜中刑事は、『龍の寺の晒し首』に続く海老原シリーズの長編『祟り火の一族』（二〇一二）にも顔を見せる。浜中は高校時代に演劇部に所属しており（所属することになった経緯は、いかにも浜中らしいケッサクなものなのだが、それはともかく）、当時の先輩で今は劇団員になっている三咲《みさき》明爽子《あさこ》から助けを求められるのだ。もっとも、助けを求められるというより、強引に調査に引きずり回されるといった方が実状に近いのだが、事件性はあっても管轄外であるため、また地元での事件に出動しなければならず、途中から海老原にバトンタッチするという形で、物語の表面からいったんは姿を消す。それでも最後に印象的な登場の仕方をして、またひとつ「不運」を重ねることになる。それがどのような「不運」なのかは同書をあたっていただくとして、その作品中でも田舎の駐在所勤務に憧れて異動したくて仕方がないという設定や、「不運」の始まりが老婆を道案内してからだという設定は、そのまま踏襲されている。のちのシリーズでは言及されていない「不運」な手柄も書かれているので、浜中ファンなら要チェックなのはいうまでもない。

ところで、『龍の寺の晒し首』を読むと、一種の矛盾とでもいうべきものを意識せざるを得ない。それはトリックやプロットの矛盾ではなく、田舎の駐在所勤務を夢見るという浜中の設定にかかわる矛盾、違和感である。当然ながら首ノ原村にも巡査は駐在しているのだが、浜中はその巡査に対して憧れの姿勢を示すわけでもなく、それどころか、田舎での駐在所勤務が決してのんびりとしたものではないこと、田舎であっても残虐な事件は起きることを思い知らされたはずなのだ。同作品が上梓された際は、浜中シリーズは始動しておらず、一作きりのキャラクターだと思われたので、苦い経験を経て刑事として成長し、その後は駐在生活の妄想にとらわれなくなったものと受け取ることも可能だった。ところがシリーズとして数を重ねると、自分の身内が関係する大事件を経験し、田舎の勤務が平穏無事に済むとは限らないことを身をもって知ったにもかかわらず、相変わらず田舎での穏やかでのんびりした暮らしを妄想するということに、違和感を覚えずにはいられなくなるのだ。

それが、内面の悲しみを露わにしないという浜中の性格によるもの、というふうに考えることもできるだろう。『祟り火の一族』でも、高校時代の先輩・三咲明爽子がそのように考えるシーンが挿入されている。だが、ここでは別の考え方をしてみたい。

ひとつには、プロット上の要請からくるものではないか、ということだ。先にも述べた通り海老原浩一シリーズでは、事件の陰惨さを和らげるために、海老原の言動にコミカルな要素を付け加えることが意識的に行なわれている。浜中刑事シリーズでは海老原が登場しないので、浜中自身によるコミカルな言動を際立たせることで、真相の陰惨さがもたらす重苦しさを和らげる効果を果たすことが意図されており、それが浜中の妄想の暴走を必然的なものにしたのではないか。

そしてそれはまた、失われた日本の田舎の人情や風景に対するリスペクトとしても機能しているのではないか、というふうにも考えられる。浜中シリーズは、群馬県という小都市（東京という大都会と比べればである。念のため）を舞台としているわけだが、小都市といっても都会に他ならず、人情でつながった共同体が形成され、殺人事件につながるような争いごとがめったにない、というような空間ではない。人情よりも経済的合理性が優先され、人々は欲得ずくで、損得を計算した殺人計画を立案する。シリーズ第一作「浜中刑事の強運」にはその特徴がよく現われており、殺人犯の冷酷さ、身勝手さは際立っている。「浜中刑事の悲運」では、メインとなる犯罪にかかわる父娘の関係こそ、情愛あふれるものだが、その親子を殺人にまで至らしめた事件は、企業人の身勝手で冷酷な計算によるものであった。浜中はそうした現実を受け入れながらも、そうした現実を悲しまずにはいられず、それによって深い情愛にあふれた田舎を妄想せざるを得ないのである。古き良き理想の人間関係を幻想することによって心のバランスをとっているといっても良い。

浜中シリーズのもうひとつの特徴として、浜中が非常に幸運な（浜中の視点からは「不運」な）キャラクターとして設定されていることがあげられる。自分では手柄をあげようとするつもりはないのに、犯人の方から浜中の方に寄ってきて、手柄をあげさせてしまうという強運の持ち主。浜中の上司である美田園恵《みたぞのめぐみ》はそれを見抜いて、浜中が自由に動けるように、夏木大介刑事とともに「遊撃班」として行動させるよう取り計らうのである。

こうした特徴は、作品が中編の場合、物語をスムースに進行させることに与ったことと思われる。ミステリーでは捜査する側が都合よく手がかりを収集することに不自然さを覚えさせることが間々あり、名探偵というキャラクターはその不自然さを解消する装置として見なせることも多い。浜中の場合も同様で、名探偵でこそないものの、都合よく手がかりを入手することを読者に納得させるような機能を果たしているのである。それは中編のように、手がかりを自然に読者に提示するには枚数が足りないような長さの作品の場合、いっそう効果的であったろうと思われる。

これが長編になると、やや安易な印象を与えかねないのだが、その印象を与えないような工夫が、浜中は手がかりを発見するだけで、推理したり真相を見抜いたりせず、浜中の幸運を基に相棒の夏木刑事が推理するきっかけを与えるというふうにプロットが立てられているという点だろう。

シリーズは当初、浜中が偶然、犯人が対処しきれていない証拠を発見し手柄を立てるというものだったが、すぐさま、浜中の幸運をきっかけに夏木が推理を固めるという展開を見せるようになっていく。タイトルロールに名前をあげられながら、浜中自身は事件を推理せず、すべて夏木に任せるというふうな役割分担になっていくのだ。主役探偵が真の探偵ではないという設定や、タイトルロールの探偵役が失敗ばかりする（あるいは、失敗ばかりしているのに結果的に成功する）というシリーズが、これまでにもなかったわけではないが、タイトルロールになりシリーズ名に冠されながら、真の探偵ではないというシリーズは、ちょっと思い当たらない。これはひとつの創意であるといえよう。

小島正樹は「やりすぎミステリー」の作者として、自他ともに認める存在である。『浜中刑事の妄想と檄運』（二〇一五）を上梓した頃は、本格ミステリー・ワールド・スペシャルとして『龍の寺の晒し首』（二〇一一）を刊行済みだったことでもあり、そうした作家イメージに合わせてか、倒叙ミステリーでありながら叙述に工夫を凝らすことで、冒頭で示された犯人が真犯人ではないというような意外性を演出したり、必要以上に物理的トリックにこだわるような作品も見られた。『浜中刑事の迷走と悲運』（二〇一七）で描かれる、密室状況の現場からの凶器消失トリックは、海老原シリーズから怪奇性を抜いたような物理的トリックだった。かてて加えて、作中で見られた何気ない記述がすべてトリックに収斂されるような構成がとられていたという感もある。こうした過剰性、特に密室トリックやアリバイトリックを盛り込む傾向は、『誘拐の免罪符』（二〇一八）や本書『愚者の決断』にも残っている。叙述トリックを駆使し、物理的トリックを盛り込むことで、犯人があらかじめ明かされている倒叙ミステリーであるにもかかわらず、別の真犯人を提示するというはなれわざを実現させてきた。

そういった「やりすぎ」なくらい過剰な演出は、もちろん『龍の寺の晒し首』に見られるような超常現象の釣瓶《つるべ》打ちとでもいえそうなストーリーが要求するものであると同時に、小島作品に特徴的な志向性にも由来するように思われる。それは、心の正しきものは最終的に救われるというフェアネスの願いとでもいうべきものだ。そうした志向性は『龍の寺の晒し首』にもすでに見られる。ある人物を殺人者にしないために実行犯が別にいたという真相が、それだ。同じ志向性は「浜中刑事の悲運」にも見られるものである。その一方、悪人は必ず罰せられねばならぬという志向性も、右にあげた両作品ともに見られる。真相に言及しなければ説明が難しいため、曖昧に書かざるを得ないのだが、『浜中刑事の迷走と幸運』の第一章を読んだ時には、この人物を法的に救済するのはさすがに無理だろうと思っていたら、最後には見事に救済（減刑）してしまっただけではなく、法網をくぐり抜けかけた人物を逮捕するに至ったのである。そのためにトリックやプロットに無理を強いることも厭わないという気魄のようなものすら感じさせられた。その気魄が「やりすぎミステリー」として結実するのだといえよう。そうした特色は本書においても変わらない。そうした志向性は読者にストーリーの展開を予想させ、犯人当て《フーダニット》としての意外性を犠牲にするように思えてならないのだが、それでも譲れないフェアネスへの強い思いが作者にはあるのかも知れない。

あえていうなら、最終的には善きもの（弱き）は助けられ悪しきもの（強き）は挫《くじ》かれるという理想を実現するために、作中の出来事をすべて相互につながりを持たせて、フェアネスを成立させてしまうというプロットを綴るのに、本格ミステリーほど適したジャンルはないのではないか。小島正樹の本格ミステリーに対するこだわりは、こうしたところにもあるのかもしれない。

本書はこれまでのシリーズと比べると、物理的トリックは微温的なように感じられ、典型的な警察小説の度合いが強まっているように見えるかもしれない。しかしながら、右に述べてきたようなフェアネスへのこだわりは健在であり、プロットの面で思い切った試みがなされている。

また、シリーズを発表順に読んできたファンにとっては嬉しいことに、前作『誘拐の免罪符』に登場した安中警察署でただ一人の女性刑事・希原由未が再登場し、管轄外でありながら、浜中とコミカルなやりとりを繰り広げ、捜査に参加している点には注目される。『祟り火の一族』を読んでいる読者の中には、演劇部の先輩・三咲明爽子との関係はどうなったのか、と思われる方もいるかもしれないが、希原が駐在所勤務の警察官の娘ということもあり、浜中の妄想をヒートアップさせる触媒としての機能は見逃せまい。シリーズに新たに加わった魅力として、今後の展開を楽しみにしたいところだ。

本書をシリーズものとして見た時、魅力といえる点がもうひとつある。それは、浜中が夏木とコンビを組んだ最初期の事件が描かれることだ。浜中シリーズは、作者も年表を作成して執筆に臨んでいるのか、事件発生の時系列がはっきりしている。試みにそれを示してみるなら、以下の通り。

昭和59年
11月　首ノ原村連続殺人事件（『龍の寺の晒し首』）
昭和60年
3月　桐生市現金強奪事件（『愚者の決断』）
4月　軽井沢少女失踪事件（『誘拐の免罪符』）
6月　今本真奈殺人事件（「浜中刑事の強運」）
7月　松波剛殺人事件（「浜中刑事の悲運」）

11月　与古谷《よこたに》学園殺人事件（『浜中刑事の迷走と幸運』）
12月　狩能《かのう》家連続殺人事件（『祟り火の一族』）
昭和61年
1月　怪談語りの会（『祟り火の一族』）
5月　佐月愛香誘拐事件（『誘拐の免罪符』）
12月　太田市上田島町《かみたじまちょう》殺人事件（『愚者の決断』）

右にあげた事件のうち、軽井沢少女失踪事件は管轄外であるため浜中は関係しないが、のちに起きた佐月愛香誘拐事件に絡んで死体遺棄事件として捜査することになる。また、狩能家連続殺人事件は栃木県で起きた事件であり、浜中の管轄外であるだけでなく、12月の事件については警察自体が介入していない。東京は成城の屋敷で開かれていた「怪談語りの会」の謎を追究するために、三咲明爽子に要請されて介入することになり、のちに海老原に引き継ぐことは、先に述べた通りである。

右の年表で分かる通り、『愚者の決断』で描かれる桐生市現金強奪事件は、現在のところシリーズにおける浜中最初の事件と言ってよく、浜中の初々しさが読みどころのひとつとなっているといえる。また本書で描かれる事件は、これまでに刊行された様々な事件をはさみながら、ようやく解決に至った最新の事件ということにもなるのである。これまでシリーズを読んできた読者にとっては、ある種の感慨に浸らずにはいられないだろうし、新しいキャラクターを加えたことで、新展開を期待せずにはいられまい。次作が今から楽しみだ。

本書は書き下ろしです。
この物語はフィクションです。
実在の人物・団体とは一切関係ありません。

愚者の決断　浜中刑事の杞憂
2020年　5月18日　第一刷発行

著者　**小島正樹**
発行者　**南雲一範**
装丁者　**岡 孝治**
校正　株式会社**鷗来堂**
発行所　株式会社**南雲堂**
東京都新宿区山吹町361　郵便番号162-0801
電話番号　(03)3268-2384
ファクシミリ　(03)3260-5425
URL http://www.nanun-do.co.jp
E-mail nanundo@post.email.ne.jp
印刷所　**図書印刷**株式会社
製本所　**図書印刷**株式会社

ISBN 978-4-523-26594-8 C0093